Peter Thönnes

Das Grab des Kelten

Peter Thönnes

Das Grab des Kelten

Kriminalroman

Bibliografische Information der Deutschen Nationalbibliothek:
Die Deutsche Nationalbibliothek verzeichnet diese
Publikation in der Deutschen Nationalbibliografie;
detaillierte bibliografische Daten sind im Internet
über http://dnb.dnb.de abrufbar.

© 2020 Peter Thönnes
Lektorat: Astrid von Winterbach
Herstellung und Verlag: BoD – Books on Demand,
Norderstedt
ISBN: 978-3-7519-9673-0

Prolog >>25. Oktober<<

Der weise, alte Mann nahm Mike bei Seite und sah ihm tief in die Augen. Über viele Stunden hinweg hatten sie sich unterhalten und er hatte Antworten auf alle seine Fragen bekommen. Nun ging der Tag zur Neige und die Sonne versank am Horizont. Plötzlich fühlte Mike sich unbehaglich, weil der Alte ihn durchdringend anblickte. Dann sprach er weiter. Er senkte seine tiefe Stimme zu einem Flüstern.

„Es ist Samhain. Die Geister der Ahnen kehren wieder, die Dämonen müssen milde gestimmt werden. Der Druide bereitet das Fest vor. Folge den Pappeln, gehe tief in den Wald hinein. Dort wirst du ihn finden."

Mike dankte ihm und brach auf. Er musste sich beeilen, um noch vor Einbruch der Nacht vor Ort zu sein. Es begann zu regnen. Er hetzte über den schlammigen Pappelweg. Immer wieder rutschte er im Matsch aus. Er keuchte. Obwohl er kräftig war, machte ihm der Boden zu schaffen. Seine Beine wurden schwerer. Er sah sich um und gewahrte im Halbdunkel einen Mann, der ihm folgte. Mike lief schneller, aber der Verfolger ließ sich nicht abschütteln. Immer wieder sah er sich um und immer näher kam der Fremde heran. Angst kroch Mike in jede Faser seines Leibes. Was wollte der Mann von ihm. Er holte weiter auf. Dann endlich erreichte er den

Wald. Er duckte sich ins Unterholz und spähte in die Dämmerung. Es hörte auf zu regnen. Schwere Schritte näherten sich. Im Halbdunkel erkannte er die hünenhafte Statur seines Verfolgers. Er sprang auf und rannte weiter, doch er stolperte über Geäst und strauchelte. Er rappelte sich hoch und hielt inne, lauschte in die Dunkelheit und hörte das Knistern eines Feuers, rhythmischen Gesang und Trommeln. Vor ihm tauchte eine Lichtung auf. Fahles Mondlicht fiel auf den noch feuchten Boden. Männer tanzten um ein Lagerfeuer und sangen. Sie trugen weiße Gewänder, hatten schulterlange Haare und Vollbärte. Neben dem Feuer kniete ein nackter Mann mit gesenktem Haupt. Blitzendes Metall zerschnitt die Dunkelheit und traf den Knieenden im Nacken. Er sank vornüber. Mike erschrak und war wie gelähmt. Ihm schwindelte, als er den abgetrennten Kopf des Mannes am Boden liegen sah. Die Tanzenden verschwanden, das Feuer war aus. Eine hagere Gestalt trat hervor, drehte den Enthaupteten auf den Rücken und kniete sich neben ihn. In seiner rechten Hand blitzte ein langes Messer. Ein Baum verwehrte Mike die Sicht auf das Geschehen. Vorsichtig kroch er etwas voran. Als es im Unterholz knackte, sprang der Hagere abrupt auf und warf den Kopf unwirsch suchend hin und her. Mondlicht fiel auf sein bleiches Gesicht. Eine tiefe Narbe auf der linken Wange entstellte ihn. Im Halbdunkel gewahrte Mike eine bizarre Szenerie. Neben der Leiche schien ein rechteckiges Loch im Boden zu sein. Der Hagere spähte in alle Richtungen. Dann zerrte er sein Opfer in ein Gebüsch und legte etwas behutsam in das Loch. Er kniete sich und begann mit den Händen frische Erde hineinzuschieben. Mike sprang auf und schrie aus voller Kehle. Der Hagere fuhr hoch, sah ihn kurz an und verschwand im dichten Gestrüpp. Plötzlich hustete jemand hinter Mike. Er erschrak. Da war der Hüne und griff nach ihm. Er entkam und lief einige Schritte. Dann jedoch stürzte er erneut und blieb vor der Grube liegen. Vorsichtig lugte er hinein. Er zuckte zusammen. Alles drehte sich ob des grausigen Anblicks. In der Grube lag ein Skelett, wo der Schädel fehlte. Stattdessen hatte der Hagere dort den Kopf seines Opfers platziert. Tote Augen starrten Mike an. Ihm wurde übel, dann erblickte er in Höhe des Beckenknochens eine Hand. Blut quoll aus den Wunden. Alles drehte sich und Mike musste sich übergeben. Plötzlich war der Hüne da, packte ihn, schüttelte ihn. Der Hagere kam dazu und schlug mit der Schaufel nach ihm. Das Feuer flackerte auf und die Tanzenden umringten sie und sangen. Mike versuchte sich zu befreien, aber der Griff war zu fest. Der Hüne drückte ihm die Kehle zu. Jetzt traf ihn der Hagere mit der Schaufel an der Schulter, dann am Kopf. Glühende Stiche durchfuhren ihn. Angsterfüllt schrie er um Hilfe und rang nach Luft, aber keiner war da, um ihm zu helfen. Das Tanzen steigerte sich zur Ekstase, die Tanzenden sangen lauter, das Feuer prasselte höher. Dann fiel er in einen tiefen, schwarzen Schlund und schlug hart auf. Er spürte eine kühle Hand auf seiner Schläfe, wehrte sie ab. Jemand rüttelte an ihm.

„Mike, wach auf. Du hast dich gewälzt und um Hilfe geschrieen, dann bist du aus dem Bett gefallen. Beruhige dich, es war nur ein Traum. Alles ist gut."

Kapitel 1 >>31. August<<

„Professor Berger? Schauen Sie bitte!" Beate Bauer, Studentin der Archäologie, kam mit einer Tonscherbe auf ihn zu. Sie strahlte, als habe sie soeben das Grab Jesu entdeckt. Er warf einen prüfenden Blick auf das Fundstück und nickte mürrisch. Heute war wieder so ein Tag, an dem ihm die ganze Welt auf die Nerven ging. Scherben, Knochenreste von domestizierten Tieren, kleine Münzen, immer der gleiche römische Müll war es, den er und seine Kollegen seit Monaten ausgruben. Natürlich sollte er froh und dankbar sein für den Grabungsauftrag im Schatten der altehrwürdigen Kathedrale. Er müsste demütig sein Haupt neigen, dass man ihn zu einem der Hauptfiguren eines weiteren, großen Projektes zur Dokumentation römischen Lebens in der Vorzeigestadt am Rhein gemacht hatte. Aber heute ging das gar nicht. Selbst Beate, die ihn mit ihren meerblauen Augen anstrahlte und deren schweißnasses T-Shirt ihre beiden besten Argumente deutlich hervorhob, nahm er kaum wahr. Sie sah zwar zum Anbeißen aus mit ihrem blonden Wuschelkopf. Und normalerweise wäre ein heißer Nachmittag mit der einundzwanzigjährigen Kölnerin mit den Maßen eines Topmodels ganz nach seinem Geschmack. Aber an einem Tag wie heute waren ihm sogar die eindeutigen Avancen seiner Studentinnen zuwider. Er wollte endlich mal wieder etwas Großes aus dem

Dreck ziehen. Einen sagenhaften Germanenschatz oder die reich verzierte Rüstung eines großen Keltenkriegers wär ein Ding. Aber römische Scherben rissen ihn schon lange nicht mehr vom Hocker. Er fand es ermüdend, dass die Welt sich stets aufs Neue für den immer gleichen und doch so verschiedenen Unrat, den die Römer auf Schritt und Tritt im Rheinland hatten fallen lassen, begeistern konnte. Überhaupt war Michael Berger, genannt Mike, mit seinen vierzig Jahren in einem Alter, wo man seinen Status prüft und überlegt, wo die Reise hingeht. Er war gerade siebzehn, als er sein Abitur mit Auszeichnung machte und das bei einem IQ von 147. Sein Studium erledigte er in Rekordzeit, schrieb Bücher über die Geschichte der Kelten, Römer und Germanen im Rheinland. Dann tingelte er durch die Welt und von Ausgrabung zu Ausgrabung, erwarb sich einen makellosen Ruf als Archäologe und hatte schließlich in diesem Jahr die Professur für Geschichte und Archäologie an der Universität zu Köln angenommen. Schlussendlich war er bei diesem honorigen Ausgrabungsteam gelandet. Aber war es das? Ein Mann muss in seinem Leben ein Haus bauen, einen Baum pflanzen und ein Kind zeugen. Das waren die heiligen Worte seines Vaters Arthur, eines Theologen und Historikers. Für Mike war das eine Bürde. Verantwortung war für ihn ein Schreckgespenst, vor dem es zu fliehen galt. Seine ungezählten

Liebschaften mit Kolleginnen und Assistentinnen auf den Stationen seines Lebens bei Ausgrabungen im Rheinland, in Dublin und in Übersee, die Eskapaden mit einigen Studentinnen und ein ausgeprägter Hang zu irischen Whisky und speziellen, holländischen Rauchwaren sprachen nicht unbedingt für den tadellosen Leumund eines angesehenen Archäologen. Zudem machte ihm seine jähzornige Art, die ihn überkam wie ein böser Fluch und die er nicht wirklich kontrollieren konnte, immer wieder schwer ihm zu schaffen.

„Mike?"

„Was ist denn", schreckte er unwirsch aus seinen Gedanken hoch und drehte den Kopf in die Richtung aus der die Stimme kam. Ein riesenhafter Kerl stand über der Grube und blickte auf ihn hinab.

„Barnabas? Was machst du denn hier?"
Er sprang auf und ergriff die Hand von seinem Gegenüber. Barnabas Hall, der irische Felsen, wie er den Zweimetermann mit dem breiten Kreuz scherzhaft nannte, stand vor ihm. Trotz seiner dreiundsiebzig Jahre hatte er noch den gleichen kräftigen Händedruck, mit dem er ihm vor zwanzig Jahren zum Gewinn des Stipendiums für keltische Geschichte gratuliert hatte. In den sechziger Jahren hatte der Ire in Düren unter dem Protegé des französischen Baumoguls Frederic Leclerc eine Firma für Tiefbauarbeiten aufgebaut. Mit waghalsigen Speku-

lationen am Rande der Legalität arbeitend, schuf er sich ein Imperium. Um Teile seines Vermögens aus seiner Sicht sinnvoll einzusetzen, zeichnete er sich bald als Förderer für die Erforschung der keltischen Geschichte im Rheinland aus. So richtete er an der Universität in Bonn ein Stipendium für den Jahrgangsbesten ein. Mike bekam es 1986. Nun sah er ihn mit seinen stahlblauen Augen an. Ein Windhauch strich ihm durch sein rostrotes Haar. Der Ire wirkte wie ein Freibeuter auf hoher See.

„Ich habe einen Auftrag für dich. Meine Arbeiter sind am Dienstag mit dem Bagger auf das hier gestoßen."

Er hielt ihm ein Langschwert unter die Nase. Mikes Augen weiteten sich. Er starrte auf die eiserne Waffe mit den charakteristischen, ihm wohl bekannten, Symbolen.

„Aber das ist ja keltische Waffenkunst."

„Hab vermutet, dass es dir gefällt."

„Gibt es noch mehr davon zu bestaunen?"

„Komm, ich zeig dir die Fundstätte."

Ohne ein weiteres Wort zu verlieren, drehte er sich herum und eilte zu seinen schweren Geländewagen, den er am Straßenrand mit laufendem Motor zurückgelassen hatte. Das sah ihm ähnlich. Er winkte kurz und fuhr los. Mike rannte zu seinen Jeep, sprang hinein, startete den Motor und folgte ihm. Stadtauswärts Köln nahm er die Aachener Straße in

Richtung Düren. In schneller Fahrt fuhren sie durch Weiden, ließen Königsdorf, Horrem und Quadrath-Ichendorf hinter sich, brausten durch Sindorf und fuhren schließlich auf die Autobahn vier in Richtung Aachen auf. Nach kurzer, rasanter Fahrt fuhren sie bei Buir ab. Mike warf einen kurzen Blick nach rechts, wo er die meterhohe Absperrung der Betreiber des Braunkohletagebaus gewahrte. Früher führte von hier aus die Straße direkt nach Elsdorf. Vorbei an einer kleinen Siedlung nahe des Elsdorfer Ortsteils Etzweiler, wo seine Jugendfreundin Anna wohnte. Aber die wurde genauso wie viele andere vertrieben. Ach nein, umgesiedelt heißt das ja bei denen, dachte er bei sich. Nun wohnt sie in Langerwehe und der Punkt auf der Landkarte namens Etzweiler existiert nicht mehr, weil das riesige Maul des Braunkohletagebaus Hambach es sich einverleibt und ein klaffendes Loch zurück gelassen hat. Wenn er die Absperrung durchfahren würde, käme bald einer der gigantischen Bagger in sein Blickfeld. Aber es war ja nicht irre. Die vom Werksschutz waren mit ihrer Überwachung wie die Stasi zu DDR-Zeiten. Er sinnierte über seine akribische Arbeit zum Wohle der Wissenschaft und verglich sie mit der rabiaten Arbeit der riesigen Stahlschaufeln. Wut stieg in ihm auf. Er und seine Kollegen suchten die Geschichte zu bewahren und durch behutsame Ausgrabungen Schätze aus vergangenen Epochen zu bergen und in

Museen zu konservieren. Die Herren jenseits des Zauns aber hatten nur wirtschaftliche Interessen im Sinn und scheinbar keinen Blick dafür, was sie an kulturellen Landschaften zerstörten. Sie baggerten ganze Dörfer ab und zerstörten deren Traditionen und alt hergebrachte Brauchtümer. Natürlich wurden die Dörfer an anderer Stelle wieder aufgebaut. Aber das waren nur Schlafstätten ohne Seele. In dieser Gegend gibt es viele Orte mit einem „Neu" vor oder hinter dem Ortsnamen. Aber das ist nicht das Gleiche. Die Bagger rissen tiefe Wunden in die Landschaften und in die Seelen seiner Bewohner. Er schüttelte den Kopf und beschloss, nicht weiter darüber nachzudenken, weil er sich auf die anstehende Arbeit konzentrieren musste. Nun fuhren sie ein kurzes Stück durch den Hambacher Forst. Vor zwanzig Jahren war er noch ein stolzer, dicht bestandener, wunderbarer Wald. Jetzt wurde er gerodet, ab- und ausgeschlachtet, denn auch er musste dem Tagebau weichen. Sie bogen nach rechts Richtung Morschenich ab. Hinter der Ortschaft steuerte sein irischer Mentor das Fahrzeug in einen Seitenweg. Er folgte. Sie stoppten die Wagen und stiegen aus. Wieder versetzte es ihm einen Stich. Er liebte die Natur, mochte es durch Wiesen und Felder zu streifen, an sprudelnden Bächen zu rasten und dem Vogelgezwitscher in den Wipfeln zu lauschen. Das hier machte ihn wütend. Auch hier wurde der Wald

10

brutal und rücksichtslos abgeschlachtet. Damit der Braunkohletagebau weitere Landstriche abbaggern und über Jahrzehnte in staubige, wüstenähnliche Landschaften verwandeln konnte, musste die Autobahn vier zwischen Düren und Kerpen verlegt werden. Motorsägen heulten und hinterließen eine Spur der Verwüstung. Danach kamen Bagger und gruben tiefe Schneisen in Feld und Flur. Irgendein schlauer Kopf hatte sich wohl gedacht, dass es am gesündesten für Mensch und Tier sei, wenn man den tristen Bandwurm aus Beton und Teer hinter Ellen querfeldein und an Buir vorbei tiefer legte. Auch entstanden aus jetziger Sicht ebenerdig neue Brücken, die irgendwann neuen Straßen dienen und über die tiefergelegte Autobahn führen würden. Damit würde die Natur seiner Heimat ein weiteres Mal gnadenlos ausgebeutet. Aber wen störte das, wenn man doch die kostbare Braunkohle zu Tage fördern konnte, um sie in Kraftwerken zu verbrennen und teuer erkauften Strom zu erzeugen. Angewidert wandte er sich ab. Sie gingen hundert Meter am lichter werdenden Mischwald entlang auf eine große Lichtung zu. Weiter hinten hörte man das gleichmäßige Rauschen der Autobahn. Voraus tauchte ein planierter Weg auf, der zu einer ebenen Fläche von rund zwanzig Metern Breite und einhundert Metern Länge führte. Dahinter lag eine Baugrube von zweihundert mal dreihundert Metern Grundfläche und zwei Metern Tiefe. Die Männer stiegen über Leitern hinab.

„Noch fünfzig Meter, dann sind wir da", bemerkte Barnabas. Mikes Anspannung wuchs mit jedem Meter. Fast ging er in den Laufschritt über. Vor seinen Augen tauchte die Fundstelle auf. Sie war sauber ausgehoben mit einer Grundfläche von vier mal sechs Metern und lag nochmals einen Meter tiefer als die große Ausschachtung. Ein kleinerer Bagger stand darin. Sie stiegen über eine weitere Leiter hinab. In einem mit Markierungsband und Holzpfosten abgesteckten Areal ragten Scherben aus dem Boden. In der hoch stehenden Mittagssonne blinkten Münzen und kleinere Stichwaffen. Die bleichen Knochen eines scheinbar vollständig erhaltenen Skeletts schimmerten ihm entgegen. Die Fundstätte war überbaut mit einem Gestell aus Vierkanthölzern und Dachlatten, um eine Plane darüber spannen zu können. Die war jetzt aber eingerollt und verschnürt.

„Davon hast du nichts gesagt", nickte er und deutete auf das Gerippe. Sogleich war sein archäologischer Spürsinn geweckt. Vorsichtig schritt er voran, bemüht keinen einzigen Gegenstand zu berühren. Es war für ihn jedes Mal so etwas wie ein Moment der Andacht und ehrfürchtiger Stille, wenn er auf ein scheinbar unberührtes Grab stieß. Er streifte sich Handschuhe über, kniete nieder und betastete die uralten Fragmente. Unberührt wirkten sie allerdings nicht. Es musste schon jemand daran gearbeitet haben. Die Münzen, Stichwaffen, Messer und andere Arbeitsgeräte schienen zwar von der Lage her nicht verrückt worden zu sein, waren aber fein säuberlich frei gepinselt worden. Er würde ihn gleich fragen, aber zuerst wand er sich um und betrachtete die Lage der Gebeine. Er tastete sie vorsichtig ab und prüfte, wie sehr sie mit dem lehmigen Boden verbunden waren. Die Knochen der Extremitäten ließen sich ein wenig bewegen. Der Brustkorb war eingefallen. Die Rippenknochen steckten tief im Lehm. Aber der Schädel lag lose auf der Krume. Die Halswirbelknochen waren in tadellosem Zustand, aber am hinteren, unteren Ende des Schädels waren Knochenfragmente zersplittert, als ob der Kopf gewaltsam abgetrennt worden war. Das konnte natürlich nicht sein, weil die anderen Gebeine unversehrt schienen. Das war merkwürdig, er müsste es später eingehender studieren. Er sah sich die Beschaffenheit des restlichen Skeletts an. Auf den ersten Blick würde er das Sammelsurium auf ein Alter von mindestens zweitausend Jahren schätzen. Nur der Schädel schien wesentlich jüngeren Datums. Er stutzte. Das passte nicht zusammen.

„Hat jemand an dem Skelett herumgespielt?"

„Eine Schaufel hatte einen Tonkrug zerschmettert. Mein Baggerführer arbeitete jahrelang in Xanten, Köln und Trier und erkannte sofort, dass dies ein antiker Fund sein könnte. Er hörte auf und rief mich dazu. Ich habe nach kurzer Prüfung die Baustelle räumen lassen und die Arbeiter anderswo verteilt. Am gleichen Tag rief ich meinen alten Freund Ian O'Connor an. Du kennst ihn, er hat mal mit dir gemeinsam auf der Insel gegraben." Mike nickte. „Ich bat ihn um unbürokratische Hilfe." Er atmete hörbar aus, als wenn er ein streng gehütetes Staatsgeheimnis preisgeben würde und sprach weiter.

„Ich habe den Fund bisher weder dem Kreis noch der Stadt Düren und auch nicht dem Landeskonservator gemeldet", er unterbrach und ließ die Worte wirken. „Ian legte alles so frei wie du es hier siehst. Es kamen eine Fülle von Gebrauchsgegenständen wie Messer und so weiter, dazu die Münzen und Scherben, die lose herumlagen, zu Tage. Ich bat ihn, die Dinge, die nicht mit dem Boden verbunden waren, zu bergen und alles andere so zu belassen, weil ich noch einen zweiten Fachmann fragen wolle. Die gesamte Arbeit war nicht legal, aber du kennst ja meine Einstellung." Er verschwieg, warum er den Fund den Behörden nicht gemeldet hatte. Er hoffte, in dieser Grabung endlich den Beweis für ein Verbrechen zu finden, dass vor vierzig Jahren geschehen war. Im Oktober 1969 wurde sein bester Freund, der Bretone Michel Bresson, damals der Partner seines Halbbruders Gideon, ermordet. Man fand den Torso von Michel, der Kopf blieb aber unauffindbar.

14

Barnabas vermutete sofort Gideon hinter der Tat, weil er dessen grenzenlose Habgier kannte. Aber er konnte es ihm nicht beweisen. Zwischen den Halbbrüdern bestand seit ihrer Jugend ein abgrundtiefer Hass. Gideon gab später in einem Vieraugengespräch mit Barnabas den Mord freimütig zu, weil er wusste, dass Barnabas sein Geständnis einen schmerzhaften Stich versetzen würde und er ihm dennoch nichts beweisen konnte. Mehr noch, er prahlte damit, dass er der Leiche den Kopf und die rechte Hand abgetrennt hatte. Damals führte er der Polizei einen anonymen Hinweis zu und lockte sie auf eine falsche Fährte. Gideon war skrupellos und boshaft, das wusste Barnabas. Trotzdem hätte er ihm niemals solch eine abartige Handlung zugetraut. Sein Halbbruder hatte deutliche Wesenszüge eines Psychopathen. Gideon legte damals mit Michel in den Wäldern nahe Düren ein Grab frei. Die beiden verbargen es vor der Welt. Sie entdeckten ein antikes Skelett mit keltische Beigaben. Nach dem Mord entnahm er der Grabung den Schädel und die Hand des Kelten und vernichtete beides. Dann legte er den Kopf und die Hand seines Opfers hinein. Auch hatte er Münzen, Stichwaffen und anderes, wertloses Zeug, wie er es nannte, aus seinem Privatarchiv dort zurück gelassen. Er vergrub alles und meinte, dass der Ort die nächsten hundert Jahre nicht gefunden werden konnte. Und wenn doch würde man wegen der Gegenstände, die er hineingeworfen hatte, ein Keltengrab vermuten. Man würde ein antikes Skelett finden, aber niemals Teile einer Leiche aus den sechziger Jahren erwarten. Michel hatte Barnabas seinerzeit von der geheimen Grabung erzählt. Er sagte, er habe eine Skizze über die Lage der Fundstätte angefertigt und weitere Hinweise gemacht, aber er hatte sie ihm nie gezeigt. Die Unterlagen verschwanden mit seinem Tod. Als Barnabas Gideon drohte, ihn auffliegen zu lassen, erpresste dieser ihn mit der Sache um Susan, das ihn – bei Offenlegung durch Gideon - zweifelsohne seine Existenz gekostet hätte. So hatte er stets geschwiegen, gleichzeitig aber fieberhaft bei jedem Fund gehofft, den Ort des Grauens ausfindig gemacht zu haben. Einige Male stießen sie tatsächlich auf Knochen. Immer wieder rief er Ian O'Connor herbei und immer wieder musste er von ihm erfahren, dass die gefundenen Fragmente zwar von Menschen stammten, aber vollständig antiken Ursprungs waren. Nun aber hatte er die Vermutung ausgesprochen, dass zumindest der Schädel noch keine hundert Jahre alt wäre. Natürlich, hatte er angedeutet, konnte es auch ein unbekanntes Grab aus dem Krieg sein. Aber davon wollte Barnabas nichts wissen. Er wähnte sich am Ziel seiner jahrzehntelangen Suche und beschloss, Ian nach Hause zu schicken und Mike ins Boot zu holen. Er überlegte genau, was er ihm erzählen wollte und blieb bei wenigen Daten.

„Ian konnte in Ruhe arbeiten. Er hat alles rasch und professionell erledigt. Nun müssen wir uns beeilen mit der Bergung. Bis zum Winter soll hier eine Lagerhalle stehen. Habe meinen Auftraggeber zunächst eine Ausrede aufgetischt, warum es nicht weiter geht. Schätze, ich kann ihn vier bis sechs Wochen hinhalten."

Mike sah ihn immer noch fragend an.

„Nein", entgegnete er „nur Ian war hier und der versteht sein Handwerk. Warum fragst du?"

„Das ist seltsam. Der Schädel zeigt am unteren Ende Spuren von Gewalteinwirkung, aber die Halswirbelknochen sind unversehrt. Und ebenso sind die rechten Unterarmknochen unversehrt, aber die Handknochen sind zersplittert und liegen flacher auf dem Untergrund als die restlichen Knochen und der Torso. Das ist seltsam." Er hatte zögerlich geantwortet. Nun stand er auf und verschränkte die Arme. Er nahm die linke Hand hoch und stützte das Kinn in den Handteller. Dann starrte er auf das Gerippe und grübelte. Sein Gegenüber wusste in diesem Moment, dass es die richtige Entscheidung war, ihn zu engagieren. Mike war ehrgeizig. Eine harte Nuss, die es zu knacken gab, würde er nicht mehr aus der Hand geben, bis er Klarheit hatte. Er würde so lange forschen, bis er sagen konnte, wie alt die Knochen wa-

17

ren und woher das Skelett stammte. Er hatte diesen Charakterzug seines Schützlings immer zu schätzen gewusst. Er würde glauben, keltische Artefakte in einem Feld am Waldesrand in der Nähe seines Heimatortes ausgegraben zu haben. Mike würde nie erfahren, dass er ihn nur benutzte, um den entscheidenden Beweis für den Mord zu finden. Wenn er Erfolg hätte, würde endlich alles ans Licht kommen und er könnte Gideon ans Messer liefern. Die angedrohte Erpressung wegen der Sache mit Susan schreckte ihn nun nicht mehr. Aber er musste Mike bedrängen, musste seinen Auftraggeber vorschieben, um Druck zu machen. Das Gespräch mit seinem Onkologen im Uniklinikum in Köln war ernüchternd. Ihm blieben nur wenige Monate. Er hatte nichts zu verlieren.

Kapitel 2 >>08. September<<

„Bin weg, mach nicht mehr so lange!"

„Ist schon gut, hab noch zu tun. Bis Morgen."

Barnabas blickte seiner Sekretärin Ellen Hunt hinterher. Seit über vierzig Jahren war sie an seiner Seite und heute noch genauso attraktiv wie damals. Gemeinsam waren sie Anfang der sechziger Jahre aus der irischen Heimat nach Bonn gekommen. Er studierte zwei Jahre lang die Geschichte der Festlandkelten. Sie suchte Arbeit, die sie in ihrer Heimat

18

nicht fand. Irland war damals ein bitterarmes Land. Mitte der sechziger Jahre hatten sie mit ein paar Freunden ihren Keltenclub gegründet. Ellen war eine treue Gefährtin und doch wurden sie nie ein Paar. Barnabas erinnerte sein erstes Zusammentreffen mit Klara, Ellens Lebensgefährtin. Auf einer Feier suchte er die Toilette, fand aber ein Schlafzimmer mit zwei Liebenden, die sich ekstatisch übers Bett rollten. Als er sich räusperte und entschuldigte, schraken die beiden hoch. Erst da erkannte er seine Freundin Ellen. Klara stand auf und kam nackt auf ihn zu. Sie lächelte schelmisch. Dann gab sie ihm die Hand zur Begrüßung und bugsierte ihn gleichzeitig aus dem Zimmer. Die Frauen waren bis heute ein Paar. Ellen fand damals ihr Glück, er verlor seines fast zur gleichen Zeit. Plötzlich schwang seine Stimmung um und er lehnte sich in dem schweren Ledersessel zurück. Sein Blick schweifte in die Ferne. Dann zog er die Schublade des Schreibtisches auf und kramte einige Geschäftspapiere beiseite. Er holte vergilbte Zeitungsartikel ans Licht und schob die Schublade halb zu. Er nahm den obersten Artikel einer Boulevardzeitung zur Hand und las.

„Unternehmergattin tot aufgefunden.
Bridget H., freie Journalistin und Ehefrau des mächtigen Baulöwen Barnabas H. aus Düren, wurde in den frühen Morgenstunden von ihrer Haushälterin Magda O. mit einer durchtrennten Pulsader am linken Unterarm in der

Badewanne aufgefunden. Das Wasser sei rot gefärbt und die gnädige Frau nackt und kreideweiß, erzählte die geschockte Haushälterin. Einzelheiten wurden nicht bekannt. Die Kriminalpolizei ermittelt."

Barnabas ließ seine Hände sinken. Sie zitterten. Tränen traten ihm in die Augen. Er schluchzte, bewegte den Kopf hin und her, verharrte minutenlang in Erstarrung. Dann wischte er die Tränen weg und nahm einen anderen Artikel zur Hand. Auch die Dinge, die drei Monate vor dem Tod seiner geliebten Frau passierten, stachen ihm tief ins Herz. Er konnte sie nicht verstehen.

„Grausiger Fund.
Düren ist schockiert. Am Allerheiligenmorgen entdeckten Spaziergänger die nackte Leiche eines Mannes. Er lag unter einer Krüppelkiefer zwischen zwei Grabsteinen auf dem Friedhof an der Kölnstraße. Nach ersten Angaben seien der Kopf und die rechte Hand abgetrennt, aber nicht zu finden. Die Polizei sicherte den grausigen Fund und sperrte die Fundstelle ab. Die Ermittlungen laufen."

Barnabas sog scharf die Luft ein und ließ sich tief in seinen Sessel sinken. Nach all den Jahren lief es ihm immer noch eiskalt über den Rücken, wenn er an diese Zeit im November neunundsechzig dachte. Er schüttelte sich, als wolle er das Grauen in seinem Kopf mit ruckartigen Bewegungen verscheuchen.

Aber es blieb. Er nahm einen anderen Schnipsel zur Hand.

„Ritualmord in Düren.
Der Mann, dessen Leiche in den frühen Morgenstunden
des Allerheiligenfestes entdeckt wurde, konnte dank der
Pathologie des LKA als der bretonische Archäologe Dr.
Michel B. identifiziert werden. Laut Auskunft der Ermitt-
ler habe er bereits seit vier Jahren im Großraum Düren
mit einem internationalen Team von Archäologen und
Geologen Grabungen gemacht und keltische Funde er-
forscht. Jan van Meer, ein Geologe aus Maastricht, erklär-
te der Polizei, dass der Tote ein neokeltischer Druide war.
Er habe die Weisheit und Heilkunde dieser antiken Pries-
terschaft in gut besuchten Vorträgen an den Universitä-
ten in Köln und Bonn weiter gegeben. Seine offene Art
habe ihm Sympathien bei den Studenten eingebracht, so
van Meer. Ihm sei nicht bekannt, dass der Tote Gegner
oder gar Feinde gehabt haben könnte, die ihm nach dem
Leben trachteten. Wie die Polizei heute bekannt gab, wur-
de B. möglicherweise Opfer eines Ritualmordes. Die Er-
mittler gingen einem anonymen Schreiben nach, wo eine
Sekte namens 'Kinder der Bodb' beschuldigt wurde, für
die grausame Tat verantwortlich zu sein. Man vermutet,
dass das Verschwinden von Josef M. und auch der Mord
an Dr. Michel B. auf das Konto der Sekte gehe. Allerdings
sei nach Aussagen der freien Journalistin Bridget H., die
über Sekten im Rheinland recherchiert, dieser Gruppie-
rung eine solche Tat nicht zuzutrauen. Vielmehr vermu-

*tete sie einen Einzeltäter, Beweise könne sie keine vorle-
gen, habe aber nähere Informationen aus dem Umfeld des
Ermordeten."*

Barnabas sank in dem Sessel. So viel Gewalt und
Grausamkeit, so schreckliche Tage, Wochen und
Monate; er erinnerte, wie hilflos und verloren er sich
gefühlt hatte. Dann schloss er die Augen, schnäuzte,
wischte sich die Tränen weg und schluchzte.

„Dad?", drang aus dem Vorzimmer eine jugendlich wirkende Stimme an sein Ohr „was hast du?"
Barnabas riss die Schublade auf, schob die Artikel
hinein und verschloss sie. Seine Tochter trat ein.

„Hallo Dana, ich habe an Mutter gedacht, weil wir
bald goldene Hochzeit gehabt hätten", log er.

„Warum bist du denn noch hier. Denkst du gar
nicht an dein Herz. Der Arzt hat doch gesagt, du
solltest kürzer treten."
Er hatte ihr erzählt, dass er bei einem Kardiologen in
Aachen war und ihm geraten wurde, es ruhiger angehen zu lassen. Von seiner Behandlung im Uniklinikum in Köln wusste sie nichts.

„Ich mache noch einige Berechnungen für die Baustelle in Birkesdorf."

„Was ist das mit dieser Grube hinter Arnoldsweiler? Habe Andi mit seiner Freundin in Düren getroffen. Er sagte, seine Baggerschaufel habe einen antiken Krug zerschmettert. Du hättest die Baustelle still
gelegt und die Arbeiter weg geschickt."

22

Dana sah ihren Vater fragend an. Du bist so neugierig wie deine Mutter, dachte er. Dana war vier Wochen vor Bridgets Tod zur Welt gekommen. Barnabas hatte ihr erzählt, ihre Mutter sei bei einem Tauchunfall ertrunken. Er verbarg in all den Jahren die Wahrheit vor ihr und sie hatte niemals seine Worte angezweifelt. Wozu auch. Er konnte ihr nicht sagen, dass ihre Mutter freiwillig aus dem Leben geschieden war. Nach all den Jahren konnte er das Wort Selbstmörderin nicht akzeptieren. Er erinnerte sich an die Zeit mit seiner geliebten Ehefrau. Im September 1957 waren sie in Dublin vor den Traualtar getreten. Bridget war damals hochschwanger. Er studierte keltische Geschichte am Trinity College in Dublin, sie Journalismus. Als ihr Sohn David zur Welt kam, war wenig Zeit für ihn. Oft gaben sie ihn zu ihren Eltern. Später schickten sie ihn von früh bis spät in einen Kinderhort. 1960 ging Barnabas zum Keltenstudium nach Bonn. Einmal im Monat kam er fürs Wochenende heim nach Dublin und besuchte Frau und Kind. Bridget studierte bis 1962. Dann bekam sie durch die Vermittlung ihrer wohlhabenden Schwiegereltern ein Volontariat bei der Times. Rasch erwarb sie sich durch sorgfältige Recherchen einen guten Ruf und machte Eindruck auf ihren Redakteur. Der musste im Sommer 1963 zu einer Reportage nach Bonn. Sie begleitete ihn und blieb danach in Deutschland. Dank der Kontakte ihres

Redakteurs bekam sie eine Anstellung bei der deutschen Times und berichtete fortan über verschiedene Tätigkeiten ihrer Landsleute vor Ort. So war das junge Paar endlich vereint. Beide waren damit beschäftigt, sich in Deutschland eine Existenz aufzubauen, da war kein Platz für ihren Sohn. Der Fünfjährige blieb bei ihren Eltern. Die beiden waren Lehrer und kümmerten sich rührend um die Erziehung ihres Enkels. Im Laufe der Jahre fühlte er sich von seinen Eltern im Stich gelassen und um eine glückliche Kindheit betrogen. Trotz aller Mühe, die sich Oma Helen und Opa Patrick gaben, vereinsamte der Junge und wurde aufsässig. Nach der Zeit im Kinderhort, glänzte er mehr mit blutigen Lippen aus unzähligen Schlägereien, denn durch gute Noten. So musste er einige Jahre in einem Internat für schwer erziehbare Kinder zubringen. Später besuchte er die Highschool. Seine Eltern sah er nur an den Weihnachtsfeiertagen. Als Barnabas 1962 sein Studium beendete, wollte er nicht in die Altertumsforschung, wo er die Kenntnisse aus seiner Studienzeit hätte anwenden können. Durch einen Zufall kam er ins Baugeschäft und lernte den mächtigen Unternehmer Frederic Leclerc kennen. Er wurde zunächst sein Vorarbeiter, arbeitete sich aber rasch mit Fleiß und Ehrgeiz empor und übernahm Ende dreiundsechzig den Geschäftsbereich für Düren. Bridget und er kamen zur Ruhe, erwarben sich Ansehen und Wohlstand und wünschten sich ein zweites Kind. Im Sommer 1969 kam die gute Nachricht, dass Bridget wieder schwanger war. Dana wurde im Januar 1970 geboren. Das war der glücklichste Moment in ihrem Leben. Sie wollte nun eine bessere Mutter sein als bei David. Ihr Sohn hatte sich zwischenzeitlich auf der Highschool zu einem strebsamen Jungen entwickelt. Über gute Leistungen wollte er sich die Liebe seiner Eltern erwerben. In wenigen Jahren wurde er zum Musterschüler. Als seine Schwester geboren wurde, war er zwölf Jahre alt. Seine Großeltern erzählten ihm von ihr. Zu Gesicht bekam er sie aber erst viel später. Der Kontakt nach Deutschland brach ab und er fühlte sich endgültig in Irland zurück gelassen. Bridget gab ihre Karriere als angestellte Journalistin auf und arbeitete fortan als freie. Schließlich beschloss sie ein Buch zu schreiben. Er erinnerte ihre Begeisterung, als sie die Recherche zu den Sekten begann.

„Du und dein Keltenclub ‚Kinder der Bodb'. Das klingt schon wie eine Sekte. Was treibt ihr da eigentlich?", hatte sie ihn gefragt. Er stieg auf ihre Stichelei ein.

„Das, was man in Sekten so tut, man treibt es wild und Jede mit Jedem. Ich natürlich nicht, ich bin ja glücklich und mit der schönsten Frau der Welt verheiratet. Da brauche ich keinen Sex in der freien Wildbahn oder tabulose Spielchen in Kirchen und

Klöstern. Aber eine Pulle irischen Whisky lasse ich nicht alt werden."

Er erholte sich vom Baugeschäft mit seinen Freunden in dem Club. Auch sein Halbbruder Gideon war stets mit von der Partie. Eine Zeit lang waren sie trotz allen Argwohns fast wie Brüder, bis zu dem tragischen Tod von Susan. Bridget hielt nicht viel von den Rauf- und Saufkumpanen ihres Mannes und hatte so einiges gehört von den Ausschweifungen der Meute. Aber weil sie wusste, dass er ihr treu war, machte sie sich keine Sorgen.

„Erzähl doch mal ob euer Verein etwas hergibt für eine gute Story. Ich überlege, ein Buch über Sekten im Rheinland zu schreiben", hatte sie ihn immer wieder gefragt. Sie war erpicht darauf, seinen Freundeskreis als Sekte einzustufen. Er nahm sie mit zu den Treffen, sie fragte hier und dort und machte sich ein Bild.

„Heute führe ich – wie ich hoffe – ein spannendes Interview mit einem Kenner der Szene", hatte sie am Mittag des letzten Tages in ihrem Leben gesagt. Wen sie traf, wollte sie nicht preisgeben. Das es ein Mann war, wurde Barnabas rasch klar. Hätte er doch damals nachgehakt. Lieferte der Geheimnisvolle ihr vielleicht sogar einen möglichen Grund, warum sie sich das Leben nahm? Hatte er ihr etwas erzählt, was ihr Lebensbild so stark ins Wanken brachte, dass... Er versank tief in die vergessene Welt. Ganz langsam zerstoben die Nebelschwaden, die er sorgfältig um das Geschehene verteilt hatte. Dann hatte er freie Sicht und stand vor dem Scherbenhaufen seiner großen Liebe.

„Schade, dass ich heute zur Messe nach Frankfurt muss. Ich hätte dich gerne begleitet", hatte er gesagt, sie mit einem stürmischen Kuss verabschiedet und sich auf den Weg gemacht. Stunden später erreichte ihn der Anruf in seinem Hotel. Er fröstelte. Ein tief sitzender Schmerz zerrte an ihm und stach mitten in sein Herz. Er erinnerte den Moment, da er den Hörer abnahm und der Kommissar ihm sagte, seine Frau habe in ihrer Wohnung in Düren Selbstmord begangen. Das hatte er nicht verkraftet und war zusammen gebrochen. Hotelangestellte fanden ihn kurz darauf, weil der Polizist auch die Rezeption verständigte. Er sagte alle Termine ab und fuhr heim. Ihm war jede schreckliche Minute gegenwärtig. Er dachte an den Moment, als er sie identifizieren musste, ihr blasses, lebloses und doch so schönes Gesicht betrachtete, ihr weiche Haut berührte, die sich so kalt anfühlte und nicht mehr nach Rosenöl duftete. Er strich ihr über das schulterlange, dunkelbraune Haar. Sie lag nackt auf dem Leichentisch. Er sah ihre schönen Brüste. Dann fiel sein Blick auf das linke Handgelenk mit der tiefen Schnittwunde. Das nächste, woran er sich erinnerte, war die Krankenschwester, die ihm einen heißen Kaffee gab.

In der Folgezeit war er mit der Situation überfordert und litt unter dem Verlust wie ein Hund, der sein Herrchen verliert. Wie ein Wahnsinniger stürzte er sich in die Arbeit, erweiterte seine Firma und knüpfte Kontakte in alle gesellschaftlichen und sozialen Schichten. Er betreute Bauprojekte in ganz Deutschland. Als es ihm auf dem Kontinent zu eng wurde, schaffte er aufgrund der guten Kontakte seiner Eltern den Sprung über den Kanal. Dort wob er sich ein Netz aus Verbündeten, die in seinem Name und nach seinem Gusto Projekte in Irland überwachten. Mit den Jahren fing er sich, vergessen konnte er Bridget aber nie. So versuchte er auch nicht, nochmals eine Frau fürs Leben zu finden. Bald erinnerte er sich an seinen Sohn und ließ ihn von einer Detektei beobachten. Er beschloss, wenn er schon kein guter Vater war, wenigstens zu wissen, was David tat. Er redete sich ein, er würde eingreifen, wenn sein Sohn Probleme bekäme. Er wusste ihn bei seinen Schwiegereltern in guten Händen. Sie förderten seine Begabungen, schickten ihn auf die Highschool. Später ging er zur irischen Armee und bekam dort wegen seiner Fähigkeiten eine Eliteausbildung. Sein Vater wurde ihm ein Fremder. Man berichtete Barnabas, sein Sohn rede über ihn mit großer Verbitterung. Diese steigerte sich mit der Zeit offenbar in Hass. Und obwohl er seine Schwester nie wirklich kennen gelernt hatte, übertrug er den Hass auch auf sie. Mit den Jahren wurde daraus eine Obsession. Er bürdete auf ihre zarten Schultern all seine Enttäuschung. Und obgleich sie zu einem netten und freundlichen Kind heranwuchs, war sie in seinen Augen wie eine böse Stiefschwester. Barnabas, der David förmlich abgeschoben hatte, gab ihr all seine Liebe und behütete sie wie seinen Augapfel. Weil er aber nur selten Zeit hatte, beschäftigte er eine Armada von Kindermädchen und Erzieherinnen, die sich um Dana bemühten. Später schickte er sie auf ein Internat für höhere Töchter in die Schweiz. Alle düsteren Geheimnisse der Familie und den wahren Grund von Bridgets Tod hielt er von ihr fern. Ihr Bruder David geriet Anfang der neunziger Jahre in die Fänge der IRA.

„Er hat was?", entfuhr es ihm damals, als er davon erfuhr, dass er sich mit bekannten Köpfen der Terrororganisation traf und in ihre Kommandostruktur einbinden ließ. Später hörte er, dass man ihn zum Einzelkämpfer ausbildete, aber trotz seiner guten Kontakte und Vorsätze griff er nicht ein und überließ ihn seinem Schicksal. Dana wusste von alledem nichts. Sie konnte in Ruhe zu einer klugen Frau heranreifen. Nach dem Internat kam sie zurück nach Deutschland. Sie machte das Abitur in Düren. Dann zog es sie nach Bonn, wo sie Rechtswissenschaften studierte und nach Ulm, wo sie etliche Kurse in anthropologischer Forensik absolvierte. Schließlich fügte sie wiederum in Bonn einige Studiengänge in rheinischer Geschichte und Geologie an. Dort begegnete sie Mike. Die beiden waren ein schönes Paar. Schade dass beide nicht treu sein konnten und Dana sich mit diesem dämlichen Münsteraner Pferdezüchter Wilhelm einließ und Mike mit einer feuerigen Spanierin namens Carmen anbändelte.

„Dad, träumst du?"

„Ach, du bist deiner Mutter so ähnlich. Du hast ihre Schönheit, Klugheit und Neugier, ihr Lächeln..."

„Was ist jetzt mit der Fundstätte. Ich habe mich umgehört und man sagte mir, es läge ein Skelett darin. Welche Archäologen hast du engagiert?"

„Zunächst Ian O'Connor und nun habe ich Mike hinzugezogen!" Er bemühte sich, seinen Namen so beiläufig wie möglich zu erwähnen, denn er erahnte ihre Reaktion.

„Mike? Du meinst Michael Berger?"

„Ja. Er ist eben der beste Mann auf dem Gebiet."

„Auf welchem Gebiet? Ist das Skelett vielleicht eine römische Domina? Er fummelt ja gerne an wilden Frauen herum!"

„Ich kann dich ja verstehen. Die Geschichte geht dir immer noch sehr nahe" sagte er, dachte aber gleichzeitig und zur Ehrenrettung Mikes an Danas Affäre.

„Warum hast du nicht Helmut Ziegler oder Josef Bauer gefragt. Die sind die Experten bei den Römerfunden?"

„Es scheint aber nicht römischen Ursprungs zu sein. Wir fanden außer den alten Knochen und den Scherben ein keltisches Langschwert, kleine Stichwaffen, Münzen und verschiedene Arbeitsgeräte."

„Das will ich sehen. Mir ist es egal, ob er da herumschwänzelt oder sich gerade nur eine Tüte raucht."

Sie machte auf dem Absatz kehrt. Ihre festen Schuhe verursachten einen Höllenlärm auf den Holzdielen im Treppenhaus. Es war, als würde eine Büffelherde in Panik vor einem Rudel Löwen fliehen. Und das Temperament hast du auch von deiner Mutter, dachte Barnabas.

Sie startete ihren feuerroten Mini und fuhr mit quietschenden Reifen vom Hof.

Kapitel 3 >>08. September<<

Mike kniete neben dem Skelett. Mit einem feinen Pinsel legte er die Gebeine frei und arbeitete die Knochen des Brustkorbs mit einem Spatel aus dem Lehm.

„Die Kölner waren nicht gerade begeistert, als ich ihnen gesagt habe, dass du mich um Rat gebeten hast zu einer Ausgrabung in Düren und ich dir pa-

31

rallel zu den Arbeiten in Köln hier zur Seite stehen wolle."

Prof. Dr. Claude Baronne, Archäologe aus St. Malo und Experte auf dem Gebiet der römischen Siedlungspolitik in der Bretagne und der Festlandkelten, war soeben an der Fundstätte angekommen. Er hatte mit ihm und anderen Experten verschiedene römische Ausgrabungen im Großraum Köln begleitet. Mike bat ihn um Hilfe, verschwieg aber, dass die Funde den Behörden noch nicht gemeldet waren.

„Danke, dass du mit den Kölnern gesprochen hast. Kann mir deren Gezeter gut vorstellen. Wichtiger als Köln? Das geht doch gar nicht. Was kann schon wichtiger sein als der römische Unrat im Schatten des Doms? Und dann auch noch Kelten? Wer sind schon diese Wilden, die aus der Bretagne vor zig tausend Jahren über unser schönes Rheinland hergefallen sind. Die Kelten sind denen genauso suspekt wie die Düsseldorfer. Sag mal einem Jung aus Nippes, er hätte keltische Vorfahren. Der starrt dich ungläubig an und kämpft verbissen für seine römischen Wurzeln. Aber egal. Sie dir das bitte einmal an. Fällt dir etwas auf?"

Claude stieg in die Grube. Er blieb stehen und betrachtete aufmerksam die Lage und Färbung der Gebeine, dann kniete er sich und nahm eine Lupe.

„Der Brustkorb ist zerschmettert. Die Rippen sind gewaltsam gebrochen worden. Das könnte auf einen schweren Kampf hindeuten. Der Schädel ist am Ansatz gesplittert. Vielleicht wurde der Person im Kampf das Genick gebrochen oder der Kopf abgeschlagen und danach wurde sie nicht ordnungsgemäß bestattet, um sie zu bestrafen, so dass sie in minderwertiger Körperhaltung den Weg in die Unterwelt antreten musste. Allerdings sind die qualitativen Unterschiede bezüglich der Unversehrtheit der Knochenfragmente sehr merkwürdig, wenn man den Schädel mit den Halswirbelknochen vergleicht. Das stimmt mich nachdenklich."

„Ich hatte an Ratten gedacht, aber mir kommt auch spanisch vor, dass der Schädel im Gegensatz zu den Halswirbelknochen nicht unversehrt ist. Was siehst du noch?"

„Die Knochen des rechten Unterarms sind in tadellosem Zustand. Aber die des Handgelenks sind zersplittert. Ebenso wirken die Fingerknochenansätze deformiert. Es scheint so, dass da etwas nicht zusammengehört. Dem entgegen zeichnen sämtliche Knochenfragmente im linken Bereich ein einheitliches Bild. Entweder hatte man der Person vor oder nach dem Tode die Hand zertrümmert oder gebrochen oder die Fragmente wurden verändert, bevor wir die Arbeit aufgenommen haben. Kann das möglich sein?"

„Angeblich nicht. Sag mal, alter Freund, was hältst du vom Zustand des Materials und von den unterschiedlichen Verfärbungen?"

„Pardon, das ist nicht mein Fachgebiet. Aber es wirkt uneinheitlich. Der Torso und die Extremitäten sehen älter aus als der Schädel und die Fragmente der rechten Hand. Schick am Besten alles nach Erlangen. Die könnten mit der Radiokarbonmethode das Alter des gesamten Skeletts ziemlich genau datieren."

„Die Idee hatte ich auch schon. Muss aber vorher noch mit Barnabas und den Behörden sprechen wegen der Erlaubnis zur Bergung!" Er hatte seinen alten Mentor gebeten, die Grabung bald anzuzeigen, damit die Arbeiten legal würden. Er verstand nicht warum Barnabas so eine Geheimniskrämerei veranstaltete, wollte ihm aber noch nicht auf den Zahn fühlen. Zunächst interessierte ihn dieser Ort, der offenbar einst als Grab angelegt war. Er ließ seinen Blick schweifen über die verschiedenen Waffen und Münzen. Lag hier ein Kelte, ein Krieger oder eine Kriegerin? Das Geschlecht des Skeletts würde erst die Untersuchung im Fachlabor in Erlangen zu Tage fördern. Claude schlug vor, die Münzen und Scherben einem weiteren Fachmann zur Prüfung vorzulegen.

"Ich fahre in diesen Tagen zu meinem Vater. Er soll sich das ansehen. Sicher ist alles keltischen Ur-

34

sprungs, stammt aber meiner Meinung nicht aus dem Rheinland. Ehe ich es vergesse, Barnabas hat mir noch etwas gegeben."

Er stieg hinauf, ging zum Wagen und kam mit dem Langschwert zurück. Claude blickte ungläubig auf die Waffe.

„Aber, das kann doch gar nicht sein. Die Verzierungen, die Form der Klinge, das Material. So wurde auf dem Festland nicht geschmiedet, die Inselkelten haben ihre Waffen so geformt. Wie kommt sie hier her?"

„Wenn ich das wüsste, wäre ich reif für den Nobelpreis. Aber Spaß beiseite. Entweder hat der Mensch zu unseren Füßen einen sehr weiten Weg hinter sich oder etwas stinkt ganz gewaltig zum Himmel!"

Ein feuerroter Mini flog mit röhrendem Motor heran. Reifen quietschten. Dann stieg eine zierlich wirkende, junge Frau mit wehenden, roten Haaren aus dem Wagen. Sie trug Bluejeans und eine blassrote Bluse, dazu eine Bomberjacke und Springerstiefel. Eilig kletterte sie in die Baugrube und kam mit schnellen Schritten näher.

„Dana", stöhnte Mike „die hatte ich überhaupt nicht auf dem Schirm. Jetzt wird die Sache kompliziert."

Kapitel 4 >>08. September<<

„Bon jour Dana. Schön, Sie wieder zu sehen."
Der französische Gelehrte erklomm die Leiter und ging ihr entgegen. Er streckte seine Hand aus und nahm ihre zum galanten Handkuss, dann zwinkerte er ihr zu.

„Professor Baronne. Schön sie hier zu haben. Ich hörte in all den Jahren nur Gutes von ihnen."
Claude Baronne hatte ab 1989 sechs Jahre keltische Geschichte an der Universität in Bonn unterrichtet und war während des Studiums Mikes und Danas wandelndes Lexikon. Er schien alles über die Kelten und ihre Geschichte zu wissen. 1993 begleiteten sie ihn zu einer Grabung in die Bretagne. Dort wurden die Männer Freunde fürs Leben und sie und Mike ein Liebespaar. Gerne dachte sie daran zurück. Wenn sie doch nur nicht so blöd gewesen wäre und sich mit Wilhelm, ihrem Billy Boy, eingelassen hätte. Als Mike davon erfuhr, stürzte er sich auf dieses spanische Miststück Carmen und legte sie flach. Wenn beide treu gewesen wären, könnten sie vielleicht schon seit Jahren verheiratet sein.

„Hallo Baby, alles klar bei dir?"
Mike hatte sich spontan für die Flucht nach vorn entschieden und stieg gemächlich die Leiter hoch. Sie warf ihm einen wütenden Blick zu und giftete ihn an.

36

„Das du dich überhaupt traust..."
Er ging auf sie zu, nahm sie in den Arm und gab ihr einen Kuss auf den Mund.

„Ich hoffe, es geht dir gut. Dein Vater hat mich gebeten, mir mal euer Skelett und das Loch anzusehen. Ist ja ein ziemliches Durcheinander." Er hatte sie überrascht. Mit allem hätte sie gerechnet, aber nicht mit diesem Kuss. Verwirrt sah sie ihn an. Trotz allem, was geschehen war, berührte er nicht nur ihre Lippen, sondern ihr Herz. Sie erinnerte sich an ihre Studienjahre.

Die Zeit war wunderschön. Der Sex war fantastisch. Wir waren glücklich und wollten miteinander leben. Wir sprachen von Verlobung, einmal sogar von Hochzeit. Aber dann kam Wilhelm. Er schwärmte ihr vor von seiner schönen westfälischen Heimat. Ein oder zweimal war sie auf dem Gestüt seines Vaters nahe Dülmen. Wilhelm hatte eine charmante Art und wickelte sie damit um den Finger. Da sie noch nie ein Kind von Traurigkeit war, ließ sie sich irgendwann auf ihn ein und stieg mit ihm ins Bett. Seitdem sie ihn zum ersten Male nackt gesehen hatte, nannte sie ihn nur noch „Billy Boy". Er fühlte sich dadurch angespornt und lief beim Sex zur Hochform auf. Aber irgendwann wurden ihr seine ständigen Schwärmereien von seinem potenten Hengst und Jahrhundertvererber zu bunt und sie schickte ihn in die Wüste. Sie wollte diese Liebelei am liebsten vor

Mike verbergen. Der hatte aber über einen gemeinsamen Bekannten Wind von ihrer Affäre bekommen und rächte sich auf seine Weise. Er stand immer schon auf wilde Frauen. Und als ihm Carmen über den Weg lief, langte er zu und lockte sie in sein Bett. Dort sollen die beiden tagelang nicht herausgekommen sein. Leider war das Techtelmechtel keine kurze Affäre. Ich hätte es besser wissen müssen, dachte sie. Als er sich 1996 rar machte, wurde ihr klar, dass Carmen der Grund dafür war. Sie fand heraus, dass Mike die Glut zwischen sich und der feurigen Spanierin weiter glimmen ließ. Dana hätte beiden die Augen auskratzen wollen. Er konnte seine Finger nicht bei sich halten und hat dieses spanische Miststück auch noch gevögelt, als wir wieder zusammen waren. Ich verfluchte ihn, erinnerte sie sich. Sie grollte und ihre Wut schwoll an. Dass die Sache nicht lange gehalten hatte, gab mir Genugtuung. Ich glaubte, er wäre zu mir zurückgekommen. Ich war so naiv. Er wollte sich überhaupt nicht binden. Vielleicht war er gar nicht fähig für eine feste Beziehung. Nach Carmen soll er noch ein halbes Dutzend anderer Frauen gehabt haben. Dann kam der Sommer siebenundneunzig.

Sie versank in ihrem fernen Schmerz. Die Enttäuschung, die sie fast schon vergessen hatte, war plötzlich wieder ganz nah.

Nach dem Examen verschwand er spurlos von der Bildfläche. Erst viel später erfuhr ich, dass er zu einer Expedition in die Anden aufgebrochen war, um archäologische Stätten zu erforschen. Danach zog er von einer Grabungsstätte zur nächsten. Zu Vaters Siebzigsten tauchte er wieder auf. Aber wir wechselten kaum ein Wort. Wir hatten uns nichts mehr zu sagen. Die Gefühle schienen verloren. Er nahm den Lehrstuhl an der Universität in Köln an, reiste aber weiterhin zu Ausgrabungen nach Italien, in die Bretagne und in die Schweiz. Er soll auf neue Keltenreste gestoßen sein. Aber sicher hat er sich jede Frau genommen, die scharf auf ihn war.

Sie verachtete ihn dafür. Je länger sie darüber nachdachte, desto aggressiver wurden ihre Gedanken. Sie spürte, dass ihr das nicht gut tat. Darum hielt sie inne und analysierte den Augenblick. Was war da gerade eben passiert? Sollte dieser Kuss all ihren Groll und ihre maßlose Enttäuschung einfach so wegwischen können? Ein Schauer zog ihr über ihren Rücken. Es durfte nicht passieren, dass sie sich wieder mit ihm einließ. Sie schüttelte sich.

„Frierst du?"

„Nein", entgegnete sie barsch.

Beinahe schämte sie sich dafür, dass sie vom Fleck weg von seiner unwiderstehlichen Anziehungskraft und seinem fast charismatischen Charme gefangen war. Sie spürte seinen durchtrainierten Körper, seine starken Arme. Beinahe hätte sie ihre Hand auf seinen strammen Hintern gelegt. Im letzten Moment zuckte sie zurück und befreite sich aus seiner Umarmung. Dann betrachtete sie ihn und musterte ihn wie einen Fremden. Er war circa einen Meter achtzig groß. Sein schwarzes, schulterlanges Haar trug er als Pferdeschwanz. Sie schaute in seine sanften, fast schwarzen Augen, betrachtete sein braun gebranntes und von der Sonne gegerbtes Gesicht und erblickte die sexy Narbe über dem rechten Auge, die er sich mit Anfang zwanzig bei einem Motorradunfall zugezogen hatte. Innerlich schüttelte sie den Kopf, als sie seine ausgefranste Jeans sah. Die hatte an den Knien und am Gesäß handtellergroße Löcher. Sein Hemd war zerknittert und die Lederweste speckig und abgewetzt. Die derben Boots waren zerschlissen. Sie kannte keinen Experten, der derart abgerissen seine Arbeit verrichtete.

„Schauen sie doch bitte", riss der Professor sie aus ihren Gedanken. Er nahm ihre Hand und sie kletterte in die Grube. Mike sprang hinein und hob sie spontan von der letzten Sprosse. Ein Hauch von Sandelholz und Moschus wehte ihr entgegen. Das hatte sie damals schwach werden lassen, obwohl sie sich geschworen hatte, sich nicht mit ihm einzulassen. Sie sog den verführerischen Duft tief ein und schloss kurz die Augen. Dann ermahnte sie sich und dachte daran, welch ein Mistkerl hinter dieser schmeichelnden Fassade steckte.

Konzentrier dich, dachte sie und versuchte die Erinnerungen zu vertreiben. Der Professor will deinen Rat als Expertin, keiner fragt nach deinen alten Sehnsüchten.

Seit Ende ihres Studiums hatte sie auf vielen Grabungsstätten in ganz Deutschland und der Schweiz Knochen- und Schädelfunde untersucht. Ihr ausgezeichnetes Wissen, dass sie sich erwarb, hatte ihr bei Archäologen und insbesondere bei der Polizei, einen vorzüglichen Ruf eingebracht. Sie arbeitete gewissenhaft und hatte ein Gespür für knifflige Sachverhalte. Auch dem rätselhaftesten Fund konnte sie meistens sein Geheimnis entlocken. Also kniete sie sich neben die Männer und begann, die Fragmente vorsichtig zu betasten. Sie stutzte.

„Sag mal. Bist du über den Schädel gestolpert?"

Sie sah Mike skeptisch an. Er hatte damals auf dem Grabungsfeld in der Bretagne mehr Augen für eine hübsche Studentin aus Paris als für die Knochen und hatte ungeschickt ein paar angestoßen. Sie brauchten Stunden, bis die genaue Lage rekonstruiert werden konnte.

„Ich bin keine dreiundzwanzig mehr. Ich habe dazu gelernt und bewege mich nun auf Grabungsfeldern wie eine Katze und nicht mehr wie ein Elefant."

„Raubkatze meinst du wohl!"

Er warf ihr einen verächtlichen Blick zu. Sie ignorierte ihn und setzte ihre Untersuchungen fort.

„Also, der Schädel ist nach hinten gekippt und..."

„Das haben wir auch schon festgestellt, aber das könnten Ratten..."

„Wenn du mich in Ruhe zu Ende reden lassen würdest, hättest du dir diesen Satz sparen können. Der Schädel ist also nach hinten gekippt und natürlich hätten es Ratten gewesen sein können." Der gereizte Unterton in ihrer Stimme war nicht zu überhören. Sie nahm ein Vergrößerungsglas aus ihrer Jackentasche und betrachtete zunächst den Schädel und dann den Ellen- und Speichenknochen des rechten Arms aus nächster Nähe. Dann verglich sie die Oberflächenstruktur der Gebeine mit der des Schädels, hielt kurz inne und rieb sich die Augen, als habe sie Sand hinein bekommen. Nochmals wiederholte sie diesen Vorgang und prüfte eingehend die unterschiedlichen Fragmente. Sie richtete sich auf und tat ihre vorläufige Einschätzung kund.

„Meiner Meinung nach gehört dieser Schädel da nicht hin!" Mike und der Professor schauten sie gespannt an und hofften, sie würde zu der gleichen Einschätzung kommen wie sie selbst. Und schon im nächsten Moment bestätigte sie die Vermutungen der beiden Männer. Einen Augenblick ließ sie noch verstreichen, ehe sie fortfuhr. Sie wusste, dass sie

Recht hatte, ihre jahrelange Erfahrung ließ keinen Zweifel, das konnte sie auch ohne Radiokarbonmethode erkennen.

„Aufgrund der Anatomie gehört ein Schädel natürlich an die Stelle oberhalb der Halswirbel. Aber sollten alle Knochen nicht ein einheitliches Bild ergeben?", fragte sie und die Männer nickten zustimmend.

„Aber hier haben wir deutlich erkennbare Unterschiede. Zumindest der Schädel wenn nicht sogar die Knochenfragmente der rechten Hand gehören in ein anderes Jahrtausend als die Gebeine." Mike feixte. Er hatte es gewusst. Irgendwer hatte hier eine Sauerei veranstaltet. Jetzt würde es einen heißen Tanz geben und wer weiß, was dabei zu Tage käme.

Kapitel 5 >>16. September<<

Barnabas saß in seinem Büro. Er hatte das zweigeschossige Mehrfamilienhaus vor zwanzig Jahren von einem befreundeten Architekten planen und von seiner eigenen Baufirma in dem gemütlichen Dürener Ortsteil Arnoldsweiler am Ortsausgang Richtung Ellen bauen lassen. Die beiden kleineren Wohnungen im Erdgeschoss waren vermietet, die größere im Obergeschoss bewohnte er selbst. Im Dachgeschoss richtete er sich sein Büro ein. Bis zur Autobahn vier waren es nur wenige hundert Meter Luftlinie, darum ließ er damals um das Anwesen eine Hainbuchenhecke pflanzen. Mittlerweile war sie hoch genug, um dem Anwesen Ruhe und Schatten zu spenden. Sein Büro ließ er sich von Dana einrichten. Sie hatte Gespür für eine bequeme und dennoch zweckmäßige Einrichtung bewiesen. Schreib- und Zeichentisch, Regalwände und Aktenschränke waren aus massivem Ahornholz gefertigt. Der Chefsessel wirkte mit dem modernen Pilotendesign und dem edlen Leder als hätte man ihn aus einer teurem Privatjet ausgebaut. Die Wände waren in warme, irdene Farbtöne getaucht. Großflächige Landschaftsbilder von den Cliffs of Moher, vom Grand Canyon und von den Wasserfällen des Iguacu schufen eine wunderbare Ruhe. Die Birkenfeigen und der Bambus rechts und links des großen Panoramafensters rundeten die besondere Stimmung in den Räumlichkeiten ab. Hier konnte sich jeder wohl fühlen. Vom Schreibtisch hatte er einen prächtigen Blick weit über die Autobahn hinüber zur Sophienhöhe. Der von Menschenhand geschaffene Hügel war eine Abraumhalde des Braunkohletagebaus. Im Laufe der Jahre hatte man eine konsequente Aufforstung betrieben und mittlerweile waren große Teile der Halde zu einem Eldorado für Spaziergänger und Wanderer geworden. Auch kamen immer wieder Touristen hierher, weil sich hier ein atemberaubender Blick in den Tagebau Hambach bot. Er hatte die Füße hochgelegt und las in einem Buch über die bewegte Dürener Geschichte, die vor zweitausend Jahren mit der Besiedlung durch die Kelten begann. Sie nannten ihre kleine Ansiedlung Durum. Nach den Kelten kamen die Germanen, dann die Römer und man wurde zur Villa Duria. Im achten Jahrhundert hielt Frankenkönig Pippin hier wichtige Versammlungen ab. Er ließ eine Königsburg, die Pfalz, errichten. Sie stand dort, wo heute die Annakirche erbaut ist. Im Laufe der Zeit kam auch Karl der Große öfter hierher. So entstanden Märkte wie der Korn-, Vieh-, Holz- und Hühnermarkt. Sie trugen zum raschen Aufschwung der Siedlung bei. Anfang des dreizehnten Jahrhunderts erhielt man die Stadtrechte. Im fünfzehnten Jahrhundert bestimmte das Tuch- und Metallgewerbe, seit dem siebzehnten Jahrhundert die Papiererzeugung die Wirtschaft Dürens. Ende des achtzehnten Jahrhunderts galt Düren als eine der wohlhabendsten Städte des damaligen Deutschland und als zweitreichste Stadt Preußens. Leider hatten die Alliierten im November vierundvierzig entschieden, diese schöne Stadt in Schutt und Asche zu legen. Der Krieg kannte keine Schönheit, nur Tod und Zerstörung. Er legte das Buch beiseite und dachte nach. Was wäre, wenn das Skelett sich als das herausstellen würde, was er hoffte. Einerseits freute er sich. Andererseits dürfte Gideon nicht zu früh von der Grabung und den Ermittlungen rund um das Skelett erfahren, weil er sonst versuchen würde, sie aufzuhalten. Barnabas wollte es steuern, wann und wie Gideon davon erfahren würde. Wenn es gut lief, würde er die Abrechnung wie ein Schauspiel inszenieren. Wenn es schlecht lief, stünde Gideon morgen schon vor ihm. Was würde dann passieren? Würde er versuchen, auch ihn aus dem Weg zu räumen? War er in all den Jahren so skrupellos geworden? Hatte Vater ihm denn nichts beigebracht über Ehre und Gewissen? Oder hatte er alles Wissen und gute Benehmen aufgegeben für seine niederträchtigen Ziele? Seine Gedanken schweiften weit in die Vergangenheit.

Sein Vater Robert war zunächst mit Gideons Mutter Janet Mulgrew zusammen. Sie war gerade achtzehn Jahre alt, als er geboren wurde. Sie kam aus ärmlichen Verhältnissen, arbeitete auf einem Gutshof als Küchenmagd. Sein Vater war Vorarbeiter und zeitweise auf diesem Gut tätig. Nach einer gemeinsamen Nacht wurde sie mit siebzehn schwanger. Nach seinen Erzählungen war es eine kurze aber stürmische Geschichte. Sie waren grundverschieden. Er zog übers Land mit ihr und ihrem Sohn im Schlepptau. Nach zwei Jahren war sie das unstete Leben leid. Sie fand Trost bei Paul McDermott, einem Handlungsreisenden aus Belfast. Sie verließ Robert und heiratete den Nordiren. Zunächst folgte sie ihm, später zogen sie auf die britische Insel, weil Paul in London bessere Geschäfte vermutete. Kontakt zu Robert hielt sie wegen Gideon dennoch all die Jahre. Er gab ihr regelmäßig Geld, damit sie seinen Sohn anständig einkleiden konnte. Kurz vor Kriegsende wurden die beiden bei einem Luftangriff getötet. Als Robert davon erfuhr, nahm er den mittlerweile elf Jahre alten Jungen zu sich. Er hatte 1936 in Lady Elisabeth O'Connell seine große Liebe gefunden. Sie war eine starke Frau. Obwohl er nicht standesgemäß war, setzte sie sich bei ihren Eltern durch und sie wurden ein Paar. Sie stammte aus wohlhabenden Verhältnissen. Ihre Familie besaß mehrere Gutshöfe und endlose Weideflächen im County Kildare. Dort züchteten sie edle Pferde. Sie war das einzige Kind und erbte nach dem Tod der Eltern das gesamte Vermögen. Anfang siebenunddreißig heirateten sie. Im Herbst des gleichen Jahres wurde Barnabas geboren, drei Jahre später Joseph. Es waren glückliche, unbeschwerte Jahre für die beiden Jungs. Ihre Eltern verstanden sich prächtig. Robert, war der robuste, aber verständnisvolle, kräftige Kerl, der zupacken konnte und immer seinen Mann stand. Elisabeth war die sanfte, aber resolute Kämpferin, zierlich von Gestalt, aber sehr klug und geschäftstüchtig. Sie ergänzten sich auf wunderbare Weise. Barnabas war acht Jahre alt, als Gideon in die Familie kam. Sein Halbbruder war für ihn ein Eindringling, der ihm die Aufmerksamkeit der Eltern stahl und um ihre Gunst buhlte.

Er sah seine Eltern als sein Eigentum und ihn als gemeinen Dieb. Gideon war ein schmächtiger, dürrer Hänfling. Er machte aber wegen seiner besonderen Intelligenz in der Schule eine gute Figur. Doch Barnabas machte ihn zum Außenseiter. Joseph versuchte anfangs zwischen den Streithähnen zu vermitteln, denn er verstand sich mit seinem leiblichen und mit seinem Halbbruder gut. Aber er scheiterte kläglich. Zu tief gruben die beiden anderen einen Graben zwischen sich, der im Laufe der Jahre unüberwindbar wurde. Er gab sein Bestreben auf und kümmerte sich fortan nur noch um sich selbst. So hatte sein leiblicher Bruder freie Hand und machte sich auf Kosten seines Halbbruders beliebt bei den anderen Jungs in der Schule. Er wurde nicht zuletzt wegen seiner kräftigen Statur, die er zweifelsohne von seinem Vater geerbt hatte, ihr Anführer. Er war schlau und verschlagen. Aber im Gegensatz zu Gideon nutzte er dies mehr, um sich zu amüsieren, denn zu profilieren. Mit seinem natürlichen Charme wickelte er Lehrer wie Lehrerinnen um den kleinen Finger und brauchte sich nie besonders anzustrengen, um gute Noten zu erzielen. Natürlich standen auch die Mädchen Schlange, um mal mit ihm auszugehen. Ihr Verhältnis zueinander eskalierte, als 1955 Bridget McAllister in Kildare auftauchte. Gideon begegnete ihr in der Schulbücherei. Sie war hingerissen von seinem Wissen. Beide interessierten sich für die irische Geschichte und redeten stundenlang über die keltische Gesellschaftsordnung und das mystische Leben der Druiden. Er verliebte sich und gestand ihr seine tief empfundene Zuneigung. Weil sie kein Kind von Traurigkeit war und nie mit ihren Reizen geizte, ließ sie sich mit ihm ein und sie schliefen monatelang beinahe täglich miteinander. Aber für sie war es nur eine Liebelei. Als sie ihn wieder einmal zuhause besuchte, begegnete sie Barnabas. Es war Liebe auf den ersten Blick. Ein Jahr später heirateten die beiden. Gideon konnte diesen Verrat nicht ertragen. Er überwarf sich mit ihr, verfluchte seinen Halbbruder und verließ das Gut. In Dublin studierte er irische Geschichte und Archäologie. Er wurde ein angesehener Fachmann auf dem Gebiet der Keltenforschung. Aber er wurde kein Archäologe, sondern Geschäftsmann. Er baute einen Antiquitäten- und Raritätenhandel auf, der mehr oder weniger legal allerlei Waren erwarb und verschob. Gideon schreckte dabei auch nicht vor Elfenbein oder Nashörnern zurück. Eine Familie gründete er nie. Er hatte zwar einige Affären, meist mit verheirateten Frauen, ließ sich aber mit keiner Frau wirklich ein. So blieb er allein. Barnabas fragte sich, ob er deshalb so geworden war. Seine geliebte, gottesfürchtige Mutter würde sich im Grabe herumdrehen, wenn sie wüsste, wodurch er sich vor vierzig Jahren für alle Ewigkeiten versündigt hatte. Er wusste von seinen irischen Freunden, dass Gideon seit damals immer gewalttätiger geworden war und rücksichtslos sein Geschäft in Dublin betrieb. Darum musste er vor ihm auf der Hut sein und sich schützen. Er würde seinen alten Freund John Richards zur Grabung schicken. Der hatte vor Jahren eine Firma für Sicherheitsdienste gegründet. Die Typen, die bei ihm arbeiteten, konnten ordentlich austeilen. Als ob er seine Idee sich selbst bestätigen müsste, nickte er und griff zum Hörer.

Später nahm er sich die Aufzeichnungen und Gesprächsnotizen aus den Lagebesprechungen mit Mike zur Hand. Die ersten Daten, die er und Dana zusammengetragen hatten, schienen verheißungsvoll. Aber Sicherheit zu dem Skelett hatte er noch nicht. Er musste sich etwas einfallen lassen und mit den Behörden reden, damit man die Fragmente bergen und verschicken konnte. Aber das würde er nicht mehr heute erledigen. Er war müde und schaute aus dem Fenster. Der Himmel zeigte sich wolkenverhangen. Nur wenige Wochen zuvor brannte die Augustsonne heiß vom Himmel und trocknete das Land aus. Aber nun hatten sich die Temperaturen deutlich gesenkt. Die Vorboten des nahenden Herbstes standen vor der Tür. Es wurde morgens kaum mehr als zehn und am Tage nur noch um die zwanzig Grad warm. Sein Blick schweifte über die Felder.

50

In der Ferne zog ein Mähdrescher seine Bahnen durch ein Maisfeld. Der leichte Wind verteilte das Erntegut teilweise in den mitfahrenden Lastkraftwagen und teilweise auf das Feld. Schön, wenn man sich nur darum kümmern musste, so viel wie möglich an Bodenerträgen nach Hause zu bringen. Wenn man nicht von düsteren Gespenstern aus der Vergangenheit verfolgt wurde und spürte, wie alte Wunden aufrissen. Und wenn man nach der Arbeit sah, was man in wenigen Stunden geleistet hatte. Er hatte die Bauern und Landwirte oft um ihr Leben beneidet. Was wäre gewesen, wenn er damals seine Heimat nicht verlassen hätte. Wenn er nicht in Dublin studiert hätte, sondern auf dem Gut seiner Eltern geblieben wäre. Aber dann kam Bridget und alles wurde anders. Ihr Leben konnte er gut mit einem Schiff auf hoher See vergleichen. Sie war der Motor, der das Schiff antrieb und das Segel, das sie stets auf Kurs hielt. Er war der kraftvolle Bug, der die Wellen brach und für ruhige See sorgte. Nein, auf dem Gut wäre er nicht glücklich geworden. Er war rastlos. Es musste wohl so kommen. Aber sie hatten einen hohen Preis dafür bezahlt, die Heimat verlassen und in Deutschland Wurzeln geschlagen zu haben. Wehmütig dachte er an seine geliebte Ehefrau und spürte wie tief der Dorn ihres frühen Todes saß. Er schüttelte sich, als wolle er die Wehmut wie ein lästiges Insekt vertreiben. Dann lenkte er sich ab und widmete sich den Bauplänen. Sein Auftraggeber wollte bis zum Winter die Maschinen- und Lagerhalle fertig haben. Zusätzlich sollte ein großer Stellplatz entstehen. Bald würde er nachfragen, warum es nicht weitergehe. Er musste sich etwas einfallen lassen, denn das Grab ging vor. Es barg ein Skelett, das offenbar nur teilweise antik war. Nie im Leben hätte er es hier vermutet. Damals war der Wald viel dichter. Er wusste noch nicht, ob dies die geheime Grabung war, aber er fühlte, dass sie auf dem richtigen Weg waren. Es musste sein, dass er jetzt diesen grässlichen Ort, wo sein Halbbruder Teile der Leiche seines besten Freundes verscharrt und alle Spuren vernichtet hatte, finden würde. Er dachte darüber nach, dass es eine Zeit gab, wo ein mehrwöchiger Baustopp an ihm genagt hätte wie ein Rudel Schnecken, das über eine Salatpflanzung herfällt. Jetzt störte ihn das nicht mehr. Er spürte, dass der Tag der Abrechnung näher kam und das erfüllte ihn mit einer inneren Ruhe, wie er sie nicht kannte. Plötzlich stand Dana im Büro. Er hatte ihr Kommen nicht bemerkt, so sehr war er in Gedanken versunken. Sie ging um den Schreibtisch herum und küsste ihn auf die Stirn.

„Gibt es etwas Neues?"

Sie erzählte ihm, dass es eine Reihe von Ungereimtheiten gebe, die sie nicht lösen konnten. Dann erkundigte sie sich nach seinem Wohlergehen und sie plauderten übers Wetter. Er hoffte, dass es trocken bleiben würde und auch Dana fürchtete, dass ein Platzregen ihnen die Arbeit erschweren würde. Schließlich kamen sie dazu, über sie und Mike zu sprechen. Sie erzählte von der guten beruflichen Zusammenarbeit und davon, was sie in der kurzen Zeit gemeinsam mit Professor Baronne entdeckt hatten. Aber sie erwähnte nichts von ihren Gefühlen für Mike und dass sie sich täglich näher kamen. Darüber mit ihrem Vater zu sprechen war ihr noch zu früh. Just in diesem Moment klingelte ihr Handy.

„Treffen? Warum? Interessant. Gut, ich komme!"

„War er das?" Sie nickte.

„Er sagte, dass sie etwas sehr Merkwürdiges entdeckt haben, was unsere Erforschungen vielleicht vorantreiben könnte. Wir wollen das gleich besprechen. Ich fahre", sagte sie bestimmt, gab ihren Vater einen Kuss auf die Stirn und ging. Barnabas freute sich und glaubte, dass die Suche ein baldiges Ende finden würde. Dann nagele ich diesen Bastard ans Kreuz und kann in Ruhe sterben. Er lehnte sich zurück und schloss die Augen. Eine innere Ruhe überkam ihn. Er war vorbereitet. Seit vierzig Jahren wartete er auf das, was sich nun zu erfüllen schien.

Kapitel 6 >>20. September<<

Sie kamen trotz ihrer Entdeckungen in den letzten Tagen keinen Schritt weiter. Der vermeintlich wichtige Hinweis entpuppte sich als Pleite. Sie ersannen gemeinsam mit Claude verschiedene Theorien, warum die Knochen des Skeletts unterschiedlich bleich und verwittert waren. Aber keines ihrer Denkmodelle führte zu einer schlüssigen Lösung. Schließlich würde es darauf hinaus laufen, dass sie es bergen und zur Untersuchung und Datierung nach Erlangen verschicken müssten, um Klarheit zu bekommen. Ihr Vater hatte irgendwie seltsam auf die Idee reagiert. Aber Dana erklärte, dass eine genaue Datierung nur mit der Radiokarbonmethode möglich sei. Aus irgendeinem Grunde, den sie nicht verstand, war er nicht davon zu überzeugen, dass dies die einzige Möglichkeit war. Morgen wenn Mike zu seinem Vater nach Köln fahren würde, müsste sie das mit ihm besprechen. Nun aber wollte sie den Abend genießen. Mike hatte sie eingeladen und kochte für sie. Sie beobachtete wie sorgfältig er den Salat putzte und wusch, bemerkte seine Fingerfertigkeit beim Schneiden der Karotten und Zwiebeln und sah zu, wie er fachmännisch das Fleisch briet. Als er schließlich alles abschmeckte und liebevoll den Tisch deckte, wunderte sie sich über seine Qualitäten als Hausmann. Sollte dieser Schürzenjäger von einst sich etwa so gewandelt haben? Sie schüttelte vehement den Kopf.

„Stimmt etwas nicht?"

„Nein, alles ist in Ordnung. Ich hab nur gerade über etwas sehr Absurdes nachgedacht. Hat nichts mit dir zu tun", schwindelte sie. Er hatte ein köstliches Dreigangmenü zubereitet und zelebrierte es nun. Vorab servierte er einen angenehm milden Cherry, der Appetit auf mehr machte. Als Vorspeise hatte er eine Kürbissuppe gekocht. Sie war so köstlich, dass Dana am Liebsten zum Herd gegangen wäre und den Topf ausgeleckt hätte. Es blieb nichts übrig. Als Hauptgang gab es hausgemachte Spätzle mit Rehbraten, Rotkohl und Apfelkompott. Dazu reichte er ihr einen sanften Roséwein. Sie fühlte sich verwöhnt. Wenn sie nicht ein wenig auf ihre Figur achten müsste, hätte sie auch hier alles bis auf den letzten Bissen verspeist. So aber beließ sie es bei einer Portion und freute sich zum Abschluss über eine himmlisch luftig aufgeschlagene Mousse au Chocolat. Das Essen war rund herum köstlich. Soviel Geschick hatte sie ihm nicht zugetraut. Er war immer wieder für eine Überraschung gut.

Mike hatte sie während des Essens immer wieder eingehend betrachtet. Sie war schweigsam. Beim Essen spricht man nicht, hatte man sie gelehrt. Aber irgendwie war sie weit weg. Woran sie wohl dachte? Er hatte sie fragen wollen, beließ es aber dabei. Vielleicht bewunderte sie auch nur seine Kochkünste und war so begeistert von seinem guten Geschmack, dass ihr die Worte fehlten, dachte er schließlich.

Nach dem Essen wendeten sie sich wieder ihrem mysteriösen Fall zu. Dabei sah er ihr eindringlich in die Augen. Zwei Seelen schlugen in seiner Brust. Die des Wissenschaftlers, der anerkennend ihre hervorragende Arbeit zu würdigen wusste. Und die des Machos, der nur schwer verstehen konnte, dass eine so sinnlich schöne Frau einen so messerscharfen Verstand haben konnte. Zu Beginn ihrer Mitarbeit hatte er sich entschieden, alles rein professionell anzugehen und Gefühle außen vor zu lassen. Ihre Idee, das Skelett einem forensisch arbeitenden Labor zu schicken, war natürlich gut. Schließlich wusste sie, wovon sie sprach, denn sie hatte das studiert. Aber die Umsetzung war schwierig. Er verschwieg ihr bisher, dass Barnabas den Fund noch nicht angezeigte und die Grabung somit illegal war. Auch fühlte er sich mies, weil er dadurch auch Claudes Ruf riskierte. Bald müsste er mit der Wahrheit ans Tageslicht. Hoffentlich bemerkten sie den Schwindel nicht vorher. Gut dass man die Fundstätte nur aus der Luft einsehen konnte. Und wer kam schon auf die Idee, das Areal zu überfliegen. Aber wenn es ganz dumm laufen würde, könnte sich ein Beobachter der Landesbehörden, der den Fortgang des Autobahnbaus kontrollierte, das Gelände einsehen und dann hätten sie ein echtes Problem. Also musste Mike Barnabas so schnell wie möglich überzeugen, dass er mit den entsprechenden Stellen ein klärendes Gespräch führen und alles legalisieren müsste. Aber nicht heute. Jetzt entschied er, den Wissenschaftler wegzusperren und den Mann, den die Frauen lieben, hervor zu holen.

Er musterte sie. Die wilde Mähne hatte sie gezähmt und zu einem kunstvollen Zopf geflochten. Sie hatte ihre sanften Rehaugen mit einem Hauch von Kajal betont. Ansonsten trug sie – auch auf ihren sinnlichen Lippen - keine Schminke. Er mochte ihre Natürlichkeit von jeher.

Wer weiß, vielleicht bekomme ich heute noch einen sanften Kuss. Der schmeckt mir viel besser pur als mit dickem Lippenstift. Er glitt mit der Zunge über seine Lippen. Sie sah zum Anbeißen aus. Sie trug eine dunkle Leinenhose und eine weiße Spitzenbluse. Ein schwarzer BH schimmerte durch den feinen Stoff. Die Springerstiefel hatte sie gegen schwarze Lackpumps getauscht. Sie umgab ein Hauch von Rosen. Er schenkte Wein nach. Als sie das Glas hob, spreizte sie den kleinen Finger ab. Bei jeder anderen Frau hätte das arrogant gewirkt. Ihr aber verlieh es das gewisse Etwas. Dann sah er sie an und lächelte.

Das Gespräch über die Arbeit fand ein Ende.

Zunächst zögerte er, weil er fürchtete, alte Wunden aufzureißen. Aber dann vertraute er auf die Wirkung des Weines und begann von der Expeditionsreise nach Südamerika zu erzählen. In den Anden hatte er abseits der gewohnten Pfade und jenseits seines archäologischen Wissens neue Erkenntnisse gefunden. Er berichtete auch von seinen abenteuerlichen Ausgrabungen in Süditalien, in der Bretagne und überall dort, wo Römer, Kelten und Germanen auszugraben waren. Er wusste ob seiner Wirkung, wenn er erzählte und dass er Menschen damit in seinen Bann ziehen konnte. Das funktionierte bei seinen Studentinnen in Köln und auch Dana erging es nicht anders.

Sie lächelte und hörte aufmerksam zu. Sie hatte es immer schon gut leiden können, wie er etwas erzählte, wie er mit Worten, Gesten und raumgreifenden Gebärden die Welt und die Menschen beschrieb und in bunten Bildern lebendig werden ließ. In dieser Hinsicht war er ein Zauberer. Ihn umgab eine besondere Aura und sie mochte seine rauchige Stimme, die wohl vom jahrelangen Genuss irischen Whiskys und dieser seltsamen Zigarillos herrührte. Er sah ihr in die Augen. Ihr stieg der Rosé langsam zu Kopf. Sie hatten schon etliche Gläser geleert. Abrupt stand sie auf.

„Kann ich ein Fenster öffnen? Mir ist warm."

„Klar!" In seiner Stimme schien feiner Spott mitzuschwingen. Für einen Moment glaubte sie, er spiele mit ihr. Aber das konnte nicht sein.

„Und du? Was macht deine neue Leidenschaft?"
Sie schaute ihn verunsichert und irritiert an. Spielte er etwa auf ihre kurze, aber leidenschaftliche Affäre

mit Paul Le Blanc von der Sorbonne an? Sie hatte nicht einmal ihrem Vater davon erzählt. Woher sollte also Mike davon wissen? Sie zögerte.

„Was meinst Du?"

„Na, die Sache mit deiner Ahnenforschung. Hast ja schon einiges entdeckt. Barnabas hat letztens so etwas erzählt!" Sie atmete erleichtert auf.

„Ach das meinst du. Wenn es dich interessiert?"

„Na klar, ich brenne darauf!"

„Mein Großvater Robert lud mich Anfang des Jahres auf seinen Gutshof in die Eifel ein. Er hatte dort Ende der fünfziger Jahre ein verlassenes und vom Verfall bedrohtes Rittergut aus dem Mittelalter erworben. Wie du weißt, hat er es damals mit Vaters Hilfe über mehrere Jahre aufwendig restauriert und zu einer Ferienanlage ausgebaut. Er erklärte mir, dass er sie schließen und in die Heimat zurückkehren wolle, um seinen Lebensabend dort zu genießen. Es klang merkwürdig und ein bisschen wie ein Abschied. Aber er hat nichts von einer Krankheit oder so angedeutet. Immerhin wird er Ende des Jahres vierundneunzig, da darf man sich zur Ruhe setzen. Er zeigte mir das herrliche Anwesen. Es gibt ein Haupthaus, wo er gewohnt hat, und mehrere Nebenhäuser voller Sportgeräte, Duschen, Pools, Schlafräumen und alles Mögliche, was eine tolle Freizeiteinrichtung so braucht. Dann erklärte er mir, dass er alles mir vermachen wolle. Ich war völlig platt. Er hält nicht viel von meinem Bruder. Er sagte, dass David keinen Penny von ihm bekommen würde. Mir aber würde er den Hof mit allen Ländereien überschreiben. Er meinte, er hätte ein gutes Gefühl dabei. Ich konnte gar nicht ablehnen. Ende März waren wir bei seinem Notar in Köln. Der hatte alles vorbereitet, ich brauchte nur zu unterschreiben und jetzt bin ich stolze Eigentümerin eines mittelalterlichen Ritterguts mit mehr als zehn Hektar Land drum herum. Ich fühle mich wie eine Schlossherrin. Das hätte ich mir nie träumen lassen. Anfang Juli ist Großvater abgereist. Sämtliches Mobiliar hat er zurück gelassen und nur seine persönliche Habe mitgenommen. Ich habe versprochen, ihn bald bei Onkel Joseph in Galway zu besuchen. Vor vier Wochen bin ich zum Gut gefahren und habe ein bisschen herum gestöbert. Auf dem Speicher des Haupthauses fand ich eine uralte Truhe. Obenauf lagen Stammbücher unserer Familie und weitere, wertvolle Schriftstücke. Mich hat das Stammbaumfieber gepackt. Ich habe einen angelegt und kann unsere Familie schon bis ins 17. Jahrhundert zurückverfolgen. Ich fand in der Truhe auch Hochzeitsbilder von..."

Sie stockte in ihrer Erzählung. Tränen rannen von ihren Wangen und sie schluchzte laut.

„Ich hätte sie so gerne gekannt. Großvater hat oft erzählt, dass sie eine mutige und leidenschaftliche

Frau war. Sie soll so neugierig und wissbegierig gewesen sein wie..."

„Du!", vollendete Mike den Satz und nahm sie in die Arme. Er wischte ihr die Tränen weg und streichelte ihre Wangen. Plötzlich war da nichts mehr von der versierten Expertin. Ihm wurde bewusst, dass er diese wunderschöne Frau schon einmal aus den Augen verloren hatte. Wenn er ehrlich zu sich selbst war, musste er sagen, dass er sie im Stich gelassen hatte und geflüchtet war. Jetzt spürte er ein intensives Verlangen nach ihrer Nähe. Er wollte ihre zarte Haut berühren. Sie zog ihn zu sich und sie umarmten sich. Er bemerkte, dass sie zitterte und sprach es ihrem Erregungszustand zu. Denn er wusste nichts von ihrem inneren Kampf. Fast unmerklich stieß sie ihn wieder weg. Auch sie spürte die erotische Spannung, die immer noch zwischen ihnen bestand. Aber sie zögerte und dachte daran, dass sie beim letzten Mal, wo sie sich auf ihn eingelassen hatte, außer gutem Sex nur enttäuschte Liebe, Sehnsucht und Einsamkeit bekam. Natürlich hatte auch sie ihr Scherflein dazu beigetragen durch ihre Affäre mit Wilhelm. Aber das alles wollte sie nicht noch einmal erleben müssen. Die Gedanken an ihre gemeinsame Zeit ließen sie wieder wütend werden. Schon wollte sie aufspringen und davonlaufen. Dann aber hielt sie inne. Sie hatte viel daraus gelernt. Sie war fremdgegangen, dann hatte er sie betrogen, sie hatten einander verziehen, aber er konnte seine Hände nicht von Carmen lassen und schließlich ließ er sie sitzen für die feurige Spanierin.

Du bist reifer geworden, ermahnte sie sich. Du kannst dich gut behaupten. Du sagst, was dir gefällt und nimmst dir, was du willst.

Sie dachte an Paul, an seine leidenschaftlichen Küsse, seine Gier und seine Lust. Ein Schauer lief ihr über den Rücken. Als er mehr wollte, hatte sie ihn fallen lassen. So wie es ihr damals mit Mike ergangen war. Dieses Mal war es anders. Sie wusste, was sie wollte und was nicht und jetzt wollte sie ihn. Sie umrundete mit der Fingerkuppe seine Augenpartie, streichelte ihm über die Nase und legte ihre flache Hand auf seine Wange. Sie küsste ihn und berührte mit ihrer Zunge flüchtig seine Oberlippe. Das tat sie so vorsichtig als ob sie an einem Eiszapfen leckte und drohte, daran kleben zu bleiben. Er sah ihr in die Augen, streichelte ihre hohen Wangenknochen, die ihrem zierlichen, runden Gesicht eine kraftvolle Mitte gaben. Dann küsste er sie. Zunächst zart, dann zunehmend stürmischer, Leidenschaft sprach aus ihren Augen. Seine Hand glitt über ihren Hals, hinab in ihre Bluse. Mit gespielter Empörung stieß sie ihn fort, hielt ihn aber am Hosenbund. Sie lächelte ihn herausfordernd an und forderte ihn auf, sich auszuziehen.

Wortlos stand er stand auf, drehte ihr den Rücken zu, zog sich aus und ging nackt ins Schlafzimmer. Dort legte er sich rücklings aufs Bett.

Sie folgte ihm und verharrte im Türrahmen. Sie zog sich aus und beobachtete, wie sehr ihr Anblick ihn erregte. Sie ging zu ihm, kniete sich aufs Bett und kroch auf allen Vieren wie ein Tiger, der sich an eine Beute heranschleicht, auf ihn zu. Seine Muskeln spannten sich, er versprühte pure Männlichkeit. Beide genossen die knisternde Erotik dieses Moments. Dann zog er sie auf sich und die Welt um sie herum verschwamm.

Kapitel 7 >>21. September<<

Es war heller Tag. Die Sonne schien ins Zimmer. Mike blinzelte, sein Kopf dröhnte wie ein schwerer Lastzug. Das letzte Glas Wein war wohl das berühmte Tröpfchen zu viel. Er wälzte sich aus dem Bett und ging ins Bad, spritzte sich Wasser ins Gesicht und betrachtete sich im Spiegel. Dann sah er an sich herab und schien erst jetzt zu bemerken, dass er nackt war. Er schmunzelte und warf einen Blick ins Schlafzimmer. Auf dem Bett lag Dana. Sie atmete tief und ruhig. Er ging zu ihr, betrachtete ihren schönen, nackten Körper und schaute in ihr ebenmäßiges Gesicht mit der süßen Stupsnase und den vielen Sommersprossen. Dann setzte er sich auf die Bettkante und strich ihr durch das feuerrote Haar. Mit jedem Atemzug hoben und senkten sich ihre Brüste. Er erinnerte die Nacht und spürte etwas tief in seinem Herzen, dass er nicht benennen konnte. War es Liebe oder nur Lust? Sie war forscher als früher, hatte die Initiative ergriffen und ihn gefordert, ihn gereizt und erregt und tat Dinge, die er bisher nur von Carmen kannte. Eine Woge der Lust überkam ihn, er verlangte nach ihrer warmen, weichen Haut. Er küsste ihre Brüste und legte seine Hand auf ihren Venushügel. Sie schlug die Augen auf und grinste. Dann räkelte und streckte sie sich.

„Darf ich dir bei deinen morgendlichen Leibesübungen helfen?", kommentierte er ihre Bewegungen. Mit einem sinnlichen Lächeln, aber wortlos zog sie ihn zu sich.

Mike duschte. Er dachte an das bevorstehende Gespräch mit seinem Vater. Er würde einige Münzen und Scherben mitnehmen und ihm auch das Schwert zeigen. Er könnte ihm sicher bestätigen, was er vermutete. Er stieg aus der Dusche. Dana stand am Waschbecken und putzte sich die Zähne. Er gab ihr einen Klaps auf den nackten Po und verschwand im Schlafzimmer. König Arthur hatten seine Freunde früher halb spöttisch halb ehrfürchtig seinen Vater genannt. Die Leidenschaft für Geschichte musste er wohl von ihm haben. Aber von wem hatte er die für schöne Frauen und ein zügelloses Leben? Sein Vater war nicht nur ein hervorragender Historiker, sondern auch ein penetrant katholischer Theologe, der alles und jeden mit Gottes Wort zu be- und verurteilen wusste. Er mochte Dana nie, weil er glaubte, sie hätte seinen Sohn verhext und von Deutschland fortgetrieben. Die Abneigung war gegenseitig. Sie bezeichnete ihn als bigott und verlogen, weil er tief gläubig tat, zugleich aber voller Vorurteile war. Mittlerweile hatte Mike sich angezogen und ging zurück ins Bad. Nun duschte sie. Er schaute ihr zu. Trotz ihrer Größe von nur einem Meter sechzig wirkte sie nicht klein. Das lag wohl an ihrem durchtrainierten Körper. Ihre festen Brüste, der flache Bauch und die strammen Schenkel unterstrichen ihr sportliches Aussehen. Er betrachtete sie, erinnerte die letzten Stunden und hatte schon wieder Lust. Er konnte von ihrer Nähe gar nicht mehr genug bekommen. Aber er zügelte sich.

„Bleibst du noch? Ich muss jetzt los, bin aber gegen vier wieder zurück."

„Ja, ich gehe wieder ins Bett. Muss mich erholen und neue Energie tanken für später."
Sie wusch ihren schönen Körper mit kreisenden Bewegungen. Mike war froh, dass er sich bei der Einrichtung seines Bades für eine Nasszelle mit Blankglas entschieden hatte. So stand er da wie vor einem Fernseher und genoss den Anblick. Nach

einigen Momenten riss er sich los und erinnerte sich an den Besuch bei seinem Vater. Wie gern wäre er in die Dusche gestiegen und hätte ihr bei der Morgenwäsche geholfen. Aber er musste ihn unbedingt besuchen.

Arthur saß an einem großen Mahagonischreibtisch in dem abgedunkelten Büro und las in der Bibel. In der Kindheit und Jugend diente das Arbeitszimmer seines Vaters Mike und seine Freunden oft als Gruft. Diese düstere, kühle Atmosphäre eignete sich hervorragend für Gruselgeschichten. Seit dem Tod seiner Mutter war es noch trister geworden. Die Haushälterin hatte ihm geöffnet und ihn hinein geführt.

„Gott zum Gruße, Michael, mein Sohn!"

„Guten Tag, Vater, wie geht es Dir?" Ihr Verhältnis war immer distanziert. Er war ein Vater, der seinen Sohn zwar von Herzen liebte, in dem aber eine erzkatholische Disziplin und fast schon mittelalterlich wirkende Distanz gegenüber seinem Nachwuchs tief verankert schien. Wenigstens durfte er ihn duzen und musste nicht den Pluralis majestatis verwenden. Der stattliche, einen Meter fünfundachtzig große Arthur war stets korrekt im schwarzen Anzug gewandet. Aus seinen klaren, graublauen Augen konnte Güte, aber im nächsten Moment auch Härte sprechen. Sein dichtes, weißgraues Haar hatte er mit einem sauberen Linksscheitel gekämmt und mit

Haarspray fixiert. Seine fein gliedrige Brille, die auf seiner Nasenspitze thronte, gab ihm das Aussehen eines weisen Professors. Tatsächlich war er einer. Professor für katholische Theologie und rheinische Geschichte an der Universität in Köln. Vor fünf Jahren hatte er aus Altersgründen aufgehört, war aber immer noch äußerst beliebt bei seinen Studenten. Viele besuchten ihn in seiner schönen Villa im Dürener Stadtteil Lendersdorf, um mit ihm über Gott und die Welt zu philosophieren und sich seinen wohl geschätzten Rat zu holen. Er war Zeit seines Lebens Berater der Bischöfe und weiterer, wichtiger Kirchenmänner. Auch hatte er rege Kontakte nach Rom und besuchte regelmäßig Kongresse im Vatikan. Er war ein gottesfürchtiger Mann. So stand für den Theologen auch die Heiligkeit der Ehe über allem. Mikes Eltern hatten eine vorbildliche Ehe geführt und waren über dreißig Jahre glücklich verheiratet gewesen. Anna Maria Berger, seine geliebte Mutter, war Lehrerin. Sie verehrte ihren nur zwei Jahre älteren Ehemann wie einen Heiligen und man mochte glauben, ihr größtes Glück wäre eine Schar von Kindern gewesen. Aber immer, wenn er versucht hatte, die Sprache auf mögliche Geschwister zu bringen, schien sie in eine Art schmerzlicher Trance zu verfallen. Mit den Jahren lernte er, dass er dann nicht weiter fragen durfte. Sein Vater wiegelte ab und behauptete, er könne gar keine Kinder mehr zeugen und sie seien Gott dankbar dafür, dass es ihn überhaupt gebe. Damit war das Thema dann beendet. Aber er hatte sich geschworen, eines Tages die ganze Wahrheit zu erfahren, weil er ihm die Geschichte mit der Zeugungsunfähigkeit nicht glaubte. Leider starb seine Mutter 2001 bei einem Flugzeugabsturz. Sein Vater zog sich seit dem Unglück zurück. Ohne lange Umschweife und den üblichen Smalltalk übers Wetter und der Befindlichkeit fragte er nach dem Grund des Besuches.

„Ich habe vor vierzehn Tagen eine Grabung in der Nähe von Düren übernommen", entgegnete er und versuchte, ob der Tatsache, dass die Grabungsstätte immer noch illegal war, bei seinen Ausführungen so vage wie möglich zu bleiben.

„Ich habe einige Fundstücke mitgebracht und möchte, dass du sie dir ansiehst."
Er breitete einige Münzen und Scherben sorgsam auf dem Schreibtisch aus. Arthur holte eine Lupe aus der Schublade, schaltete eine Neonleuchte an und betrachtete mit prüfendem Blick die Münzen. Er drehte und wog sie und hielt sie schließlich gegen den Lichtschein.

„Ich konstatiere: wir sehen hier den wilden Eber, Reiterinnen, Pferde, den Hahn, wir erkennen an der Legierung und der Art der Herstellung, das alle Arbeiten eindeutig keltischem Ursprungs sind."
Dann widmete er seine ganze Aufmerksamkeit den

Scherben, strich mit der Hand über die Bemalungen, schaute sich die Bruchkanten an und hielt auch sie prüfend ins Licht.

„Hier sehen wir drei Dreiecke. Man weiß, dass die Kelten diese Zahl verehrten. Sie bezeichnet die drei Seiten des Lebens: Geburt, Leben und Tod. Aber sie steht auch für die drei Elemente: Himmel, Erde und Wasser. Und auch in der dreifaltigen Muttergottheit finden wir sie wieder." Er schöpfte aus seinem großen Wissensschatz über die keltische Geschichte und belehrte Mike stets aufs Neue, obwohl sein Sohn das Examen mit summa cum laude bestanden hatte und ein ausgewiesener Experte auf diesem Gebiet war. Aber er konnte wohl nicht anders. Mike ließ es schweigend über sich ergehen. Dann öffnete er die Tasche und holte das Langschwert heraus. Er legte es auf den Tisch und forderte seinen Vater auf, es sich ebenfalls genau anzusehen und zu kommentieren.

Arthur blickte mit großen Augen auf die kunstvollen Verzierungen. Noch bevor er dazu Stellung nahm, fragte er nach der Herkunft der Waffe.

„Aus welcher Sammlung hast du dieses wertvolle Artefakt entlehnt, mein Sohn?"

„Das ist aus keiner Sammlung. Ich habe es aus der angesprochenen Grabung. Dort liegen weitere Stichwaffen, Münzen, Scherben, aber auch Arbeitsgeräte und ein vollständig erhaltenes Skelett. Alles wurde bei Ausschachtungen der Firma von Barnabas Hall entdeckt. Ich würde mich freuen, wenn du Zeit fändest, um dir alles vor Ort anzuschauen." Er wusste, dass sein Vater diesem Angebot nicht widerstehen konnte und ihn nach dem Kongress besuchen würde. Die Fundstücke bargen ein Geheimnis, das zu ergründen war. Das würde ihn reizen. Die spontane Einladung war ausgesprochen, so blieben ihm nur noch ein paar Tage Zeit, um Barnabas zur Vernunft zu bringen und die Grabungsstätte zu legalisieren. Denn Mike würde es niemals wollen, dass sein Vater illegalen Boden betreten müsste.

„Barnabas Hall?" Er stutzte. Ein Grab keltischen Ursprungs ausgerechnet auf einer Baustelle des Iren. Blitzartig schossen ihm uralte Erinnerungen ins Gedächtnis. Er dachte an die Geschichten und die haarsträubenden Vermutungen, die der Ire ihm vor einer Ewigkeit und immer wieder aufs Neue erzählt hatte und die sich um die entsetzliche Zeit Ende der sechziger Jahre drehten. Er hatte davon gefaselt, dass der Mord an Michel kein Ritualmord war. Mike unterbrach seine Erinnerungen.

„Wieso fragst Du nach Barnabas. Er hat mir in Köln, wo ich zusammen mit Professor Baronne und einer Gruppe internationaler Fachleute eine Ausgrabung in der Nähe des Domes führe, dieses Schwert unter die Nase gehalten und gefragt, ob ich interessiert wäre, den Fund archäologisch zu prüfen. Hättest du nein gesagt?"

„Natürlich nicht. Das ist es auch nicht, hm, Barnabas Hall. Ich hatte da so einen Gedanken, vergiss es bitte." Mike sah ihn fragend an. Sein Vater reagierte aber nicht. Stattdessen begann er wieder, über die Verbreitung der Kelten im Rheinland, ihren Glauben und ihre Rituale zu dozieren. Das waren alles Fakten, die Mike kannte wie kein Zweiter. Seine Geduld wurde heute einer harten Prüfung unterzogen.

„Vater, das weiß ich alles. Du vergisst wohl, dass ich das studiert und mehrere Bücher darüber geschrieben habe. Was hältst du von dem Schwert?" Arthur nahm es in die Hand, wiegte den Kopf, glitt mit den Händen über die Verzierungen. Hob es und focht mit ihm, als ob es einen unsichtbaren Gegner zu bekämpfen gäbe. Er legte es auf den ausgestreckten Arm und balancierte Griff und Schaft aus, bis es zu schweben schien. Dann atmete er hörbar aus.

„Das ist eine knifflige Sache. Wir sehen die Art der Herstellung, welches Metall verwendet wurde, in welchem Umfang legiert wurde, welche Form und Größe man der Waffe gab. Alles spricht dafür, das es aus einer Grabung in Irland oder England stammt."

„Also denkst du, es wäre in einer Fundstätte nahe Düren fehl am Platz?"

„Ganz gewiss. Das ist zwar die kunstvolle Arbeit eines keltischen Schmiedes. Aber dieser Schmied arbeitete mit Sicherheit auf den britischen Inseln und nicht etwa auf dem Festland. Aber wie kommt es hierher?" Mike seufzte.

„Wenn ich das wüsste. Claude sieht das genauso. Es ist sehr merkwürdig." Er erzählte, was er mit Hilfe des Professors und Dana herausgefunden hatte.

„Nanntest du gerade eben Dana Hall? Ich dachte, ihr geht seit Jahren getrennte Wege? Was macht sie bei einer offenbar so gewichtigen, archäologischen Forschungsarbeit?" Er blickte ihn argwöhnisch an und fragte, ob er mit ihr nur an dem Projekt arbeitete oder ob sie wieder ein Paar seien.

„Ach Vater, das willst du nicht wissen. Lass uns bitte nur über den Fall sprechen." Arthur vermied jeden weiteren Kommentar. Er wusste, falls sein Sohn sich wieder mit der durchtriebenen Irin eingelassen hatte, wäre jedes weitere Wort verschwendet. Sie hatte ihm damals den Kopf verdreht. Das Flittchen trieb ihn mit ihrer Eifersucht in die Arme anderer Frauen. Hoffentlich ließ er sich nicht wieder zum Gespött der Leute machen. Er lenkte das Gespräch stattdessen auf die angesprochenen Ergebnisse aus der Grabung. Er stellte präzise Fragen zu den Unstimmigkeiten. Er sagte, er müsse zu einem Kongress, versprach aber nach seiner Rückkehr die Grabung aufzusuchen. Mike, der noch nach Köln wollte, bot ihm an, ihn zum Flughafen zu bringen und nach dem Kongress wieder abzuholen.

Eine Stunde später stoppte er vor dem Abflugterminal. Sein Vater bedankte sich und verabschiedete sich mit kräftigem Händedruck. Dann ging er ohne sich herumzudrehen. Mike startete und fuhr weiter.

Kapitel 8 >>21. September<<

Mike dachte über seinen Vater nach, der zwar kein Wort mehr über Dana verlor, aber er konnte ihm ansehen, was er dachte. Er war müde und gähnte, denn die leidenschaftliche Nacht steckte ihm noch in allen Gliedern. Sie hatte sich verändert. Damals war sie noch nicht so wild und hemmungslos. Deswegen und wegen ihrem Fick mit diesem tumben Dülmener ließ er sich mit Carmen ein. Er erinnerte sich an das katalanische Rasseweib. Ihretwegen ging seine Beziehung zu Dana in die Brüche, weil er einfach nicht die Finger von diesem Luder lassen konnte und auch noch mit ihr rummachte, als er sich längst wieder mit Dana versöhnt hatte. Karneval sechsundneunzig hatte er sie endlich herum- und ins Bett gekriegt. Danas irische Zartheit war nichts gegenüber Carmens Zügellosigkeit.
Aber ich hatte aufrichtige Liebe gegen einen sechsmonatigen Dauerständer eingetauscht.

Jemand hupte, er erschrak. Durch seine Erinnerungen an die feurige Spanierin war er langsamer geworden. Nun zeigte das Tachometer nur noch 40 km/h. Er trat aufs Gaspedal und sinnierte, warum sich Dana damals mit ihm eingelassen hatte. Er war stadtbekannt wegen seiner Affären und das er es mit jeder trieb. Sie schien so reizvoll unschuldig. Eigentlich wollte er sie nur ins Bett kriegen und wie eine Jagdtrophäe präsentieren. Aber dann wurde es Liebe. Nach seinem Techtelmechtel mit Carmen floh er dann allerdings nach Südamerika. Er erinnerte sich.

Ich habe Majas und Azteken ausgegraben und jede Latina genommen, die scharf auf mich war. Später in der Schweiz und in der Bretagne habe ich nach keltischen Schätzen gesucht. Ich habe die Grabungsassistentinnen, Geologinnen und Archäologinnen reihenweise flachgelegt. Das war Sex ohne Verpflichtungen. Dazu kamen wilde Feiern mit Alkohol und Drogen. Beinahe wäre ich abgestürzt. Der Lehrauftrag der Universität in Köln hat mich da herausgeholt. Ich habe mich auf meine Stärken besonnen und begann, mein Wissen weiterzugeben an junge Menschen. Schnell bemerkte ich, dass die Studentinnen bei jeder Vorlesung an meinen Lippen hingen. Ich genoss ihre Bewunderung, nutzte meine Stellung und meinen Charme, um meine Sehnsüchte mit neuen Eskapaden zu befriedigen. Ich sagte nicht nein, wenn eine nachts auf dem Campus unterm Sternen-

74

himmel gevögelt werden wollte. Ich riskierte meine Professur mit diesen Mädchen. Selbst Frau Dr. Susanne Braune, diese Studienrätin für englische Geschichte, konnte mir nicht widerstehen. Wochenlang haben wir es in den Hörsälen getrieben und wären einige Male beinahe erwischt worden. Gerade das turnte sie an. 'No risk, no fun' war ihr Lebensmotto. Bei unserer ersten Begegnung hauchte sie mir Schweinereien ins Ohr. Das war während der Konferenz zum Ende des Sommersemesters. Ihr Ehemann saß uns gegenüber, während sie mir ungeniert in den Schritt griff.

Er schüttelte den Kopf. All diese Liebschaften waren gefühllos und ohne Tiefgang. Sie machten ihn immer einsamer und ruheloser und breiteten sich wie ein schweres, schwarzes Tuch über seine Seele.

Dann war da Barnabas' siebzigster Geburtstag. Dort sah ich Dana wieder. Aber wir unterhielten uns nur über belangloses Zeug, sie war wie eine Fremde. Ohne weiter darüber nachzudenken, kehrte ich zurück in mein Herumtreiberdasein. Ich hatte keinen einzigen ruhigen Tag, von den Nächten ganz zu schweigen. Ich habe bis zur Besinnungslosigkeit gesoffen und gevögelt, war stets auf der Suche und habe wertvolle Lebenszeit verloren.

Und nun ist sie wieder da und alles ist anders. Der Sex ist leidenschaftlicher. Aber da war mehr. Was könnte daraus werden? Wieder schüttelte er den

Kopf. Hilflos blickte er drein, er wusste nicht, was kommen würde und ob er dem gewachsen war. Er musste es auf sich zukommen lassen und hoffte, instinktiv das Richtige tun.

Er wendete den Wagen. Spontan überlegte er sich, seinen alten Freund Stefan Sturm zu besuchen. Der war in seinem früheren Leben Kommissar beim Bonner Morddezernat. Aber er verlor aufgrund diverser Vergehen seinen Beamtenstatus und musste schließlich den Dienst quittieren.

Du hattest Pech beim Liebesspiel, du stecktest gerade in deiner Geliebten, als ihr Mann, dein Chef, vom Dienst kam. Der gewahrte dich bei der Untersuchung eines Doppelmordes und nicht in seiner Frau. Du hast ordentlich Prügel bezogen, aber nichts daraus gelernt.

Er erinnerte die fatale Sexsucht seines alten Freundes. Einige Wochen nach diesem Dilemma passierte die nächste peinliche Panne.

Hast dich in der Umkleide von einer willigen Kollegin verwöhnen lassen. Leider kam dir auch da dein Chef in die Quere. Ihr wart zu beschäftigt und habt nichts gemerkt. Danach flogst du achtkantig raus. Hast dann noch einige Male privat an dem jungen Ding herumgeknabbert, bis deren Freund dich windelweich geprügelt hat. Nachdem du aus dem Krankenhaus kamst, warst du einige Monate arbeitslos. Keiner wollte einen Exbullen mit dieser Vorgeschichte einstellen. Du hast eine Therapie gemacht und wurdest als geheilt entlassen. Ich glaub das ja bis heute nicht, aber egal. Irgendwann hast du die Detektei in Euskirchen aufgemacht. Nach schwierigen Anfängen machst du heute gute Geschäfte.

Mike fluchte. Die Euskirchener fuhren wie die Idioten. Gerade nahm ihm ein Zweiunddreißigtonner die Vorfahrt. Er betätigte heftig gleichzeitig die Hupe und die Bremse. Sein Unterschenkel zuckte, so stark drückte er das Bein durch. Die Reifen seines Jeeps quietschten und er kam Zentimeter vor der Flanke des großen Fahrzeugs zum Stehen. Gerade wollte er den Mittelfinger ausstrecken, als er aus dem Augenwinkel sah, wie ein Polizeiwagen aus einer Seitenstraße kam. Da sich kein Unfall ereignete, fuhren sie an ihm vorbei und ließen ihn mit seinen Flüchen und seiner Wut zurück. Der Fahrer des Lastkraftwagens hob entschuldigend die Hand und fuhr weiter. Mike tobte und beschwerte sich lautstark über diese rücksichtslose Fahrweise. Aber keiner hörte ihm zu. Mürrisch lenkte er den Wagen an den Fahrbahnrand. Dann betrat er den Bürokomplex, wo Stefan für seine Detektei Räume angemietet hatte. Schemenhaft erschien hinter einer milchigen Glastüre eine Gestalt, die auf und ab ging wie ein Tiger in seinem Käfig. Dann blieb sie stehen. Er öffnete die Tür. Ein hochgewachsener, kräftig gebauter Enddreißiger stand mit dem Rücken zu ihm am

Fenster. Seine Glatze glänzte, als habe er sie frisch poliert. Er trug eine Hose aus feinem Zwirn und edle Krokodillederstiefel. Er telefonierte und flüsterte unanständige Dinge in den Hörer. Mike lachte laut.

„Treibst du es jetzt auch schon am Telefon?" Der Angesprochene fuhr herum. Er war braungebrannt. Seine smaragdgrünen Augen leuchteten und seine schmalen Lippen öffneten sich zu einem lauten Lachen.

„Muss aufhören, Süße. Habe gerade Besuch bekommen. Bleib wo du bist. Ich komme später und wir gehen von der Theorie in die Praxis." Er drückte das Gespräch weg und ging auf Mike zu, um ihn herzlich zu umarmen.

„Alter Sexprotz, was führt dich nach Euskirchen?"

„Du kannst es wohl nicht lassen. Bist Du jetzt auf Telefonsex umgestiegen? Wer war denn die Dame am anderen Ende? Müsste ich die kennen?" Er grinste, weil es ihm eine diebische Freude bereitete, seinen alten Kumpel auf frischer Tat ertappt zu haben.

„Ich komme, weil ich dich um einen Gefallen bitten möchte. Ich habe da ein ausgemachtes Problem. Du hast doch bestimmt noch Kontakt zu der einen oder anderen Kollegin vom Morddezernat. Wie war das damals? Ihr musstet bestimmt manche verstümmelte Leiche an die Forensiker abgeben, damit die Fachleute das Puzzle zusammensetzten?"

„Ja, das stimmt. Manchmal haben wir die Toten sogar durchs halbe Land kutschiert und bis zu einem Labor nach Erlangen gebracht, weil die mit ihren teuren Gerätschaften ganz erstaunliche Ergebnisse erzielen und jeden noch so menschlichen Schrotthaufen identifizieren können."

„Genau darauf will ich hinaus. Kannst du mal eine deiner Verflossenen bitten, unbürokratisch in Erlangen nachzuhorchen, wann die da Zeit für eine außergewöhnliche Leiche haben?", er zögerte kurz und fügte hinzu „na ja... eigentlich geht es um ein uraltes Skelett."

„Was hast du jetzt wieder am Haken?"

„Ich bin da in einer Grabung in Düren auf einen seltsamen Haufen Knochen gestoßen. Sollte eigentlich alles uralt und porös sein. Aber der Schädel und die rechte Hand scheinen jünger als der Rest zu sein. Mein Kollege Claude Baronne, Dana Hall und ich stochern seit Tagen in den wildesten Szenarien herum, kommen aber auf keinen grünen Zweig. Darum ist uns die Idee mit Erlangen gekommen. Wir wissen, dass die Jungs immer viel Arbeit haben. Aber bestimmt kannst du alte Kontakte anwärmen, damit unser Gerippe eine bevorzugte Behandlung erfährt, wenn es dort aufschlägt. Wir haben es ein bisschen eilig."

„Werde sehen, was ich ausrichten kann. Ich rufe gleich morgen früh die liebe Jenny an. Heute erreiche ich da eh keinen mehr. Sag mal, du hast doch bestimmt ein bisschen Zeit mitgebracht? Lass uns einen trinken gehen. Ich erzähle dir von der jungen Dame, mit der ich gerade telefoniert habe und du mir mehr von eurem Projekt." Er grinste schief.

„Irre ich mich oder habe ich da gerade den Namen Dana Hall vernommen."

„Tja, deine alten Ohren funktionieren noch erstaunlich gut. Ist eine lange Geschichte. Was hältst du von einem schönen alkoholfreien Bier in der Kneipe um die Ecke." Er schielte, dann lachten beide laut, schlugen sich auf die Schultern und machten sich auf den Weg.

Stunden später lenkte Mike seinen Jeep in seine Straße. Sie hatten sich lange über die Vergangenheit unterhalten. Er begegnete Stefan das erste Mal Anfang der neunziger Jahre während seines Studiums bei einem Vortrag über forensische Ermittlungsmöglichkeiten in Bonn. Stefan hatte gerade beim BKA angefangen. Nach dem Vortrag kamen sie ins Gespräch und entdeckten ihre gemeinsame Leidenschaft für schnelle Autos und schöne Frauen. Im Laufe der Zeit wurden sie beste Freunde. Anfang siebenundneunzig als seine Liebschaft zu Carmen endete, kam ihm die Idee, sie bei ihm an den Mann zu bringen. Er hatte sich etwas ausgedacht und Stefan war damit einverstanden. Sein alter Freund sah schon damals aus wie eine Kopie von Arnold Schwarzenegger und seine Glatze machte die Frauen ganz scharf. So begegnete man sich „ganz zufällig" in der Sauna. Carmen war vom Fleck weg begeistert und Stefan stand auf ihre üppigen Reize. Sie gaben sich in der schwülen Saunaatmosphäre völlig zwanglos und Carmen machte schlüpfrige Witze über sein bestes Stück. Er stand auf diese Art von Frauen und erklärte schmunzelnd, dass seine Kollegen ihm oft sagten, er bräuchte dafür einen Waffenschein. Mike erinnerte sich grinsend daran. Unter einem Vorwand verließ er die Bühne und überließ die beiden sich selbst. So wurde er sie sehr elegant los und beschloss dann nach Südamerika zu gehen, um an Ausgrabungen teilzunehmen. Mit Stefan hielt er Kontakt und erfuhr, dass die Beiden nur ein Jahr zusammen blieben. Die feurige Spanierin hielt Treue für überflüssig und ging fremd. Ihm war das gleichgültig, er wollte doch nicht bis in alle Ewigkeit mit ihr zusammen sein. Tja mein Freund, dachte er als er die Haustür aufschloss, dann lass mal deinen Charme spielen und besorg uns einen raschen Termin.

Erschöpft aber mit sich zufrieden trat er ein. Er war in Gedanken versunken und plante seine nächsten Schritte.

Am Sonntag werde ich Dana zu einem Ausflug in die Eifel entführen. Morgen muss ich zunächst

Barnabas überreden die Sache mit den Behörden ins Reine zu bringen. Das dauert bestimmt ein paar Tage. Darum werde ich meine Kleine mit neuen Vermutungen ablenken, damit die nicht auf den letzten Drücker noch Verdacht schöpft und mir meine Schwindeleien um die Ohren haut.

Er sog ein wunderbares Aroma ein. Es duftete nach frisch gebackenem Kuchen. Er durchschritt den dunklen Flur. Sie stand am Herd und war nur mit einem Hemdchen bekleidet. Er beugte sich vor, gab ihr einen Kuss auf den nackten Po und legte seine Arme um sie. Er schmiegte sich an ihren warmen Körper und streichelte ihren Bauch.

„Was hältst Du davon, wenn wir...", setzte er an, weil er mit ihr über den Sonntagsausflug reden wollte. Sie legte ihre Arme um seinen Hals, sprang ihn an und schlang ihre Beine um seine Hüfte.

„Uns lieben?", fragte sie und rieb sich an ihm.

„Das duftet herrlich nach Scones und frischem Kaffee", lenkte er ab und hob sie von sich.

„Ich habe mich so lange nach dir gesehnt. Endlich bist du wieder da", hauchte sie und gab ihm einen nassen Kuss. Dann wand sie sich dem Herd zu.

„Die Scones und den Kaffee gibt's als Belohnung, wenn du jetzt schön artig bist." Sie blinzelte, dann streifte sie ihr Hemdchen ab. Sie küsste ihn, öffnete seine Hose und ließ ihre Hand hineingleiten.

Sie saßen nackt am Küchentisch und aßen die Scones.

„Ich möchte dich am Sonntag entführen. Wie wäre es mit einer Tour in die Eifel?"

„Oh gerne. Dann fahren wir zu Großvaters, ach nein, zu meinem Rittergut. Ich will dir alles zeigen und weiter in der großen Truhe stöbern. Vielleicht finde ich etwas Persönliches von ihm. Ich freue ich mich."

Bald besprachen sie ihre Arbeit für die kommende Woche. Mike streute weitere Vermutungen ein und gab Denkanstöße, damit Dana keine Zeit blieb, um über Grabungsgenehmigungen nachzudenken.

Kapitel 9 >>27. September<<

„Ist das herrlich!" Dana legte ihren Kopf an Mikes Schulter. Arm in Arm standen sie an Deck des Schiffes „Aachen" und ließen sich den Herbstwind um die Nasen wehen. Als sie sich am frühen Morgen auf den Weg in die Eifel gemacht hatten, entschieden sie spontan, dass eine Rundfahrt auf dem Rurstausee genau das Richtige sei. Die Sonne kämpfte sich immer wieder durch die Wolkendecke. Die bewaldeten Hänge rund um die großflächige Talsperre leuchteten. Die beiden genossen das sanfte Schaukeln. Mike hatte Barnabas überzeugen können, die Grabung den Behörden zu melden. Es gab natürlich Ärger, weil Barnabas bereits ein eigenes Archäologenteam mit der Sichtung der Fundstätte beauftragt hatte. Aber irgendwie hatte er die Sache gebogen und sich alle Genehmigungen besorgt und zugesichert, dass alles dem Landesmuseum übergeben würde. Man hatte ihm freien Umgang mit der Grabung eingeräumt. Mike hatte den Kopf geschüttelt ob der Macht, die der Ire auszuüben wusste. Gleichzeitig war er froh, dass sie nun legal arbeiteten und er kein schlechtes Gewissen mehr haben musste. Das Skelett würden sie in der kommenden Woche bergen und nach Erlangen schaffen. Die Spezialisten würden Klarheit bringen. Dann könnten sie das abhaken. Sein Vater Arthur war noch nicht aufgetaucht. Er hatte ihn nach dem Kongress angerufen und gesagt, er brauche ihn nicht vom Flughafen abzuholen, weil er einige Dinge in Köln zu erledigen habe und ein paar Tage bei einem Vetter bleiben würde. Er hatte sein Kommen für nächsten Dienstag angekündigt. Vielleicht scheute der alte Mann nur die Konfrontation mit Dana. Alle Artefakte waren mittlerweile freigelegt und gekennzeichnet. Nun würden sie alles bergen und katalogisieren und jedem Teilchen eine Nummer geben. Die Beziehung von Mike und Dana wurde intensiver. Sie aßen mittags gemeinsam, nahmen abends einen Drink, um den Arbeitstag ausklingen zu lassen und liebten sich jede Nacht leidenschaftlich.

„Du tust mir gut", sagte er plötzlich und küsste sie. Nach all den rastlosen Jahren schien er anzukommen und fand bei ihr Ruhe. Die Schiffshupe ertönte. Rurberg, dem Start- und Endpunkt der Tour, kam in Sicht. Nun hatten sie mit dem Auto nur noch zwanzig Minuten und erreichten zügig das Rittergut der Halls.

Sie fuhren über die weitläufige Zufahrtsstraße dem herrschaftlichen Haupthaus entgegen. Das Fachwerk war in gleicher Weise in allen Gebäuden verarbeitet worden und verlieh dem Ensemble ein rustikales, urtümliches Aussehen. Dana sprang aus dem Jeep und ging zur Haustür. Sie tippte einen Zahlencode ein und entsicherte so die Alarmanlage.

„Entrée s'il vous plait. Welcome to my castle, amore mio."

„Gib doch nicht so an. Ich weiß, dass du drei Sprachen sprichst."

„Ich kann dir auch in allen Sprachen ‚Willst du mit mir schlafen' ins Ohr säuseln."

„Toll! Sicher gibt es hier auch einen gemütlichen Kamin mit einem Bärenfell davor. Aber wolltest du mir nicht zuerst deine geheimnisvolle Schatztruhe zeigen, ehe wir wieder übereinander herfallen?"

Sie nickte, nahm ihn an die Hand und zog ihn die Treppen hinauf bis ins Obergeschoss. Hier führte eine Leiter zum Dachboden. Sie kletterte Sprosse um Sprosse hoch und drückte schließlich eine Seite einer zweiflügeligen Falltür auf. Dann erklomm sie die letzte Sprosse und war verschwunden. Fahles Licht fiel durch die Luke herab. Mike hatte ihr nachgeschaut und dabei intensiv beobachtet, wie sich ihr Hintern mit jeder Sprosse wiegte und bewegte. Er grinste. Dann folgte er ihr und stand schon im Halbdunkel des Dachbodens. Zwei kleine Fenster ließen spärlich Sonnenlicht hinein. In den matten Strahlen tanzten Staubwolken. Mike musste heftig niesen.

„Das ist ja ein Paradies für einen Stauballergiker. Hätte ich doch meine Schutzmaske mitgebracht." Er bekam einen Niesanfall. Als er sich wieder beruhigt hatte, schaute er sich um. Der alte Dachboden war vollgestopft mit antik wirkendem Mobiliar. Da war ein Sekretär, der nach siebzehntem Jahrhundert aussah. Er konnte verschiedene schwere Messingleuchter mit fünf oder sieben Armen und eine Chaiselonge in edlem Leder mit schweren Eichenfüßen und golden schimmernden Nieten im Halbdunkel ausmachen. Ein paar Schritte entfernt kniete Dana vor einer großen Holztruhe. Soviel er erkennen konnte, waren kunstvolle Intarsien rundherum eingearbeitet und Messingbeschläge aufgenietet. Er beugte sich über sie und sah, dass die Truhe mit rotem Samt ausgelegt und mit alten Büchern, Karten, Papierrollen und nautischen Instrumenten gefüllt war.

„Ist dein Großvater zur See gefahren?"

„Nein. Er ist nur ein leidenschaftlicher Sammler. Ich gebe dir gerne eine Hausführung und zeige dir, was er alles gesammelt hat."

Mike nieste erneut mehrfach.

„Weißt du was! Kram du hier in der Truhe und bring nachher etwas Schönes oder Spannendes mit. Gib mir die Schlüssel, ich gehe auf die Pirsch und schaue mich selbst um." Er gab ihr einen Kuss, nieste dreimal kräftig und suchte das Weite.

Staunend ging er durchs Treppenhaus des Haupthauses. Dass die Halls nicht arm sind, wusste er. Aber dass sie so reich wären, hätte er nicht gedacht. In der Empfangshalle zierten einige wertvolle Gemälde alter Meister die Wände. Der Boden war mit schwarzem Carraramarmor ausgelegt. In den rustikalen Fensterrahmen aus bestem Eichenholz waren kunstvoll gearbeitete Bleiverglasungen eingebaut. Es waren Jagdmotive, aber auch keltische Ornamente zu sehen. In allen Räumen fand er robuste, flämische Eichenmöbel, dazu schwere Schränke im viktorianischen Stil und eine Fülle von wuchtigen Marmorstatuen. In einem Raum, der offenbar das Büro des Anwesens war, stand eine Vitrine mit keltischen Waffen und einem Schwert, das dem aus dem Grab zum Verwechseln ähnlich schien. Er stutzte und blieb verwundert minutenlang davor stehen. Dann schüttelte er den Kopf. Später würde er sie danach fragen. Er setzte seinen Rundgang fort und trat hinaus in die kühle Herbstluft, streckte sich und schüttelte den Staub von der Kleidung. Dabei musste er erneut mehrfach niesen. Dann zündete er sich eine seiner speziellen Zigarillos an. Ein Freund aus Maastricht stellte sie ihm her mit einem Kraut, das in Deutschland nicht erlaubt war. Er tat einen tiefen Zug und ließ es auf sich wirken. Es war eine schwache Mischung, sie machte ihn nicht high. Aber er schritt dennoch leichtfüßiger über den Kies zu dem kleineren Nebengebäude und lugte durch die Fenster. Das Haus war vollgestopft mit allerlei Gerätschaften zum Zeitvertreib. Er drückte die Rauchware in seinem Handascher aus und verstaute den Rest in einer kleinen Blechdose, öffnete die Tür und betätigte einen Schalter. Gleißendes Neonlicht erfüllte eine Halle von gut zwanzig mal zwanzig Metern. Dort standen mehrere Billard- und ein Snookertisch, an den Wänden hingen Dartboards, in einem offenen Schrank sah er gefüllte Golftaschen und in einer kaum beleuchteten Ecke gewahrte er einen Waffenschrank. Opa ist wohl ein ausgeprägter Sportfreak, dachte er, erinnerte sich aber im gleichen Moment daran, wie das Anwesen bis vor wenigen Monaten genutzt wurde. Er verließ das Gebäude und ging weiter. Das nächste Haus war etwa doppelt so groß wie das erste. Die Tür war unverschlossen. Er trat ein. Im Eingangsbereich schwebte ihm ein Hauch von Lavendel, Rosenöl und Chlor entgegen. In dem angrenzenden Saal standen ein halbes Dutzend Sauna- und Infrarotkabinen. In der Mitte war ein großer Whirlpool. Der nächste Raum war dunkel. Er tastete nach einen Lichtschalter. Acht Nasszellen schimmerten in mattem rotem, blauem und grünem Licht. Über den Lichtschalter aktivierte sich leise Musik. Das Plätschern von Wellen an ein fernes Gestade rieselte von der Decke. Durch eine weitere Tür gelangte er in einen Raum mit sechs einzelnen Kabinen in denen jeweils eine Massageliege stand. Die Luft war erfüllt von Eukalyptus und Patschuli. Hier kann man es gut aushalten, dachte er. Zuerst gehst du mit deiner Liebsten in die Sauna, nimmst danach eine kalte Dusche und genießt schließlich eine gegenseitige Ganzkörpermassage im Whirlpool. Muss mal schauen, wo mein Mädchen steckt. Er malte sich aus, was er hier mit ihr anstellen konnte. Die knisternde Erotik der Räumlichkeiten und des Interieurs legte sich auf ihn wie ein Seidentuch auf nackte Haut. Er eilte zum Haupthaus zurück und rief nach ihr. Sie antwortete, aber ihre Stimme kam nicht von oben sondern aus dem Kaminzimmer. Sie saß in einem schweren Ledersessel, der mit Messingnieten versteppt war. Ein Bein hatte sie hoch genommen und saß drauf, das andere hatte sie angewinkelt und die Ferse neben dem Oberschenkel auf den Sitz gestellt. Sie wippte mit dem Fuß langsam und gedankenverloren vor und zurück. Dann verharrte sie stumm und starrte auf ein Buch.

„Was hast du da?" Sie blickte ihn an. Ihre Augen waren tränengefüllt. Sie hielt es ihm hin. *TAGEBUCH* war in großen Lettern auf dem Einband zu lesen. Er zog einen mit Schaffell überzogenen Fußhocker heran und setzte sich zu ihr. Dann nahm er es ihr vorsichtig aus der Hand.

„Darf ich?" fragte er und schlug es auf, nachdem sie nickte. *TAGEBUCH VON BRIDGET HALL* war innen in goldenen Buchstaben zu lesen. Ein bräunlich schimmernder, verwischter Fleck bedeckte das Wort Hall zur Hälfte. Es roch muffig. Vorsichtig blätterte er die erste Seite um, ein wenig Staub stieg auf und er musste niesen. Zögernd blickte er zu ihr rüber.

„Soll ich?" Sie nickte wieder. Dann las er laut:

30. Mai 1969
Endlich habe ich den Auftrag der Times, Dr. Bresson bei seinen Ausgrabungen zu begleiten. Ich freue mich riesig auf die Zusammenarbeit mit ihm und auf die neuen Erkenntnisse. Ich hoffe, dass mich die Recherchen vor Ort weiterbringen und mich die Arbeit voranbringt.

90

06. Juni 1969
Mein erster Artikel ist gut angekommen. Die Grabung geht nur schleppend voran. Long G. ist stets gereizt und sehr ungeduldig. Ich weiß gar nicht, warum er alle zu solcher Eile antreibt.

12. Juni 1969
M. hat mir eine Kette mit keltischem Kreuz zum Geburtstag geschenkt. Er sagt, sie würde mich auf all meinen Wegen beschützen. Er ist so lieb und so fürsorglich zu mir, dass ich mir manchmal mehr als nur ein freundliches Lächeln von ihm wünsche.

24. Juni 1969
Meine Gefühle für M. werden immer stärker. Wenn er mich berührt, geht mir das tief in mein Herz. Aber er ist Marys Mann. Ich darf nicht mehr für ihn empfinden als gute Freundschaft. Tue ich das?

Er sah sie fragend an.

„Wer sind Dr. Bresson, Long G., M. und Mary?" Langsam hob und senkte sie die Schultern. Sie war wie gelähmt. Alles geschah wie in Zeitlupe. Mikes Stimme klang in ihren Ohren verzerrt, so als würde man ein Tonband auf eine langsamere Spur einstellen. Sie fühlte sich plötzlich Lichtjahre von ihm entfernt. Gedankenverloren saß sie in dem großen Sessel.Das ist das Tagebuch meiner Mutter. Sie hat hier ihre tiefsten Empfindungen aufgeschrieben. Sie schrieb über ihre Arbeit, ihr Leben, ihre Gefühle. Wenn wir weiterlesen, könnten wir bestimmt viel mehr von ihr erfahren. Aber dürfen wir das? Darf Mike es lesen? Oder soll ich es alleine tun? Will ich überhaupt mehr erfahren über das kurze Leben meiner Mutter? Vielleicht erfahre ich Dinge, die ich eigentlich gar nicht wissen will oder wissen sollte. Was soll ich nur tun? Sie zögerte, zauderte, zweifelte, war für einen kurzen Moment hin- und hergerissen ob der Möglichkeiten, die sich eröffneten. Dann entschied sie und forderte ihn auf, weiterzulesen.

Mike tat, wie ihm geheißen.

27. Juni 1969
Wir haben uns geküsst und gestreichelt. Es war so schön. Mary und Barnie dürfen niemals davon erfahren. M. und Long G. sind auf außergewöhnlich wertvolle Artefakte gestoßen. Long G. ist sehr launisch und sogar jähzornig. Sie streiten oft und laut. Long G. hat mir Scherben, Münzen und Waffen gezeigt und hat angedeutet, dass die nicht aus der Grabung stammen. Er meinte, sie würden einen anderen Zweck haben, verriet mir aber nicht welchen. Er tut so geheimnisvoll. Was führt er im Schilde? Es geschehen seltsame Dinge.

10. Juli 1969
M. hat mir eine weitere, wie er sagt noch geheime Fundstätte im Wald gezeigt. Sie sieht aus wie ein Grab. Nur er und Long G. kennen die Stelle. Sie graben nachts heim-

lich. Sie haben ein Skelett gefunden. M. ist begeistert und
spricht von einer archäologischen Sensation!

11. Juli 1969
M. war euphorisch. Wir haben uns gemeinsam über ihre
Funde gefreut. Dann plötzlich ging alles so schnell und
wie von selbst. Wir haben uns leidenschaftlich geliebt; oh
Mary verzeih mir diese Sünde.

Dana packte Mike am Arm und zog ihn zu sich. Sie
sah ihn fest an. Er spürte ihre Verunsicherung.

„Was tun wir hier? Das ist zu intim. Wir dürfen
nicht weiterlesen. Wer weiß, was sie noch alles aufgeschrieben hat. Wer weiß, wie tief sie ins Detail
geht bezüglich der Liebe zwischen ihr und diesem
M.! Was denkst du", sie blickte Mike fragend an.

„Ich weiß, was du meinst. Aber bedenke, das Tagebuch ist aus dem Jahre 1969. Ich glaube nicht, dass
deine Mutter dort irgendwelche pornografischen
Beschreibungen eingetragen hat, die mir oder dir die
Schamesröte ins Gesicht treiben würden. Ich denke,
wir können hier einiges erfahren über sie und ihr
Umfeld; natürlich nur, wenn du das wirklich willst!"
Wieder zögerte Dana. Nur wenige Seiten hatte Mike
bisher gelesen und doch bekamen sie schon einen so
tiefen Einblick in die Seelenlandschaft ihrer Mutter.
Was würde im weiteren Verlauf des Tagebuchs zu
erwarten sein. Was konnten sie daraus lernen? Gab
es ihnen tiefere Erkenntnisse? Sie würde es nur er-

fahren, wenn sie weiterlesen würden. Sie stupste Mike an und deutete auf die aufgeschlagene Seite. Mike las weiter.

15. Juli 1969
M. und Long G. streiten sich immer öfter. M. will die geheime Grabung mit all ihren Fundstücken melden. Long G. will alles verschweigen und die Artefakte verkaufen. Er ist so eigenartig. Aus seinen Blicken lese ich eine unstillbare Gier. Ich habe große Angst.

01. September 1969
Long G. ist zurück. Er war für sechs Wochen auf der Insel und hat währenddessen M. von seinen Schergen bewachen lassen. Die haben ihm den Zutritt zu der geheimen Grabung versagt. M. ist sehr wütend. Ich kann ihn gut verstehen. Long G. behandelt ihn wie ein kleines Kind, das man davor beschützen muss, Dummheiten zu machen. Sie haben die offizielle Grabungsstätte ihren Kollegen überlassen. Damit ist meine Berichterstattung für die Times und über die Arbeiten von Dr. Bresson beendet. Nun habe ich begonnen, über Sekten im Rheinland zu recherchieren, weil ich darüber ein Buch schreiben will.

10. September 1969
Wieder gab es einen heftigen Streit zwischen M. und Long G.! Zunächst haben sie sich nur angeschrien, dann hat Long G. angefangen, M. anzupöbeln und schließlich haben sie sich schlimm geprügelt.

94

11. September 1969

M. war mit mir spazieren. Long G. hat uns aufgelauert und ist mit einer Schaufel auf M. losgegangen. Ich wollte dazwischen gehen, aber Long G. hat mich wie von Sinnen beiseite geschupst. Ich bin hingefallen, habe mir den Arm verstaucht und eine Abschürfung am Ellbogen zugezogen. M. hat sich gewehrt, hat Long G. die Schaufel aus der Hand gerissen und ihm den Arm umgedreht, bis es knackte. Es ist mir ein kalter Schauer über den Rücken gelaufen. Er hat ihm den Arm gebrochen. Long G. stürzte zu Boden und schlug mit dem Kopf auf. Nun hat er zu allem Unglück eine tiefe Wunde auf der linken Wange. Das hat so schlimm geblutet. Ich wollte ihm helfen, aber er sah mich nur unwirsch an und stieß mich weg. Er verfluchte mich als 'Franzosenliebchen' und rannte davon. Er hat mich so verletzt!

„Deine Mutter hatte anscheinend nicht den besten Umgang", kommentierte Mike und lächelte verkrampft. Dana sprang wie von der wilden Hummel gestochen auf.

„Lass uns bitte fahren. Ich bin verwirrt. Ich muss erst einmal kapieren, was da geschrieben steht. Ich muss das ganze verdauen und versuchen, es zu verstehen. Das ist mir gerade zu viel. Vielleicht können wir ein anderes Mal mehr davon lesen. Nur bitte, lass uns jetzt ganz schnell fahren."

Er legte sanft seine Arme um ihre Schultern. Eine Flut von Bildern brach über sie herein. Wie ein Tsunami, der einen Landstrich unter sich begräbt, fühlte sie sich überflutet von ihren Empfindungen. Eine unerklärliche Angst hatte von ihr Besitz ergriffen. Die Informationen, die aus dem Tagebuch auf sie niedergeprasselt waren, fühlten sich an wie ein schwerer Hagelschlag in einem Getreidefeld. Und sie war einer der Getreidehalme. Geknickt, aber noch nicht gebrochen, ließ sie sich in die Arme nehmen. Ganz tief tauchte sie ein in das Gefühl von unzerstörbarer Sicherheit. Sie schloss die Augen und atmete tief durch. Ihr war als würde ihr der Boden unter ihren Füßen weggezogen. Dann küsste sie ihn. Mike spürte ihre aufwallenden Gefühle. Er wollte Dana auf andere Gedanken bringen und warf ihr bemüht lässig entgegen:

„Was ist jetzt mit Sex auf dem Bärenfell?"

„Ein anderes Mal", entgegnete sie und lächelte müde. Sie wusste zu schätzen, dass er versuchte, sie auf andere Gedanken zu bringen. Aber sie musste jetzt einen klaren Kopf bekommen.

„Lass uns fahren und lass mich bitte nicht allein."

Kapitel 10 >>28. September<<

Mike saß am Tisch und notierte und katalogisierte alle weiteren Funde: ein komplett erhaltenes Skelett, ein großes Langschwert, ein Dutzend Stichwaffen, mehrere Dutzend keltischer Münzen, kiloweise Scherben von Tonkrügen und Tontellern. Seine Liebste trat von hinten an ihn heran und legte ihre Arme um seinen Hals. Sie war nackt, küsste ihn und knabberte an seinem Ohrläppchen. Er neigte seinen Kopf und sah in ihre klaren, meerblauen Augen. Er stutzte.

„Sag mal, trägst du farbige Kontaktlinsen?"
Sie schüttelte den Kopf. Ihre wundervollen dunkelbraunen Haare bewegten sich, als würden sie im Winde wehen. Sie küsste ihn wieder und forderte ihn auf, zurück ins Bett zu kommen. Sie beugte sich über ihn, er spürte ihre festen Brüste. Dann räkelte sie sich und setzte ein Bein auf seinen Stuhl. Er streichelte ihre Wade und ließ seine Hand nach oben gleiten. Das erregte sie sehr. Ihre Blicke schienen ihn zu locken, wie der Wolf im Märchen die Zicklein gelockt hatte. Seine Hand verharrte einen Moment, dann glitt sie sanft über ihren Venushügel. Ihre Scham war dicht behaart. Wieder stutzte er. Gestern war Dana noch rasiert!
Eigentlich wollte er sich gerade ausziehen und der Versuchung nachgeben. Aber dann schob er sie zärtlich beiseite und stand langsam auf. Er blickte hin-

aus. Es dämmerte. Eine dunkle Schwere lag über dem Land. Die versinkende Sonne tauchte den Himmel in rote Glut. Am Horizont türmten sich Wolkenberge auf. Ein Gewitter lag in der Luft. Er küsste sie, streichelte ihr übers Haar und zog sich eine Jacke über. Dann ging er hinaus. Ein Mann kniete im Feld.

„Claude" rief er „was machst du so spät hier?"
Der Mann erhob sich und sah in seine Richtung. Das war nicht Claude. Die letzten Sonnenstrahlen tänzelten über sein schmales Gesicht. Er blutete.

„Sind sie verletzt? Kann ich ihnen helfen?" Der andere antwortete nicht. Er ging näher heran. Plötzlich stürmte der Fremde auf ihn zu und riss ihn zu Boden. Sie kämpften. Er schlug mit einer Schaufel nach ihm.

„Bist du irre? Was soll das?" Mike tauchte geschickt ab, ergriff den Arm des Angreifers und drehte ihn auf den Rücken. Der Andere wand sich. Ein schreckliches Knacken von berstenden Knochen erfüllte die Luft. Dann schrie er vor Schmerz und brüllte.

„Verdammt, du hast mir den Arm gebrochen, du bretonischer Spinner. Geh doch in den Wald und schneide ein paar Misteln, mach dir ein Feuerchen und koch ein Zaubersüppchen, du verdammter Idiot. Du hast ja keine Ahnung, was das Zeug wert ist. Stell dich mir nicht in den Weg oder du wirst es bereuen." Er hob drohend die Faust, dann stolperte er rückwärts und verschwand in der Dämmerung. Mike stand da wie vom Blitz getroffen.

„Michel? Ich habe euch gehört. Was wollte Long G.? Habt ihr euch wieder wegen der Fundstücke gestritten?" Er sah die rassige Frau an. Dann schüttelte er den Kopf, als wolle er kleine, quälende Tierchen loswerden. Er fasste sich ans Kinn. Müsste mich mal wieder rasieren, dachte er und hielt inne. Seine Hand glitt über sein bärtiges Gesicht und dann über den halblangen Bart an seinem Kinn, schließlich über seine dicht behaarte Brust. Ich träume, dachte er, wach auf. Das ist nicht gut. Was hast du wieder geraucht? Er schüttelte sich heftiger, konnte aber nicht erwachen. Vorsichtig sprach er die Frau an.

„Bridget?"

„Ja, Michel" entgegnete sie und in ihrer Stimme schwang viel Zärtlichkeit. Sie streichelte und küsste ihn und ging nackt an ihm vorbei hinaus in die Nacht.

„Wer ist Michel?" fragte er zögernd und drehte sich um. Doch sie war nicht mehr zu sehen.

„Wer ist Michel?" fragte er in die Dunkelheit.

„Bridget, wer ist Michel? Wo bist du?" Jemand rüttelte an seinem Arm. Er wehrte ab und schrak hoch. Dana sah ihn an. Er war wach.

„Ich, wo bin ich? Ich glaube deine Mutter hat mich gerade geküsst. Sie war brünett und hatte meerblaue

Augen. Sie war nackt. Sie hat mich Michel genannt. Da war ein fremder Mann im Feld. Er blutete. Ich habe mich mit ihm geschlagen und ihm den Arm gebrochen. Sie nannte ihn Long G. Es war dunkel, unheimlich heiß und doch so eisig kalt." Sie zog ihn zu sich und streichelte seine Schläfe. Dann nahm sie ihn fest in die Arme.

„Beruhige dich. Du hast schlecht geträumt. Schlaf weiter. Alles ist gut."

Kapitel 11 >>06. Oktober<<

Barnabas saß an seinem Schreibtisch und schaute aus dem Fenster. Die Birken bogen sich im Wind. Mächtige Gewitterwolken türmten sich auf und tauchten das Land in ein geisterhaftes Licht. Ein Wetterleuchten erhellte die schwarze Wolkenwand. Er versank in düstere Gedanken.

Hoffentlich zieht kein Sturm auf. Ein Unwetter mit Hagelschlag oder schwerem Landregen kann ich nicht brauchen. Das überschwemmt mir die Baustelle. Mir läuft die Zeit davon. Jetzt muss die Sache zu Ende gehen. Von Ferne drang eine vertraute Stimme an sein Ohr. Aber er folgte ihr nicht, sondern blieb seinen Gedanken verhaftet. Ich muss den verdammten Bastard zur Strecke bringen. Jemand rüttelte an seinem Arm. Er erschrak.

„Träumst du? Ich habe dich mehrmals angesprochen, aber du hast nicht reagiert." Dana stand vor ihm.

„Ach du bist es mein Kind." Er seufzte, denn er war unendlich müde. Was würde aus ihr, wenn er gehen musste. Sie war eine starke Frau geworden, aber würde sie das verkraften. Gut, dass Mike wieder da war. Wieder versank er in seinen Grübeleien. Er musste vorsichtig sein. Wenn sein irrer Halbbruder in Düren auftauchen würde, könnte es für alle Beteiligten lebensgefährlich werden. Er hatte schon einmal bestialisch gemordet, er würde wohl auch vor weiteren Taten nicht zurückschrecken. Gideon war sehr gefährlich. Dana klatschte in die Hände, damit ihr Vater in die Gegenwart zurückfand. Dann warf sie ein kleines Büchlein auf den Schreibtisch. Er erschreckte, starrte darauf und las *TAGEBUCH*. Eine dunkle Ahnung kroch in seine Glieder wie ein Narkosemittel kurz vor einer schweren Operation und lähmte ihn. Er wagte kaum zu atmen. Das musste von *ihr* sein. Sie hatte es ihm einmal gezeigt. Natürlich hatte sie ihn nie auch nur ein Wort daraus lesen lassen. Oh mein Gott, da stand bestimmt sehr viel zu ihren Recherchen und auch zu den Arbeiten im Sommer neunundsechzig geschrieben. Bridget wusste vom geheimen Grab. Michel hatte ihm erzählt, dass er ihr das Versprechen abgerungen hatte, sie dürfe für die Times nichts darüber schreiben. Er dachte fieberhaft nach. Jetzt galt es einen kühlen Kopf zu bewahren. Er musste verhindern, dass Dana aus dem, was sie las, Schlüsse ziehen und Verbindungen knüpfen konnte. Das würde die Sache kompliziert machen. Vorsichtig begann er zu sprechen.

„Was hast du..." Sie fiel ihm ins Wort.

„Du bist mir eine Erklärung schuldig. Das ist von Mutter." Sie war aufgebracht und hatte ihre Stimme erhoben. In der vergangenen Woche hatten sie immer wieder darin gelesen. Sie erfuhren vieles über die Arbeit, das Leben und die Sehnsüchte ihrer Mutter. Aber sie machte immer wieder Gedankensprünge, schrieb keine Namen sondern nur Kürzel und es waren große Zeitlöcher zwischen den einzelnen Eintragungen. So hatten sie nur wenig verstehen können von dem, was sie lasen. Es ging um eine Grabung, eine leidenschaftliche Liebschaft zu einem M. und die wechselseitige Beziehung zu einem Long G., es ging um Hass und Gier. Bridget stand zu M., aber auch Long G. schien ihr nicht gleichgültig. Bridgets Mann, Barnabas, Danas Vater, war nur eine kurze Randnotiz wert. Warum schrieb so viel von diesem M. und nur ganz wenig von ihrem Ehemann. Jetzt musste er sprechen, denn er war Zeitzeuge. Was wusste er? Sie brauchte Klarheit. Sie hob ihre Faust, als wollte sie ihm drohen. Ihre Worte hallten von den Bürowänden wider und schwirrten durch sein Hirn. Er konnte Danas Gefühle nur erahnen. Sie

102

hatte das, wonach er damals verzweifelt gesucht hatte. Was hatte sie gelesen, dass sie so wütend machte. Wie lange hatte sie es schon in ihrem Besitz. Und was hatte Bridget notiert. Sie war täglich bei den Ausgrabungen und kannte alle Einzelheiten über die Auseinandersetzungen zwischen den Männern. Ihm schwante Böses und seine Vorahnungen sollten sich bestätigen.

„Wer sind Dr. Bresson, Long G., Michel, Mary und M.? Barnie bist doch du, oder? Worüber hat sie geschrieben? Woran hat sie gearbeitet? Wie ist die Beziehung der Personen zueinander? Was war das mit dieser geheimen Grabung? Worum ging es in dem Streit? Du warst dabei! Ich verlange eine Erklärung von dir. Rede! Was hast du mir verschwiegen?"

Sie hatte einen hochroten Kopf, ihre Stimme überschlug sich, ihr rann ein Speichelfaden von der Lippe und ihre Augen funkelten. Sie bebte vor Wut. Er sank tief in seinen Sessel, als wolle er jeden Moment darin verschwinden und sich in Luft auflösen. Das machte alles kompliziert. Sie sollte nicht mehr erfahren als notwendig. Er musste ihr etwas erzählen, aber könnte ihr niemals die ganze Wahrheit sagen. Er konnte ihr niemals die Geschichte bis zum Ende erzählen. Könnte ihr nie sagen, wie ihre Mutter wirklich gestorben war. Er begann bedächtig zu sprechen.

„Ich wusste, dass es existiert." Er wählte jedes Wort so sorgfältig aus wie ein Spitzenkoch, der die Zutaten für ein Sternemenü kreierte. Aber er blieb sehr vage in dem, was er sagte.

„Bridget hat mir wenig über ihre Recherchen erzählt. Ich wusste nur, dass sie im Auftrag der Times die Ausgrabungen im Großraum Düren begleitete und darüber berichtete. Ich habe damals mehr aus der Zeitung als von ihr selbst erfahren" log er.

„Mich interessiert nicht, was von ihr zu lesen war, sondern wer diese Personen sind, von denen sie schreibt. Wer zum Beispiel ist dieser Dr. Bresson?" Er atmete hörbar aus. Er würde gerne einen Blick in das Buch werfen, wagte aber nicht die Hand danach auszustrecken. Dann seufzte er vernehmlich und bemühte sich, mürrisch und widerwillig zu klingen. Das war kein Problem, denn ihm widerstrebte jede Silbe. Er redete bewusst in einem beiläufigen Ton, so als würde er historische Fakten herunter leiern, die jeder kannte. Und er holte weit aus, um Zeit zu gewinnen und so lange wie irgend möglich nur an der Oberfläche der Geschichte zu bleiben.

„Gut, ich will es dir erzählen. Dr. Michel Bresson war mein bester Freund. Er war Franzose, studierte die keltische Geschichte in Paris, kam 1953 nach Dublin. Dort haben wir gemeinsam drei Jahre die Geschichte der Inselkelten studiert. Wir hatten die gleichen Interessen, haben gemeinsam viel Sport getrieben und sind in den Semesterferien durch die Welt gereist. 1960 ging er nach Frankreich zurück, ich zum Studium nach Deutschland. Wir blieben in Kontakt, er besuchte mich immer wieder. Er hatte die Statur eines Modellathleten, war fast zwei Meter groß und hatte breite Schultern, einen wilden Vollbart und eine behaarte Brust. Alle Frauen waren scharf auf ihn und er wusste das. Er war ein Abenteurer. Sein Forscherdrang war unstillbar. In Frankreich nahm er Archäologie zu seinen Studienfächern. Nach zwei Jahren begann er ein Vagabundenleben. Ihn zog es zu den großen Ausgrabungsstätten der Weltgeschichte. Zunächst nach Mexiko, dann nach Mittel- und Südamerika zu den Mayas, Inkas und Azteken. Aber auch dort hielt es ihn nicht lange. Er ging nach Ägypten und dort zunächst zu den Pyramiden von Gizeh, dann zog es ihn ins Tal der Könige, schließlich nach Jerusalem zu den Arbeiten am großen Tempel und zu den Ausgrabungen in Kapernaum am See Genezareth. Er erwarb sich in den Jahren ein enormes Wissen. 1964 kam er zurück auf den Kontinent und folgte den Spuren der Kelten in Frankreich, Belgien, der Schweiz und Deutschland. Seinen Doktor machte er an der Uni Bonn in keltischer Geschichte. Im selben Jahr lernte er Anna Maria kennen. Er nannte sie Mary."

Sie horchte auf und wollte eine Zwischenfrage stellen. Aber er ignorierte ihren überraschten Blick, weil er eine unangenehme Frage befürchtete. Darum redete er einfach weiter und versuchte, so oberflächlich wie möglich zu bleiben und nicht mehr als nötig preiszugeben.

„Anna Maria studierte damals Geschichte und Literatur auf Lehramt. Sie verliebten sich und wollten heiraten. Michel hatte aber ein Problem, denn er war noch verheiratet und zwar mit einer bildhübschen Pariserin namens Marie. Er hatte sie während des Studiums in Paris kennen gelernt. Impulsiv wie er war, heiratete er sie vom Fleck weg. Das war im Jahre 1957. Dann wurde sie schwanger und bekam Yvette. Im Jahr darauf folgte Luc. Aber weder die Ehe noch die Geburt der Kinder hielten ihn davon ab, immer wieder auf weite Reisen zu gehen und die archäologischen Stätten in aller Welt zu besuchen. Er war oft monatelang fort. Mit den Jahren entfremdete er sich immer mehr von seiner Frau. Seine Kinder sagten bald 'Onkel' zu ihm. Dann lernte er Anna Maria kennen und lieben und bat Marie um die Scheidung. Das war ein großer Skandal. Er ließ seine Frau mit zwei minderjährigen Kindern zurück, um ausgerechnet eine Deutsche zu heiraten."

Er stockte, weil er die Geschichte zur Ehe der beiden nicht erzählen wollte. Sie sollte nicht erfahren, wessen leibliche Eltern sie waren. Das würde alles unnötig kompliziert machen, die jungen Leute könnten zu leicht vom Kurs abkommen und würden vielleicht in den Familiengeschichten herum stochern, statt die Wahrheit über das Skelett ans Tageslicht zu fördern. Den Rest würden sie früh genug erfahren. Er machte einen Zeitsprung.

„Im Frühjahr 1969 waren Bagger in Düren auf antike Scherben gestoßen. Da Michel und mein Halbbruder, dein Onkel Gideon, bereits seit einigen Jahren im Rheinland arbeiteten, beauftragte ich in Abstimmung mit dem Landeskonservator die beiden, diese Grabung zu übernehmen. Rasch vermuteten sie Überreste einer Keltensiedlung. Gideon hatte sich zu der Zeit bereits einen ausgezeichneten Ruf erworben. Die beiden Männer waren in den Jahren ihrer Zusammenarbeit zu Freunden geworden. Dennoch kam es immer wieder zum Streit, weil sie unterschiedlicher Meinung über den Zweck und die Verwertung archäologischer Fundstücke waren. Wenn ich je als Archäologe tätig gewesen wäre, hätte ich sicher mit großer Freude mitgearbeitet. Aber ich hatte mich nach dem Studium von der Forschung abgewandt. Durch eine glückliche Fügung kam ich 1963 mit Frederic Leclerc in Kontakt. Unter seinem Protegé baute ich – wie du weißt – meine erste, kleine Baufirma auf. 1965 lag eine Fundstätte auf dem Grundstück einer meiner Projekte. Da die Archäologie eine brotlose Kunst und ich durch meine Geschichte tief verwurzelt war, begann ich, Ausgrabungen zu finanzieren, so auch die im Frühjahr

1969." Wieder stockte er. Konnte er ihr wirklich von Bridget erzählen. Das sie über die offizielle Grabung berichtete, hatte sie sicherlich aufgeschrieben. Aber hatte sie auch notiert, was sie ihm von der geheimen Grabung erzählt hatte. Er musste vorsichtig sein.

„Bridget hatte im Auftrag der Times archäologische Ausgrabungen begleitet. Sie sollte eine Reportage über keltische Funde im Rheinland schreiben. Da sie sehr ambitioniert war und spannende Reportagen schrieb, war ihr Redakteur damit einverstanden, dass sie über die Arbeiten von Long G. und M. schrieb."

„Momentmal, M. ist Dr. Michel Bresson und Long G. ist Onkel Gideon?"

„Ja, das stimmt", verdammt, ermahnte er sich, hör auf zu plaudern und bleibe bei den Fakten. Aber dann erklärte er das soeben gesagte.

„Weißt du, wir hatten so ein Spielchen. Wir dachten uns Kurznamen füreinander aus. Michel nannten wir M., weil man Michel kaum abkürzen kann. Manchmal haben wir ihn auch „den Druiden" genannt, weil er einen Hang zur Geschichte und dem Wirken der keltischen Priester und Gelehrten hatte. Dein Onkel war wegen seiner Statur einfach nur Long G., Bridget verkürzten wir auf Bri, Anna Maria auf Mary und ich war Barnie." Er war aufgestanden, ging zum Fenster und blickte in die Ferne. Sie riss die Augen auf. Ihr stockte der Atem. Ein Schauer lief

108

ihr über den Rücken, weil sie sich an die Eintragungen erinnerte. Sie überlegte, ob sie ihrem Vater sagen sollte, was dort geschrieben stand über die verzwickte Geschichte zwischen Dr. Bresson, ihrer Mutter und dieser Mary. Aber sie wollte ihr Wissen noch nicht preisgeben. Unmerklich legte sie ihre Hand auf das Buch, zog es zu sich hin und steckte es weg. Dann stand sie auf und ging um den Schreibtisch herum auf ihn zu. Sie sahen sich in die Augen. Ob er davon wusste, dass Dr. Bresson und ihre Mutter miteinander geschlafen hatten. Er entzog sich ihrem Blick und setzte sich wieder hin. Das Buch lag nicht mehr auf dem Schreibtisch. Dana hatte es wieder eingesteckt, so als wolle sie es oder etwas, das in dem Buch geschrieben stand, vor ihm verbergen. Oder wollte sie es nur vor seinem Zugriff schützen? Ihre Reaktion war seltsam. Sie musste mehr gelesen haben, als ihm lieb sein konnte. Er entschloss sich für die Flucht nach vorn.

„Anfang Juli sind Michel und Gideon dann auf diese merkwürdige Fundstätte gestoßen. Sie arbeiteten dort auch, aber keiner sollte davon erfahren", fuhr er fort. Sie setzte sich.

„Bald gab es Streit. Ich habe das nie so recht verstanden", log er „sie zogen doch an einem Strang. Sie waren auf dem Weg, eine archäologische Sensation auszugraben. Ich habe dieses Grab nie gesehen...", er stockte, weil ihm das Wort 'Grab' über die

Lippen gekommen war, obwohl er nur von 'der Fundstätte' sprechen wollte, aber sie schien nichts mitbekommen zu haben und darum sprach er bedächtig weiter. Dana allerdings hörte nicht mehr hin. Ihre Gedanken schweiften ab. Sie hatte genug erfahren und musste alles Mike erzählen. Hastig sprang sie auf, gab ihm einen flüchtigen Kuss auf die Stirn, presste ein 'ich muss los' heraus und lief zu ihrem Wagen. Im nächsten Augenblick fuhr sie vom Hof. Er blickte ihr hinterher. Dann ließ er sich in den Sessel sinken. Sollte er sich freuen über ihren plötzlichen Aufbruch. Oder hatte er schon zu viel preisgegeben, so dass sie sich aus dem Gehörten und dem Gelesenen eine Geschichte zusammenreimen konnte. Würde sie eine Verbindung zwischen dem Grab von damals und heute finden können? Gab es eine? Er seufzte. Mit jedem weiteren Wort hätte er Details preisgeben müssen. Er hätte auf gezielte Fragen vielleicht keine klare Antwort gehabt. Wenn sie hätte wissen wollen, wie die Funde verschwunden waren und was mit ihrer Mutter geschah. Da waren zu viele Unbekannte in der Gleichung, zu viele Vermutungen, zu viele Möglichkeiten. Er atmete hörbar aus und wischte sich den Schweiß von der Stirn. Egal was sie zu wissen glaubte, er war froh, dass er ihr nicht erzählen musste, was in allen Einzelheiten geschehen war und wie die Geschichte ausging.

Wieder schweiften seine Gedanken in das unheilvolle Jahr 1969.

Er schaute nach draußen, sah zu wie es dämmerte und blickte sorgenvoll dem aufziehenden Sturm entgegen.

Kapitel 12 >>16. Oktober<<

David saß im Flugzeug. Er hatte die Geschäfte seinem fähigsten Mann übergeben und die erstbeste Maschine Richtung Irland genommen, denn er musste rasch mit seinem Onkel Gideon sprechen. Der half und beschützte ihn von klein an und war mehr ein Vater denn ein Onkel. Er erinnerte, dass er an seiner Seite war, als David aus Irland verschwinden musste. Während seiner Zeit bei der irischen Armee wurde er mit den Aktivitäten der IRA konfrontiert. Aber anders als seine Kameraden, war er begeistert von dem Einsatzwillen und der Kommandostruktur der Organisation. Ihm gefiel wie man mit politischen Gegnern umging. Das Gerede der Regierung war nutzlos und ohne Wirkung. Er wollte mit strikten Aktionen klare Verhältnisse schaffen. Darum quittierte er den Dienst und ging Anfang der neunziger Jahre in den Untergrund. Die IRA bildete ihn bald zum Einzelkämpfer aus. Aber schon nach wenigen Jahren wurde ihm die zunehmend brutale Vorgehensweise zuwider. Es wurden zu viele Opfer unter den Zivilisten in Kauf genommen. Er wollte aussteigen. Sie versuchten ihn zum Schweigen zu bringen, aber er war wachsam und richtete seine Gegner. Sein Onkel hatte gute Kontakte zu den irischen Behörden und so lancierte man eines Tages eine Meldung über einen Verkehrsunfall, bei dem David getötet und bis zur Unkenntlichkeit verbrannt sei. Er floh nach dieser Aktion bei Nacht und Nebel aus seiner Heimat und tauchte in Deutschland unter. Bald verdingte er sich als Türsteher im Rotlichtmilieu und machte sich als Geldeintreiber einen Namen. Er war wegen seiner kompromisslosen Härte äußerst beliebt bei den Gläubigern. Irgendwann war er es leid, den Kopf für andere hinzuhalten. Er erwarb den Trainerschein und gründete eine Schule für asiatischen Kampfsport. Wieder half Gideon ihm, dieses Mal mit Geld. So konnte er es sich leisten, die besten Trainer einzustellen und die modernsten Geräte zu erwerben. Seine Schule erwarb sich im Laufe der Jahre einen exzellenten Ruf. Heute bildeten sie Bodyguards aus, die hochrangige Politiker und Manager schützten. Im Gegenzug stand David seinem Onkel zur Verfügung, wenn es darum ging, Gegner mundtot zu machen oder mit den Fäusten zu überzeugen.

Vor einigen Wochen rief er ihn an und sagte ihm, er habe einen Auftrag für ihn. Er solle eine Baustelle von Barnie unter die Lupe nehmen. Dort werde statt eines Bauprojektes eine Ausgrabung gemacht. Onkel Gideon vermutete, dass die Arbeit illegal sei. Falls etwas Wertvolles entdeckt würde, wollte er es wissen. David bezog Stellung in dem angrenzenden Waldstück und beobachtete das Geschehen ungesehen. Aber bereits am ersten Tag sah er seinen alten Freund John Richards, der offenbar ebenfalls vor Ort tätig war. Sie waren in der gleichen Einheit bei der Armee, hatten diverse Kampfsportarten erlernt und waren eine zeitlang unzertrennlich. Als er schon mit der IRA sympathisierte, aber noch in der Armee Dienst tat, kam es zu einem Zusammenstoß mit einer Terrorzelle. Damals konnte er John „das Leben retten". Das glaubte der bis heute. Dabei hatte David seinen Kampfesbrüdern nur klar gemacht, es wäre besser, ihn nicht zu töten. Er solle als Lebensretter dastehen und John fortan als Bindungsglied zur Armee missbrauchen. Er würde ihm diese Heldentat bis in alle Ewigkeit vergelten und nichts von dem Deal bemerken. Als David untertauchen musste, verloren sie sich aus den Augen. Wie er erfuhr, war John von Barnie angeheuert worden, um die Baustelle zu sichern. Was war nur an einer Baustelle so wertvoll, dass man einen alten Haudegen wie John dahinstellte, um einen Haufen Sand und Steine zu bewachen. David hatte den Verdacht, dass hier etwas nicht stimmte und wollte mehr erfahren. Darum traf er sich mit John auf ein Bier und sie ließen die Gedanken in alte Zeiten schweifen. Da sein alter Weggefährte ständig an der Ausgrabungsstelle war, wusste er gut Bescheid. David stellte unauffällig Fragen und John erzählte ihm ohne Argwohn, was ausgegraben wurde. David gab die Daten an seinen Onkel weiter. Gestern hatte er seinen alten Freund erneut getroffen. Er erfuhr von Entdeckungen an einem ominösen Skeletts, die mächtig Staub aufgewirbelt hatten. Die alten Knochen wurden zur weiteren Erforschung zu irgendeinem Fachlabor verschickt. Er fragte sich, warum man das tat? Was war so Besonderes daran, das man versuchte, das genaue Alter zu bestimmen? Ein Skelett ist ein Haufen von alten Knochen und bestimmt mausetot. Sein Onkel hatte auch etwas von so einen Gerippe erwähnt. Es sei für ihn gefährlich, wenn man es untersuchen würde. Die Ergebnisse könnten einen Stein ins Rollen bringen. Wenn die Sache aus dem Ruder laufen würde, könnte ihn das Ganze den Kopf kosten. Das musste um jeden Preis vermieden werden.

Vom Dublin Airport nahm er ein Taxi in die Innenstadt zu dem Geschäft seines Onkels in die Nassau Street. Dort erzählte er die Neuigkeiten und blickte aufgeregt wie ein kleiner Junge am ersten Schultag in dessen hageres Gesicht. Gideon musterte ihn mit prüfendem Blick. So nervös hatte er ihn lange nicht gesehen. Natürlich hatte er ihm den Floh ins Ohr gesetzt, dass es seinem lieben Onkel an den Kragen gehe, wenn Staub in Deutschland aufgewirbelt würde. Aber er konnte nicht glauben, dass es so einfach wäre, seinen Neffen zu überzeugen. So dumm konnte doch kein erwachsener Mann sein, oder? David war stets professionell, wenn es darum ging, einen Gegner außer Gefecht zu setzen. Seine Eliteausbildung und seine Kaltblütigkeit hatten ihn zu einer Kampfmaschine werden lassen. Seine annährend zwei Meter Körpergröße und sein muskelbepackter Körper machten ihn zu einem Menschen, dem man nicht im Dunkeln begegnen wollte. Die deutschen Frauen standen auf seinen irischen Akzent und dem zackigen Haarschnitt. Bei den Männern stand er nicht so hoch im Kurs, weil er im Streit kompromisslos war und rasch zuschlug. Aber er war tatsächlich ein Einfaltspinsel. Hielt sich für schlau, schluckte aber die Lügen, die Gideon ihm erzählte, ohne kritisch nachzuhaken. So konnte er ihn wie eine Marionette an langen Fäden führen. Der alte Mann schaute in blaue Augen und flüsterte mit verschwörerischer Tonlage, damit David das Gefühl bekam, ein Eingeweihter zu sein. Er sagte ihm, dass er ihn vorbereiten müsse auf den Einsatz und das er auf seine außergewöhnlichen Fähigkeiten bauen würde.

Er würde Davids gestörtes Verhältnis zu Barnie skrupellos für seine eigenen Zwecke ausnutzen. So konnte er seinen gefährlichen Halbbruder, den er am liebsten in einem tiefen Loch vergraben würde, vielleicht rasch und sauber unschädlich machen.

„Wir müssen nach Deutschland, genauer gesagt nach Düren", sagte er und goss mehr Öl ins Feuer „mein feiger Bruder hat da eine Sauerei vor, die er vor den Behörden verbirgt. Er will einen großen Fisch an Land ziehen. Ich habe von einem Geschäftspartner erfahren, dass er die Früchte seiner Arbeit an einen spleenigen Iren verscherbeln will. Das muss ich verhindern", log er.

Er wusste, dass er selbst nach Düren reisen musste, um Barnabas daran zu erinnern, was achtundsechzig in ihrem Keltenclub passiert war. Mit dieser Lüge erpresste er ihn seit mehr als vierzig Jahren und sie wirkte immer noch. Viel zu groß war die Angst seines Halbbruders, sein Gesicht und noch mehr zu verlieren. Gut, dass er nicht wusste, dass er ihn seit damals betrog. Hasserfüllt erinnerte er sich. Sie hatten Mitte der sechziger Jahre mit ein paar Freunden den 'Club of Kelts' gegründet. Ihr zunächst erklärtes Ziel war, Bräuche und Traditionen aus der Heimat in der Fremde zu ehren und zu pflegen. Aber letztendlich endeten die Treffen regelmäßig in ausgedehnten Saufgelagen. Barnie war dank seines dominanten Charakters von Beginn an Clubchef. Er war der geborene Führer, der bestimmte, was zu besorgen war und wo und wann man sich traf. Als die Hippiebewegung auch in Deutschland Einzug hielt, sahen sie sich als New-Age-Gesandte der historischen Kelten und änderten den Clubnamen in 'Children of Bodb', also Kinder der Bodb. An Lagerfeuern zelebrierten sie alte Rituale und brachten Tieropfer über dem Feuer dar. Ihre Treffen endeten oft in wilden Orgien mit Sex, Alkohol und Drogen. Ihre ausschweifenden Feiern und die Praktiken der Opferung führten immer wieder zu Gerüchten. Irgendwann stuften die Behörden ihr Treiben als sektenähnlich ein und sie gerieten unter polizeiliche Beobachtung. Aber das störte sie nicht weiter. Anfang achtundsechzig passierte die Sache mit Susan Boyd. In einer Nacht hatten sie große Mengen Haschisch geraucht und es kam im Drogenrausch zu einem heftigen Streit. Man ging zunächst hitzig aufeinander los, dann wütend auseinander und die Gruppe überwarf sich. Barnie, er und Susan aber blieben noch und stritten weiter über Nichtigkeiten und haltlose Vorwürfe. Es kam zu einem Handgemenge. Susan stolperte, schlug rücklings mit dem Kopf auf einen großen Stein und blieb regungslos liegen. Sie glaubten, sie wäre tot. Barnie hatte sie geschubst und gab sich die Schuld. Er geriet in Panik, wollte aber die Polizei nicht rufen, weil sie unter Drogen standen. Gideon war hellwach und blieb cool. Er sagte ihm, er würde das erledigen und schickte ihn heim. Als sein Halbbruder gegangen war, bemerkte Gideon dass Susan noch lebte. Sie hatte eine klaffende Platzwunde am Hinterkopf und blutete stark. Für einen kurzen Moment schlug sie noch einmal die Augen auf und flehte um Hilfe. Dann verlor sie das Bewusstsein. Er hatte sie danach tief in den Wald gezerrt und gewartet bis sie verblutet war. Dann vergrub er die Leiche. Den Freunden erzählte er, Susan habe nach dem Streit ihre Sachen gepackt und das Land verlassen. Da sie eine Waise war, wurde sie nicht vermisst. Barnie verschwieg den anderen die wahren Gründe ihres Verschwindens. Und Gideon ließ ihn in dem Glauben, Susan getötet zu haben, obwohl er es besser wusste und erpresste ihn all die Jahre mit dieser Lüge. Er grinste. Seinen Neffen würde er mit dem Blödsinn um die Ausbeutung der großartigen archäologischen Schätze anstacheln. Allein der Gedanke, sein Vater könnte den Rahm abschöpfen und sich bereichern, reichte um ihn heiß zu machen. All das, was er berichtet hatte, ließ ihn erkennen, dass die Fundstätte der Ort sein musste, von dem er hoffte, dass er nie gefunden würde. Und wenn das Skelett geborgen und verschickt würde, könnte er ein Problem bekommen. Aber eigentlich konnte niemand eine Verbindung zu ihm herstellen, solange Barnabas schweigen würde.

„Lass uns sofort aufbrechen, um etwas gegen Barnie zu unternehmen", schlug David vor. Wenn er von seinem Vater sprach, benutzte er dessen Spitznamen, niemals aber das Wort Vater. Zu fern war er

118

ihm, zu sehr hasste er ihn, um auch nur ein einziges Mal diese Bezeichnung zu wählen. Er erinnerte seine schreckliche Kindheit und Jugend und die Einsamkeit und Lieblosigkeit, die er zu erdulden hatte. Die Gedanken erfüllten ihn mit glühender Wut. Ein halbes Jahr nach der Heirat seiner Eltern kam er zur Welt. Da beide studierten, wurde er zu den Großeltern abgeschoben. Bald ging Barnie nach Deutschland und kam nur einmal im Monat nach Hause. Mutter studierte in Dublin, wurde Journalistin und hatte auch nie Zeit. Er erinnerte sich an die Stationen seiner Kindheit und Jugend: Kinderhort, Internat, Highschool. Immer weit weg und alleine gelassen von seinen Eltern. Die Karriere war seiner Mutter wichtiger als ihr Sohn. Irgendwann folgte sie seinem Vater nach Deutschland und arbeitete als freie Journalistin. Barnie schuftete für seine Baufirma. Nur an Weihnachten kamen beide nach Hause. Er grollte. 'Als ich zwölf war, wurde Dana geboren. Dieses Wunderkind, Mutters und Vaters Liebling, ihr Ein und Alles. Kurz danach starb Mutter. Barnie schickte die Kleine ins Internat in die Schweiz. Er hätschelte sie und glaubte, sie würde ein braves Mädchen werden. Als ich bei der Armee war, meldete ich mich für Auslandseinsätze. Ich reiste in die Schweiz, um zu sehen, was sie dort wirklich trieb. Ich traute ihr nicht. Sie war nicht so brav, wie er meinte. Ich schrieb ihm einen Brief, dass ich von Schweizer

Freunden wisse, dass sie ein unmoralisches Leben führe und sich durch die Alpen vögelte. Aber es kam keine Reaktion. Während ihrer Studienzeit in Köln, Bonn und Ulm habe ich Detekteien angeheuert, um sie zu beschatten. Ich weiß alles von ihr. Dieses kleine Miststück spielt das brave Töchterchen. Dabei hat sie in Bonn was mit Mike Berger gehabt, hat sich in Ulm von ihrem Studienbetreuer befummeln lassen und hat es kürzlich in Paris mit einem Professor getrieben. Ich habe ihre versauten Spielchen sogar auf Video. Aber er würde mir das nie abkaufen und glauben, ich hätte die Bänder manipuliert'.

„Wir fliegen erst am vierundzwanzigsten. Ich muss hier noch ein paar Dinge erledigen. Ich werde mit einem Freund in Köln telefonieren. Der schuldet mir einen Gefallen. Wir müssen uns gut vorbereiten. Du wirst ein paar Tage ausruhen. Hier sind die Schlüssel für meine Stadtwohnung." Beschwörend schaute er ihm in die Augen. Der Pakt war besiegelt. David nahm die Schlüssel und ging. Gideon überlegte, was zu tun war, wenn sie dort wären. Zunächst müsste er Barnie an die Geschichte mit Susan erinnern. Er würde ihm drohen, sie Dana zu erzählen. Sie würde ihrem Vater das nie verzeihen. Aber es konnte auch alles ganz anders kommen. Er brauchte noch ein Ass im Ärmel. Er würde den Kölner anrufen. Der musste ihm ein brauchbares Waffenarsenal verschaffen, um seine Ziele notfalls mit Gewalt durchzusetzen.

120

Kapitel 13 >>18. Oktober<<

Mike stieg aus dem Pool, durchquerte nackt die Halle und stellte sich unter eine der Klangduschen. Er genoss die friedliche Stimmung, die das warme Wasser, die Klänge von Meeresrauschen und der Duft von Patschuli auslösten. Hier konnte er in entspannender Umgebung die vergangenen Wochen vorüber ziehen lassen. Es war viel geschehen, was sein gewohntes Leben völlig aus den Angeln hob.

Barnabas war aufgetaucht. Sein Auftrag entpuppte sich als Puzzlespiel. Sie bargen keltische Ton- und Keramikscherben, Münzen, Stichwaffen und Arbeitsgeräte und schließlich dieses merkwürdige Skelett. Alles war mittlerweile auch dank der fleißigen Arbeit von Claude gesichtet. Aber es gab noch offene Fragen zu den Unregelmäßigkeiten an den Knochen und dem Schädel. Da passte etwas nicht ins Bild. Darum hatten sie fremde Hilfe in Anspruch genommen. Dank der alten Seilschaften von Stefan bekamen sie einen Vorzugstermin und konnten darauf hoffen, bald Ergebnisse von den Spezialisten aus Erlangen zu bekommen. Ihre weitere Arbeit würde darauf aufbauen. Alle Funde hatten sie besprochen. Die wertvollen Münzen, Stichwaffen, Scherben und auch die Arbeitsgeräte waren eindeutig keltisch und hatten einen großen kulturhistorischen Wert. Aber das interessierte Barnabas kaum. Er redete immerzu nur von dem Skelett. Was war so besonders daran?

Warum interessierte er sich nur dafür und nicht für die wertvollen Kunsthandwerke und Schmiedearbeiten? Wieso fragte er stets, ob es schon Ergebnisse aus Erlangen gebe? Gaben die Gebeine gar den Hauptgrund, die Fundstätte zu melden? Mike hatte den Eindruck, dass er etwas vor ihm verbarg. Auf Nachfrage winkte er scherzend ab und meinte, ein alter Knochen wie er interessiere sich nun mal in erster Linie für alte Knochen. Das war nicht besonders originell und schon gar nicht glaubhaft. Sobald die Ergebnisse vorlägen, würde er ihm die Pistole auf die Brust setzen. Er ließ sich nicht gerne verschaukeln. Nun griff er nach dem Duschgel und begann sich zu waschen. Als er sein Geschlechtsteil berührte, dachte er an Dana. Gestern waren sie wieder hierher gefahren. Um Mitternacht hatten sie sich im Whirlpool, später unter der Dusche und noch einmal im Haus vor dem Kamin geliebt. Sie durchströmte ihn mit ihrer Zuneigung. Er genoss es, ihre sanften Hände auf sich zu spüren, ihre Haut zu atmen. Er wollte sie halten, aber konnte er das? Vielleicht war er selbst zu haltlos. Könnte er überhaupt treu sein? Was wäre, wenn wieder ein Wilhelm auftauchen würde. Könnte er dieses Mal um sie kämpfen oder würde er sich wieder mit einer Carmen trösten? Könnte er so einer nun widerstehen? In guten wie in schlechten Tagen! Er schüttelte sich. Die Geschichte mit Dana war gerade erst wenige Wochen im Gange. Er konnte noch nicht sagen, wo die Reise hinging. Dennoch waren es außergewöhnliche Tage und Nächte. Sie probierten alles Mögliche aus und erkundeten ihre Körper wie neugierige Forscher unbekanntes Gelände. Mit der Erkundung des Körpers kannte er sich gut aus, das hatte er dutzende Male auf der ganzen Welt wiederholt und nie gab es Beschwerden. Aber Dana suchte in der letzten Zeit verstärkt sein Herz zu erreichen und ihres ihm auszuschütten. Sie zeigte ihm ihre Ängste und Abgründe. Dieses Mal wollte er sie vollständig kennenlernen. Das war die neue Dana, die so ganz anders war als die alte. Ein zahmes, zartes Mädchen hatte er in Erinnerung, die fast daran zerbrach, dass er sie im Stich ließ, nachdem sie fremd gevögelt hatte und er es ihr einfach nicht vergeben konnte, obwohl er es versuchte. Und was fand er nun vor. Eine Wildkatze, eine reife Frau, die genau wusste, was sie wollte und die genau wusste, was er wollte und wie sie ihn auf kleiner Flamme köcheln konnte, um ihren Willen zu kriegen. Aber was wollte sie wirklich? Mit ihm leben, ihn vielleicht sogar heiraten? Wieder schüttelte er sich. Junge, bleib auf dem Teppich, lass es einfach geschehen und genieße, was kommt. Er grinste seinem verwischten Spiegelbild auf den blanken, weißen Fliesen zu. Dann stellte er das Wasser ab, nahm ein Handtuch, schlang es um die Hüfte und ging hinaus. Ein kühler Herbstwind blies ihm entgegen. Er spurtete ins Haus. Dort umwehte ihn ein sanfter Hauch. Dana war nirgends zu sehen, darum rief er nach ihr. Ihre Stimme kam vom Dachboden. Er setzte den Wasserkessel auf den alten Kohleofen und goss einen Kaffee auf. Plötzlich polterte sie hinab, riss die Tür zum Salon auf und blieb atemlos stehen. Ihre Augen glänzten. Hatte sie etwa geweint?

„Was ist, Süße?" fragte er und nahm sie in den Arm. Sie ließ sich an seine Schulter sinken wie ein verlorenes Kind. Dann raffte sie sich und wedelte mit einem kleinen, schwarzen Buch.

„Wirf da mal einen Blick hinein, dann wird dir anders", forderte sie ihn auf. Er schlug das Buch auf und gewahrte eine hand geschriebene Überschrift auf der ersten Seite. Die Lettern wirkten, als habe man sie mit dem Lineal gezeichnet. Es war eine Handschrift, die seiner glich. *GRABUNGSTAGE-BUCH MICHEL BRESSON* stand dort.

Er ließ sich in einen Sessel sinken, Dana setzte sich ihm gegenüber und drängelte, er solle mit dem Vorlesen dort beginnen, wo das Datum 11. August 1969 zu finden sei. Er tat wie ihm geheißen.

1969 – Août – 11
Long G. hatte zu seiner Geburtstagsfeier eingeladen. Mon dieu, ich habe es als Friedensangebot gedeutet. Obwohl Anna dabei war, gab es einen bösen Streit. Long G. ist rücksichtslos und amoralisch. Anna hat sich sehr aufgeregt, das ist nicht gut in ihrem Zustand. Auch Barnie und

Bri waren entsetzt über die harschen Worte und die Härte in Gideons Ausführungen.

Er stoppte abrupt seine Vorlesung.

„Welchen Zustand meint er wohl? Ob die Gute irgendwie krank war?" Sie zuckte mit den Schultern.

„Lese bitte weiter, es kommt noch besser."

1969 – Août – 30
Habe meinen alten Freund Arthur getroffen und von meinen Funden berichtet. Er war vollkommen begeistert. Ich habe auch von meinen zunehmenden Streits mit Long G. erzählt. Er hat mir geraten nicht zu warten und alsbald die Polizei einzuschalten. Darum habe ich ihm erzählt, dass wir die Grabung geheim gehalten und noch nicht den Behörden gemeldet haben. Er war besorgt.
Später habe ich Barnie getroffen. Auch er war besorgt, weil Long G. immer jähzorniger wird. Er hält ihn für gefährlich und meint, man müsse etwas unternehmen.

„Meint der etwa mit Arthur meinen alten Herrn? Da werde ich mal nachhaken. Zu dumm, dass der wieder auf so einem Pfaffenkongress ist." Sie blickte ihn an, schmunzelte und ermunterte ihn, weiter zu lesen.

1969 – Septembre – 10
Ich habe Bri endlich von dem Grab erzählt. Aber das muss ich vor Long G. verbergen. Er darf nicht wissen, dass ich

sie eingeweiht habe. Er wird immer unbeherrschter. Heute hatte ich das Gefühl, dass er Fundstücke beiseite geschafft hat. Einige Sachen fehlen oder sind unauffindbar. Später hatten wir wieder einen bösen Streit und haben uns sogar geprügelt. Merde! Ich habe ihm den Arm gebrochen.

1969 – Octobre - 01
Ich habe mich lange mit Bri unterhalten. Die Sache mit uns kann nicht mehr lange gut gehen. Ich kann Anna jetzt nicht im Stich lassen, wo sie... darum haben wir es beendet. Aber wir werden für immer Freunde bleiben.

1969 – Octobre – 15
Long G. war wieder in Irland. Er dreht jetzt völlig durch, hat mich durch seine Schergen von der Grabung ferngehalten. Ich bin so böse auf ihn. Er ist so gierig, denn er will die Funde verkaufen. Das geht doch nicht, das ist alles viel zu bedeutend, um es zu verkaufen.

1969 – Octobre – 25
Jetzt weiß ich bestimmt, dass er einige Teile nach Irland verschickt hat. Das war angeblich als Muster für einen Käufer. Außerdem hat er keltische Stücke aus seinem Archiv geordert. Er meinte, das merke hier keiner, wenn er das eine oder andere Stück austauscht. Er meinte, die Deutschen wären zu blöd, um Festlandwerkstücke von solchen von der Insel zu unterscheiden.

1969 – Octobre – 27
So geht das nicht weiter. Ich muss ihn stoppen. Viele
Fundstücke sind über Nacht verschwunden. Ich habe ihn
gestellt. Er hat mich bedroht, hat gesagt, mir könne
Schlimmes widerfahren, wenn ich nicht das Maul halte.

1969 – Octobre – 31
Jetzt ist er dem Wahnsinn nahe. Die Gier frisst ihn auf.
Er ist vollkommen skrupellos. Ich komme nicht mehr an
ihn ran. Seine Drohungen und Beschimpfungen werden
immer schlimmer. Ich habe große Angst um Bri und An-
na und auch um mich und darum werde ich nach Sam-
hain das Land mit Anna verlassen. Ich muss Bri warnen,
sie muss ihre Recherchen sofort stoppen. Ich muss Barnie
bitten, unbedingt auf sie

„Warum liest du nicht weiter?"

„Das war der letzte Eintrag. Vielleicht hatte er das
Tagebuch verlegt und deine Mutter hat es gefunden
oder er hat es ihr vor seiner Abreise gegeben, damit
sie es für ihn aufhebt, bis er zurückkommt."

„Mag sein. Aber warum hat er nicht einmal den
letzten Satz beendet? Und wenn er später aus Frankreich zurückgekehrt ist, warum hat er es nicht weiter
geführt? Oder er ist gar nicht nach Frankreich gefahren und hat stattdessen die deutsche Polizei eingeschaltet, weil Long G., ich meine Onkel Gideon, ihm
drohte. Aber auch dann hätte er es weiter benutzt,
oder? Ich muss meinen Vater unbedingt sprechen

und in Erfahrung bringen, was da im Herbst neunundsechzig passiert ist. Irgendetwas stimmt da nicht. Beim letzten Besuch hat er herum gedruckst und irgendwelchen Mist erzählt." Sie hatte ihre Stimme erhoben und Farbe ins Gesicht bekommen.

„Ruhig, Mädchen. Vielleicht löst sich die Sache rasch in Wohlgefallen auf. Es kann doch auch sein, dass dieser Dr. Bresson keine Lust mehr hatte mit deinem seltsamen Onkel gemeinsame Sache zu machen und gemeinsam mit dieser Anna nach Frankreich gereist und dort geblieben ist. Oder er hat ihn von dort aus angeschwärzt und die Sache ist aufgeflogen. Ach, ich weiß auch nicht. Mir kommt das Verhalten aller Beteiligten sehr seltsam vor. Erinnerst du dich an den merkwürdigen Traum, den ich vor drei Wochen hatte? Ich träumte, Gideon und Michel würden sich streiten über Funde, die sie machten. Ich schaute danach in die Rechercheunterlagen zu meinem Buch über die Kelten im Rheinland. Dabei bin ich auf mehrere Hinweise und Notizen gestoßen. Es hat wohl eine Horde von internationalen Geologen und Archäologen und das ganze Volk seit Mitte der sechziger Jahre das Rheinland heimgesucht. Unter anderen haben die auch in Düren herumgegraben und nach keltischen Funden gewühlt. Da war dieser Fund in Hambach. Was wäre, wenn die zwei ihre komische Grabung irgendwo im Wald zwischen Ellen und Arnoldsweiler gemacht hätten. Das ist von Hambach gar nicht weit entfernt. Läge doch auf der Hand. Was wäre, wenn das geheime Grab aus dem Tagebuch unseres wäre? Falls ja, was weiß dein Vater? Falls nein... ach verdammt, ich weiß auch nicht. Die ganze Geschichte wird immer undurchsichtiger und rätselhafter je länger wir darüber nachdenken und je mehr wir aus irgendwelchen Quellen erfahren. Was weißt du eigentlich von deinem Onkel? Kennst du Geschichten aus seinem bewegten Leben? Hat dir dein Vater davon erzählt, dass mit ihm etwas nicht stimmt und der vielleicht einen Ratsch im Kappes hat?"

„Einen was?"

„Ach – das ist rheinischer Slang! Das sagt man, wenn man meint, dass einer nicht ganz klar bei Verstand ist. Verstehst du? Ist er vielleicht psychisch labil oder war er mal gewalttätig? Was sagt eure Familiengeschichte?"

„Ich weiß nur, dass mein Vater und Onkel Gideon nie wie Brüder waren. Und das mein Onkel meinen Bruder David immer bei allen Eskapaden unter die Arme gegriffen und ihn aus jedem Schlamassel herausgeholt hat, regte ihn auf. Aber er hat nie erzählt, das mein Onkel irgendwelche psychischen Probleme hätte."

Sie dachte fieberhaft nach, erinnerte aber keinerlei Andeutungen zu diesem Thema. Mehr denn je musste sie mit ihrem Vater reden. Natürlich durfte sie ihm keinen Einblick in die Tagebücher gewähren. Viel zu oft war die Liebschaft ihrer Mutter mit Dr. Bresson bis in peinliche Details beschrieben. Falls ihr Vater nichts davon wusste, wollte sie nicht diejenige sein, durch die er davon erfuhr. Sie gähnte.

„Was hältst du davon, wenn wir ihn morgen besuchen und zur Rede stellen. Wir kommen momentan sowieso nicht weiter, weil wir erst die Ergebnisse aus Erlangen abwarten müssen. Also versuchen wir, einen Zeitzeugen zu befragen. Du musst mich begleiten, weil mich das alles so aufwühlt." Er nickte, denn er konnte sich denken, dass sie litt, weil sie immer mehr Puzzleteilchen aus dem unbekannten Leben ihrer Mutter erfuhr. Gestern noch redeten sie über Bridget und das sie so wenig von ihr wusste. Barnabas hatte nie viel erzählt. Zu sehr schien ihn ihr plötzlicher Unfalltod zu schmerzen. Plötzlich stutzte er. Danas Mutter starb kurz nach ihrer Geburt. Was hatte sie aufgeschrieben? Sie hatte viel Zeit mit den beiden Männern verbracht? Gideon war offenbar gefährlich. Selbst Dr. Bresson hatte Angst und floh. Und sie stellte offenbar gefährliche Nachforschungen an. Kein Wort vom Wassersport und kein See weit und breit. Was wäre wenn...? Er verwarf den Gedanken. Er durfte sich in keine wilden Spekulationen verlieren. Die Zeit war reif für ein ausführliches Interview mit Barnabas. Er musste nun die Hosen herunter lassen. Aber zunächst musste er seine

Kleine aus dem Tief herausholen, in dem sie steckte. Sie drohte, darin zu versinken wie in einem Treibsandfeld. Darum stand er auf und ließ sein Handtuch zu Boden fallen. Dann bewegte er seine Hüfte, so dass sein Geschlechtsteil hin und her schwang wie das Pendel einer Wanduhr.

„Wie wäre es damit?", grinste er. Sie streichelte ihn vom Bauchnabel abwärts, machte einen Schlenker nach links und massierte die Innenseite seines Oberschenkels. Das erregte ihn sehr und er zog sie zu sich. Zärtlich küsste er ihre Halsbeuge und arbeitete sich weiter nach unten. Dann tippte er mit den Fingerspitzen auf ihre Bluse und malte Kreis auf den Stoff. Sie küsste ihn und nahm seine Hand.

„Lass uns ein bisschen spazieren gehen, solange es noch hell ist. Dann können wir unsere Taktik für das Gespräch mit meinem Vater besprechen. Ich will endlich wissen, was das alles zu bedeuten hat." Während sie redete, knöpfte sie ihre Bluse auf und zog sich den BH von der linken Brust.

„Wenn wir uns einen Schlachtplan erarbeitet haben, will ich den besten Sex der Welt von dir." Sie umrundete mit ihrer Fingerspitze die Brustwarze. Als er es ihr gleich tun wollte, gab sie ihm einen Klaps auf den Handrücken und säuselte ‚später' in sein Ohr.

Kapitel 14 >>19. Oktober<<

„Wir müssen die Sache vorsichtig angehen. Du hast gesehen, wie seltsam er auf das Tagebuch deiner Mutter reagiert hat. Wenn wir ihm sofort diesen Dr. Michel Bresson um die Ohren hauen und erzählen, was wir gelesen haben, macht er vielleicht dicht und erzählt gar nichts. Aber wir müssen wissen, ob die Geschehnisse von damals etwas mit unserer Ausgrabung zu tun haben. Ich hab da so ein dumpfes Gefühl, das ich nicht erklären kann. Also du bist der Diplomat von uns beiden, fang du das Gespräch an. Ich werde zu schnell aufbrausend. Ich halte mich im Hintergrund und mache den Stichwortgeber." Sie nickte. Gerade als sie klingeln wollte, ging die Tür auf. Barnabas kam aus dem Haus.

„Das trifft sich gut. Wir waren gerade auf dem Weg zu dir. Wir müssen dringend mit dir reden. Es geht um diesen Dr. Michel Bresson", platzte Mike heraus. Barnabas zuckte innerlich zusammen. Sofort tat er so, als ob er sehr in Eile sei, um sich ihnen zu entziehen. Er wusste genau, jetzt müsste er glaubhaft abweisend wirken und sich sofort aus dem Staub machen.

„Kinder, das tut mir leid. Ich bin total in Eile. Habe um zehn einen Geschäftstermin in Raeren, am Nachmittag muss ich zu meinem Kardiologen nach Aachen, Morgen zur Eröffnung einer Architektur-

132

ausstellung nach Köln und am Mittwoch zu meinen Notar nach Mönchengladbach."

Er hatte tatsächlich viel vor. Natürlich würde es seinem alten Freund Frederic Leclerc in Raeren auf ein oder zwei Stunden nicht ankommen und er könnte vorher mit den beiden sprechen. Aber als er den Namen seines alten Freundes hörte, fürchtete er, dass sie irgendetwas in Bridgets Tagebuch gelesen hatten, was sie nun klären wollten. Also ging er rasch zu seinem Wagen, schloss ihn auf und warf die Arbeitstasche in den Fond. Er war schon halb eingestiegen, als Mike ihn robust am Arm packte.

„Du hast doch ein Handy. Ruf in Belgien an und verschiebe den Termin. Es ist dringend. Wir müssen mit dir reden, weil wir Klarheit brauchen. Wir haben in den Notizen deiner Frau Dinge erfahren, die mit einer merkwürdigen Grabung zu tun haben. Komischerweise war die irgendwo im Wald bei Ellen. Ich habe da so ein seltsames Gefühl wegen unserer Arbeit. Du warst Zeitzeuge. Also musst du mehr wissen, als du bisher erzählt hast. Wir wollen die losen Enden verknüpfen, aber du musst erklären, wie das geht. Deinen bescheuerten Halbbruder können wir ja schlecht interviewen." Er biss sich auf die Lippe. Das hätte er nicht sagen dürfen. Sein Gegenüber erschrak. Wie kamen sie plötzlich auf Gideon? Was hatte Bridget in ihr Tagebuch geschrieben über das Verhältnis seines Halbbruders zu Michel? Wussten sie gar schon viel mehr als sie durften? Wenn dem so war, könnte ihnen die Sache rasch über die Köpfe wachsen. Jetzt galt es, zu handeln. Jetzt musste er erst Recht rasch mit Frederic sprechen. Auch musste er mit Professor Walther im Uniklinikum in Köln Klartext reden, um zu erfahren wie viel Zeit ihm blieb. Schließlich stand der Termin mit seinem Notar und der Erbvertrag auf dem Programm. Alles sollte zugunsten seiner geliebten Tochter geregelt sein. Sein Sohn würde keinen Penny bekommen. Er hatte nichts mehr für ihn übrig. Hatte er das jemals?

Einen Augenblick lang überkam ihn so etwas wie Reue. Aber sogleich wischte er den Gedanken beiseite. Dafür war jetzt keine Zeit. Er sprach mit deutlicher Verärgerung in seiner Stimme. Sie mussten verstehen, dass es nichts wurde mit ihrer Fragestunde.

„Ich bin kein frei schaffender Archäologe, der seine Zeit nach der Wetterlage und dem Zustand des Bodendenkmals ausrichtet. Ich bin Unternehmer und kann meine Geschäftspartner nicht einfach versetzen, weil jemand unangemeldet mit mir sprechen will. Ich muss jetzt los. Wir können am Donnerstag reden, dann habe ich alle Zeit der Welt." Rasch stieg er ein, schlug die Türe zu und startete den Motor. Sie blickten sich verdutzt an. So hatte Dana ihren Vater lange nicht erlebt. Er wirkte fahrig und hektisch. Sonst war er die Ruhe selbst und nichts und niemand konnte ihn bewegen, seine stoische Art aufzugeben. Damit verhielt er sich in ihren Augen sehr verdächtig. Mike kochte vor Wut und hämmerte mit der Faust gegen das Seitenfenster. Mit eisigen Blicken sah er Barnabas an. Die Scheibe surrte herab.

„Ich verstehe ja, dass du als Großunternehmer unter Strom stehst und dir dieses merkwürdige Grab auf den Keks geht, aber das gibt dir nicht das Recht, uns wie Lakaien abzufertigen. Wir sind schließlich nicht irgendwelche dubiosen Geschäftspartner." Er ereiferte sich und wurde laut. Barnabas wollte das Seitenfenster schließen, aber Mike hielt es mit eiserner Hand zurück. Jetzt schaltete sich Dana ein.

„Was ist los mit dir? So kenne ich dich gar nicht? Es hat fast den Anschein, als würdest du vor uns flüchten." Er mimte den Beleidigten, entgegnete aber hörbar sanft:

„Schön, dass du dir Sorgen machst. Alles ist in bester Ordnung. Ich bin nur spät dran. Und jetzt muss ich wirklich los." Betont vorsichtig löste er Mikes Griff und die Scheibe surrte hoch. Er setzte den schweren Wagen zurück. Nach wenigen Sekunden war er über die Autobahnbrücke entschwunden. Die Beiden sahen sich an.

„Verstehst du das? So war er vor zwanzig Jahren, als er sich noch etwas beweisen musste. Aber in den letzten Jahren wurde er friedfertig. Den harten Geschäftsmann hatte er abgelegt. Was ist nur in ihn gefahren? Es kommt mir vor, als hätte er wirklich etwas zu verbergen."

„Ach vergiss es. Mir geht der ganze Mist auf den Sack. Ich brauche eine Auszeit, sonst platzt mir der Hals. Wir sollten den Jeep schnappen und ein bisschen übers Land brettern, dann fahren wir zum Frühstücken nach Düren und gehen anschließend shoppen. Später lade ich dich auf eine Pizza ein oder wir essen ein großes Stück Kuchen oder einen gigantischen Eisbecher. Dann kommen wir auf andere Gedanken, können abschalten und einfach mal nichts tun. Ich rufe Claude an, dass er nicht kommen muss. Später können wir ja zu deinem Rittergut fahren und bleiben ein paar Tage. Dann lieben wir uns alle halbe Stunde im Pool oder unter der Dusche, auf dem Bärenfell oder wo immer du willst." Er sah sie an, dann lachten beide. Sein Wutanfall war wie weggeblasen. Er war wieder ganz bei ihr. Sie nickte. Er griff er nach seinem Handy und rief Claude an.

Es war kurz vor elf, als Barnabas vor dem Landhaus seines alten Freundes Frederic stoppte. Der Ire stieg aus und verweilte einen Moment in Stille. Dann sog er die klare Luft der belgischen Ardennen in seine Lungen. Er schloss die Augen. Frederic Leclerc, der einzige Sohn eines millionenschweren, bretonischen Gutsherrn schaffte sich nach dem zweiten Weltkrieg ein Bauimperium in Belgien. Dabei lernte er, die guten Beziehungen seines Vaters in der europäische Politik- und Finanzwelt zu nutzen. Die Familie Leclerc verfügte über ein Netz von Helfern und Marionetten, die ihnen seit Jahrzehnten verpflichtet oder in irgendeiner Form in Abhängigkeit geraten waren. Nie zeigte Frederic Skrupel, scheute zu keiner Zeit davor zurück, Mittel und Wege zu nutzen, die jenseits der Legalität waren. Oft stand er mit dem Rücken zur Wand oder bereits mit einem Bein im Gefängnis. Aber er hatte so viel Macht, dass er stets wusste, welchen Hebel er umlegen musste, um seine Ziele zu erreichen. Menschen, die ihm im Wege standen, verschwanden von der Bildfläche. Nicht etwa, dass er sie mit eigenen Händen oder über Mittelsmänner ums Leben gebracht hätte. Vielmehr nutzte er sein Wissen und spielte intime Details aus deren Leben oder pikante Fotos oder Dokumente der Presse zu. Manche Menschen verloren Hab und Gut. Sie wurden von der Gesellschaft geächtet, weil sie es gewagt hatten, sich mit ihm anzulegen. Er aber behielt stets eine reine Weste. Mit diesen Beziehungen konnte er auch Barnabas für sich gewinnen und mit dessen Hilfe bekam er einen Fuß ins rheinische Baugeschäft. Der Ire wurde Anfang der sechziger Jahre sein ausführender Arm. Barnabas genoss die Macht ohne moralische Bedenken zu haben.

Damals waren wir wie Wilde, dachte er. Da ist manch ehrbarer Bürger hops gegangen. Uns war jedes Mittel Recht. Immer kamen wir mit einem blauen Auge davon. Frederic hat es richtig gemacht, sich Ende der sechziger Jahre aus Deutschland zurückzuziehen und mir das Feld zu überlassen. Ich habe die Firma unter meinem Namen ausgebaut und scheute nicht, seine Kontakte zu nutzen. Er schüttelte den Kopf. Die Betrogenen hatten Gerechtigkeit gefordert. Aber was bedeutete das? War es Gerechtigkeit, dass sie ein immenses Vermögen anhäufen und für die Zukunft aussorgen konnten. Oder war es Gerechtigkeit, dass Frederics Tochter vor zwei Jahren bei einem Motorradunfall ums Leben kam und sein Sohn seit einem Trip durch den brasilianischen Dschungel als verschollen galt. Und sollte es etwa Gerechtigkeit bedeuten, dass Barnabas seine geliebte Frau auf so tragische Weise verlor und sein Sohn ein Taugenichts wurde. Sollten er und Frederic an Leib und Seele Bestrafung erfahren, indem ihnen genommen wurde, was ihnen lieb und teuer war? Er seufzte und schob die trüben Gedanken beiseite. Dann machte er sich auf den Weg zum Haus. Fred, wie er ihn nannte, war schon so lange sein bester Freund und er brauchte ihn heute mehr denn je. Der Franzose öffnete die Haustür und lief ihm entgegen. Er wirkte trotz seiner siebenundsiebzig Jahre jugendlich und sportlich. Sein bestimmendes Auftreten, das charmante Lächeln, das ergraute Haar und seine immer noch stattliche Figur verliehen ihm eine sympathische Aura. Nur wenige wussten, dass sich hinter dieser netten Fassade ein eiskalter Geschäftsmann verbarg, dessen zweiter und dritter Vorname Korruption und Betrug waren. Anfang des Jahrtausends hatte er seine Firma an ein internationales Konsortium verkauft. Natürlich behielt er seine guten Kontakte in die Politik und Wirtschaft und wusste sie stets zu seinem Vorteil zu nutzen. Mit einem Teil des Erlöses aus dem Verkauf baute er sich dieses Traumschloss in den belgischen Ardennen.

„Alter Freund, sei willkommen und tritt ein in meine bescheidene Hütte." Sie umarmten sich herzlich. Er grinste und betrat die Empfangshalle. Fred hatte sich hier einen Lebenstraum erfüllt. Da er sich für keinen Baustil entscheiden konnte, wirkte das Haus wie ein Sammelsurium aus tausend Jahren Architekturgeschichte und genau das machte es so einzigartig. Anfangs liefen die Ratsherren Sturm gegen das Projekt, aber mit den richtigen Mitteln konnte er alle Zweifler überzeugen. Das Bauwerk mit den vielen Erkern, Türmen, Zinnen und sogar Schießscharten und dem robusten, gelblich schimmernden Sandstein wirkte wie ein Fremdkörper in den sanften Hügeln des Hohen Venn. Aber das störte ihn nie. Er teilte sich mit seiner Frau und gelegentlichen Gästen bescheidene zehn Schlafzimmer, drei Bäder, sieben Salons, ein Kaminzimmer, einen riesigen Wintergarten und mehr als sechstausend Quadratmeter Grünland nebst eigenen Wald und See. Der Swimmingpool hatte olympische Ausmaße und im Garten hatte er eine rustikale Blockbohlensauna gebaut. In einer Halle neben dem Anwesen fand man ein halbes Dutzend Duschen und Saunakabinen und dazu ein gigantisch anmutender Fitnessbereich mit allen Schikanen.

„Wie gehen wir nun vor, alter Freund?", fragte er, denn er redete nie um den heißen Brei herum, sondern kam gleich zur Sache. In Erinnerungen schwelgen konnten sie später. Barnabas' Anruf klang dringlich, da galt es keine Zeit zu verlieren.

„Mike und Dana wissen offenbar schon mehr, als gut für sie ist. Heute haben sie mich besucht und wollten ein klärendes Gespräch mit mir führen. Ich war auf dem Sprung, wollte mir aber auch keine Zeit für die beiden nehmen. Mike hat mit einer unbedachten Äußerung Gideon ins Spiel gebracht." Er hatte seinen besten Freund ins Vertrauen gezogen und ihm damals von seinem Verdacht erzählt. Frederic kam aus der gleichen Gegend wie Michel und war mit dessen Familie gut befreundet. Darum war er sehr betroffen, als er vom gewaltsamen Tod des Landsmannes erfuhr. Als nun die Bagger auf das Grab stießen, informierte Barnabas ihn sofort. Sie hatten vereinbart, dass er sich melden würde, falls es Schwierigkeiten gab. Und wenn Gideon auftauchen würde, wäre das der Fall.

140

„Das ist wirklich eine schlimme Nachricht. Aber komm erst einmal rein in die gute Stube, Single Malt und eine kräftige Kubanische?", fragte er und lotse seinen alten Freund und Geschäftspartner ins Kaminzimmer. Ein Feuer brannte und hüllte den Raum in behagliche Wärme. Holzscheite knisterten und Flammen tänzelten. Vor dem Kamin fanden sich schwere, flämische Ledersessel und ein Eichentisch. Daneben stand ein Servierwagen mit diversen Flaschen hochprozentigen Inhalts. Zielsicher griff er nach der Flasche Single Malt und schenkte ein. Dann reichte er ihm einen Humidor. Als Barnabas die Kiste öffnete, stieg ihm der unvergleichliche Duft teurer Zigarren in die Nase. Er nahm eine heraus, rollte sie zwischen Daumen und Zeigefinger und schnitt mit seiner Guillotine einen Teil von der Kappe. Dann stand er auf und ging zum Kamin. Dort nahm er einen der bereitliegenden Zedernholzspäne und entzündete ihn, hielt den Span ein Stückchen unterhalb der Spitze und drehte sie über dem Flämmchen, bis sie gleichmäßig glomm. Als sich rundherum eine Ascheschicht gebildet hatte, nahm er sie in den Mund, zog an ihr und ließ den Rauch im Mundraum wirken. Er spürte, wie der unvergleichliche Geschmack seinem Gaumen schmeichelte. Vor vielen Jahren hatte er die schnöden Zigaretten gegen edle Zigarren getauscht. Einen Augenblick lang sah er das Gesicht von Dr. Walther und wie er ihm mit erhobenem Zeigefinger drohte. Dann wischte er das Bild weg und genoss die Havanna. Die Männer sahen sich an. Frederic legte die Stirn in Falten. Ohne Zweifel, die Zeit des Abwartens war vorüber. Gerade als er etwas sagen wollte, erklang Big Ben. Der Bretone hatte Zeit seines Lebens eine Schwäche für den Klang des Glockenturms des englischen Parlaments. So tönte die Türglocke in diesem unverkennbaren Klangbogen. Er entschuldigte sich und eilte hinaus. Als er öffnete, stürmte ein aufgeschreckter, alter Bekannter an ihm vorbei in die Halle.

„Monsieur Leclerc. Entschuldigen Sie bitte die Störung. Aber sie sagten, wenn etwas Wichtiges passieren würde, sollte ich sofort kommen, um zu berichten. Einer meiner Männer hat David Hall am Flughafen in Dublin gesehen. Wir fürchten, dass er seinen Onkel Gideon aufsuchen wird. Es war ein Fehler, ihm von der Grabung zu erzählen. Ich hatte ihm vertraut, wissen sie."

„Kommen Sie herein, John. Sie sind ja völlig fertig. Setzen sie sich und erzählen der Reihe nach." Sie betraten das Kaminzimmer. Als er Barnabas erblickte, der in einem schweren Sessel vor dem prasselnden Feuer saß und seine Zigarre genoss, zuckte er so heftig zusammen, als wäre ihm ein Geist erschienen. Nun starrte er ihn an. John Richards hatte gehofft, das Gespräch unter vier Augen führen und seine heikle Geschichte erzählen zu können. Monsieur

Leclerc hätte später zwischen ihm und Barnabas vermitteln können. Nun jedoch drohte ihm ein Tribunal. Er schluckte und begann zu sprechen. Dabei schaute er die beiden Männer abwechselnd an.

„Ich bin Anfang September in Jülich David Hall begegnet. Das war eine Freude. Du weißt, dass ich deinem Sohn in Dankbarkeit verbunden bin. Wenn er nicht gewesen wäre, hätten die Dreckskerle von der IRA mir damals den Schädel weggepustet." Er spürte den glühenden Blick, denn er wusste, dass Barnabas die Freundschaft nie gutgeheißen hatte, weil er davon überzeugt war, dass sein Sohn nichts taugte. Er hatte wohl Recht.

„Wir haben uns lange unterhalten und über die alten Zeiten gesponnen. Danach trafen wir uns wöchentlich zum Guinness. Natürlich redeten wir nicht nur über die Vergangenheit, sondern auch davon, was wir zurzeit so treiben. Er hat mir von seiner Kampfsportschule erzählt und ich ihm von meiner Sicherheitsfirma und das ich gerade eine Baustelle überwache. Als er erfuhr, das sie von dir ist, hakte er nach." Er machte eine lapidare Handbewegung, atmete hörbar und wischte Schweiß von der Stirn.

„Ich habe mir gar nichts dabei gedacht", er stockte. Dann, als würde ihm ein Licht aufgehen, sprach er mit geweiteten Augen weiter.

„Je mehr ich erzählte, umso mehr interessierte er sich für Einzelheiten und Fortschritte. Ich Idiot erzählte alles und habe ihm offenbar auf dem Silbertablett serviert, was er wissen wollte."

„Du dämlicher Blödmann!" Barnabas sprang aus dem Sessel hoch und stürmte auf John zu. Er hob drohend die Faust. John wich einen Schritt zurück und wehrte seinen ungestümen Auftraggeber und alten Freund ab.

„Verdammt, ich glaubte, er sei ein alter Kumpel, dem ich vertrauen kann." Seine Stimme brach, er wurde lauter, seine Augen funkelten und er giftete ihn an, dass er für das ganze Dilemma nichts könne. Der Ire packte ihn und rüttelte ihn wie einen reifen Obstbaum, aus dem man die Früchte hinausschütteln will. Er spie Gift und Galle und die Luft schien zu brennen. John wehrte den eisernen Griff ab und konterte seinerseits mit einem Schlag gegen die Brust des Angreifers. Frederic sprang auf und ging beherzt dazwischen.

„Sachte, Jungs. Wir wollen uns doch nicht gleich prügeln!" Er versuchte die Gemüter zu beruhigen, redete auf beide ein und machte Barnabas klar, dass ihm das Gleiche hätte passieren können. Der ließ sich nur schwer beruhigen. Schließlich sank er in seinen Sessel. Er bekam einen puterroten Kopf und hustete fürchterlich. Er hatte John engagiert, damit der das Loch bewachen und ihm Ärger vom Hals halten sollte. Und diese Null erzählte alles ausgerechnet seinem missratenen Sohn.

144

„Weiß er auch Bescheid über das Skelett?", fragte er bemüht ruhiger, aber mit einer deutlichen Drohung in seiner Stimme. John nickte und ließ sich in einen Sessel sinken. Er vermied es, Barnabas in die Augen zu sehen. Es fühlte sich an, als hätte er ihn an seinen schlimmsten Feind verraten. Viel zu spät hatte John bemerkt, dass David sein Vertrauen ausnutzte, um ihn auszuhorchen. Aber wozu waren seine Angaben nützlich? Was war so geheimnisvoll an einer Baugrube und ein paar alten Knochen? Er hatte noch nie davon gehört, dass sich ein Archäologenteam Bodyguards und Security leistete. Was verbarg sich hinter der Geheimnistuerei? Warum wurde sein alter Freund so wütend, als er von seinem Missgeschick erfuhr? Frederic nahm Barnabas beiseite und sie unterhielten sich mit gedämpfter Stimme. John verstand kein einziges Wort. Gerade als er protestieren wollte, wand sich Barnabas an ihn.

„Wichtig ist jetzt, dass wir umfassend Bescheid wissen und den ersten Schritt machen. Wir müssen David ausfindig machen und in Erfahrung bringen, ob er tatsächlich zu Gideon wollte. John, du fliegst noch heute nach Dublin. Mach die Augen auf und finde ihn. Bring in Erfahrung, was der Kerl in Irland treibt. Wie ist mir egal. Setz deine Männer auf Gideon an. Die Adressen von seinem Geschäft und seiner Wohnung in Dublin kriegst du sofort von mir." Er zog sein Notizbuch und diktierte. Dann scheuchte er ihn.

„Los, hau ab. Mach den Schaden wieder gut, den du angerichtet hast. Und komme nicht ohne Fakten zurück." Diese Ansage duldete keinen Einwand. Gehorsam wie ein kleiner Junge, der etwas ausgefressen hatte, erhob sich John, grüßte mit erhobener Hand in Richtung Frederic Leclerc und verschwand.

Kapitel 15 >>19. Oktober<<

Mike füllte Schüsseln mit Vollkorn- und Milchbrötchen, belud mehrere Teller mit Schwarz- und Graubrot, Käse-, Salami- und Kochschinken-, Tomaten- und Gurkenscheiben und mit Camembert. Er trug die Errungenschaften zu ihrem Tisch. Dann ging er zurück zum Büfett und eroberte eine Platte mit Rühreiern, Speck und warmen Würstchen. In der anderen Hand balancierte er einen Teller mit Mozzarella mit Tomatenscheiben, die mit Balsamico beträufelt waren. Dann holte er sich ein Glas Multivitaminsaft und eine Schale mit Milch, getrockneten Früchten und Müsli.

„Hast du drei Tage nichts gegessen oder Angst, zu kurz zu kommen. Das Büfett ist bis zwölf, du brauchst nichts zu bunkern." Aber Danas sanfte Worte waren kaum wahrnehmbar im Gemurmel der vielen Gäste im Café Extrablatt in Düren. Vor dem

Büfett hatte sich eine Menschentraube gebildet. Hier traf man sich zum Schlemmerbrunch. Eine alte Dame, die es sich dank der fürstlichen Pension ihres verstorbenen Mannes gut gehen ließ, unterhielt sich auf dem Weg zur Käseplatte darüber, das sich ältere Menschen mit guter Rente in der Innenstadt von Düren recht wohl fühlen könnten. Die drei Jungs einer jungen Mutter schrien wild durcheinander, während sie sich auf die Puddings und Vanillesoße stürzten. Ihre Mutter verdrehte die Augen und ermahnte die Kleinen leiser zu sein und auf die anderen Gäste Rücksicht zu nehmen. Ihre korpulente Nachbarin stöhnte, dass sie das eigentlich alles gar nicht essen dürfe, aber es schmecke doch so gut. Und ein junger Mann raunzte seiner Freundin zu, er müsse unbedingt raus zum Rauchen und verfluchte die Politiker und ihren blöden Nichtraucherschutz in Gaststätten. Dana betrachtete die Szenerie eine Weile. Die Kellnerin kam und brachte einen Milchkaffee für sie und ein gewaltiges Glas Apfelschorle für Mike. Nun ging auch sie zum Büfett. Ihr Liebster stapelte gerade auf einen großen runden Teller Trauben, Bananen, Orangen und zwei Äpfeln. Außerdem nahm er zwei Joghurtbecher in die Hand. Dana nahm nur eine Scheibe Brot, ein einfaches Brötchen, Marmelade, Nussnougatcreme und Honig von den Auslagen und folgte ihm. Sie dachte, dass er die Unmengen, die er erbeutet hatte, niemals alleine aufessen und sie sich von seinen Vorräten nehmen könne.

„Mahlzeit! Jetzt kann es losgehen. Die heiße Schlacht am kalten Büfett habe ich gewonnen. Hier sind meine Trophäen. Jetzt kommt die Belohnung."
Sie aßen und tranken mehr als zwei Stunden. Danach waren sie kugelrund und müde von dem ausgiebigen Gelage.

„Wer trägt mich denn jetzt nach Hause?", scherzte er.

„Zum Tragen bist du mir zu schwer, aber so wie du gefuttert hast, kann ich dich bestimmt über den Markt rollen", entgegnete sie mit diebischer Freude.

„Du hast doch vorhin gesagt, du wolltest im Stadtcenter nach einer neuen Hose schauen? Das kannst du vergessen. Die müsstest du zwei Nummern kleiner kaufen, als dein Bauch es dir gerade vorgaukelt", frotzelte sie. Er atmete tief ein und simulierte einen dicken Bauch.

Später lenkte Dana das Gespräch wieder zu der Begegnung mit ihrem Vater am frühen Morgen. Warum nur behandelte er sie so respektlos und blockte ein Gespräch so entschieden ab. Mike konnte sich auch nicht an ein derartiges Verhalten von Barnabas erinnern. Sie konnten sich einfach keinen Reim darauf machen und da sie das eigenartige Verhalten nicht erklären konnten, wedelte Mike mit dem Auto-schlüssel.

„Lass uns in die Eifel fahren. Ich möchte dort ein paar ruhige Tage mit dir verbringen. Wir können wandern, auf dem Rursee schippern, vielleicht lässt das Wetter ein Picknick zu oder wir erkunden die verschiedenen Restaurants und Cafés. Wir könnten uns auch für ein paar Tage verschanzen, unsere Handys ausschalten und lassen die Welt draußen. Jegliche Gespräche über die Arbeit sind Tabu und wir schalten völlig ab." Er streckte ihr seine Hand entgegen.

„Ja und dann springen wir jeden Morgen in den Whirlpool und anschließend unter die Klangdu-schen, spazieren nackt über den Hof und wärmen uns gegenseitig auf dem Bärenfell vor dem Kamin. Worauf wartest du noch."

Sie trank einen großen Schluck von dem lieblichen Rosé. Mike hatte Dutzende Flaschen des guten Trop-fens in der Vorratskammer entdeckt. Nun leerten sie bereits die zweite. Sie hatten gemeinsam gekocht und genossen ihre Zweisamkeit. Nun erzählte Dana aus ihrem Leben. Nach dem Studium in Bonn ging sie nach Ulm. Hier erwarb sie umfangreiche Kennt-nisse auf dem Gebiet der Forensik. Schließlich schloss sie ihre Ausbildung ab und arbeitete quasi freischaffend deutschlandweit mit Archäologen und der Polizei zusammen. Da sie akribisch war und meistens die richtigen Schlüsse zog, erwarb sie sich einen exzellenten Ruf. Keine rätselhafte Leiche oder noch so verwitterten Knochen konnten ihre Geheimnisse vor ihr verbergen. Dann begann sie ihr immenses Wissen in gut besuchten Vorträgen bundesweit und im Ausland weiter zu geben. Rasch fragte Scotland Yard und sogar der CIA bei ihr an, um ihr mit lukrativen Angeboten eine Karriere im Ausland schmackhaft zu machen. Aber sie war zu sehr mit ihrer deutschen Heimat verwurzelt. Ihr lag es nicht, sich herumzutreiben. Sie brauchte einen sicheren Hafen. Nach langen Vortragsreisen war sie froh, wieder zurück zu kommen. Nur einmal war es fast um sie geschehen, als sie einen Professor an der Sorbonne kennen und lieben lernte. Beinahe wäre sie zu ihm nach Paris gegangen und hätte Düren hinter sich lassen. Aber es kam alles anders. Sie riss das Kapitel um Paul nur an, weil sie Mike keine tieferen Einblicke in die Abgründe dieser Liebschaft geben wollte. Das was sie mit ihm ausprobiert hatte, war ihr schlichtweg peinlich. Sie atmete tief ein und blies die Luft geräuschvoll aus. Dann räkelte sie sich, stand auf und ging zum Kamin, legte ein Holzscheit nach und starrte in die Flammen. Schließlich ließ sie sich auf der Stelle zu Boden sinken und verharrte dort regungslos. Er kam zu ihr, kniete sich und massierte ihr den Nacken. Sie drehte den Kopf und gab ihm einen Kuss.

„Was hältst du von einem Spaziergang durch die klare Herbstnacht?"

„Gerne. Nur schade, dass es schon so kalt ist, sonst könnten wir es draußen treiben." Er grinste. Sie wurde nicht nur liebevoller, sondern auch immer geiler. Das war ganz nach seinem Geschmack. Er begehrte sie sehr. Aber liebte er sie? Er konnte es nicht einschätzen, er wusste nur, dass er jeden Moment, jeden sanften und jeden stürmischen Kuss genoss. Er dachte an die Zärtlichkeit und auch die Gier ihrer Zunge, wenn sie seinen Körper erkundete. Und er genoss ihre Offenherzigkeit. Die ersten Male waren wild. Aber rasch wurde der Sex inniger und sanfter. Und plötzlich stand er nicht mehr im Mittelpunkt ihres Lebens. Ihr Miteinander verschob sich zu mehr Achtsamkeit. Sie wollten nicht mehr nur vögeln, sondern begannen, tiefere Gefühle zuzulassen. Dann blätterten beide eine Seite um im Buch des Lebens und begannen ein neues Kapitel. Dunkle Einzelheiten in der Vergangenheit von Danas Eltern tauchten auf. Sie lasen Notizen ihrer Mutter. Bald drehten sich ihre Gedanken darum, Zusammenhänge zu knüpfen zwischen den Ereignissen von damals und ihrer heutigen Arbeit an dem geheimen Grab. Dana konnte mit dem Gelesenen wenig anfangen. Sie schien wie ein junges Reh, das die Nähe zur Mutter sucht, weil es unsicher durch die Welt stakt. Immer öfter brauchte sie seinen Zuspruch und das Gefühl in seinen Armen versinken zu können. Seine Fürsorge und Stärke band sie aneinander.

„Danke, dass du für mich da bist. Ich brauche dich jetzt mehr denn je. Ich hoffe, Vater wird uns erzählen wie das alles zusammenhängt. Das ist komisch. Früher war ich zufrieden mit dem Wenige, was er mir von meiner Mutter erzählte. Ich habe nie nachgehakt und nie in die Tiefe gefragt. Ich war einfach froh, wenn er überhaupt von ihr sprach. Aber heute frage ich mich, warum er mir nicht mehr erzählt hat? Von alle dem, was wir in den Tagebüchern gelesen haben, wusste ich nichts. Viel schlimmer aber ist für mich, dass die Frage unter meinen Nägeln brennt, was er wohl vor mir verbirgt. Und warum er so beharrlich schweigt. Ich muss es bald erfahren, sonst werde ich irre." Sie sank in seine Arme. Zärtlich küssten sie sich und begannen, einander auszuziehen. Dann legte sie seine Hand auf ihren Busen.

„Spürst du wie schnell mein Herz schlägt. Warum verhält sich mein Vater so merkwürdig und abweisend. Was steckt hinter der Heimlichtuerei?" Sie sah ihn an. Tränen flossen über ihre Wangen. Zärtlich streichelte er ihr Gesicht. Sie küsste ihn erst auf die Wange, dann auf den Mund und die Brust, dann senkte sie ihren Kopf in seinen Schoß. Er schloss die Augen und genoss.

152

„Hast du dir mal Gedanken darüber gemacht, wie es mit uns weitergeht?" Mittlerweile war es nach Mitternacht. Sie hatten sich stundenlang geliebt. Jetzt lagen sie entspannt auf dem alten Bärenfell vor dem Kamin. Das wohlig wärmende Feuer durchströmte sie. Die Holzscheite knisterten und knackten und immer wieder stoben Flammen empor. Dana sah Mike fragend an. Er streichelte ihr über den Po. Dann nickte er langsam.

„Ich spüre, dass es zwischen uns vom ersten Tag unseres Wiedersehens anders war und es wird immer besser. Ich habe in dieser kurzen Zeit mehr über dich erfahren, als in all den Jahren zuvor. Und ich habe dich intensiver kennen gelernt. Aber es ist mehr als nur deine Geilheit. Ich will nicht nur mit dir vögeln, sondern einfach bei dir sein, dich halten und den Duft deines Haares und deiner Haut atmen, dich ganz nah spüren."

„Aber wirst du mir auch treu sein. Was wird, wenn wieder so eine Carmen auftaucht. Kannst du widerstehen?" Sie hatte sich auf ihre Hände gestemmt und ihre Stimme erhoben. Ihre Augen funkelten und ihre Brüste wogten, weil sie so heftig atmete. Er sah sie an. Beinahe hätte er gefragt was wäre, wenn ihr wieder so ein Wilhelm über den Weg laufen würde, aber er nahm sich zurück, weil er wusste, dass sie an diese Zeit nicht erinnert werden wollte. Darum ließ er es auf sich beruhen. Er legte seine Hand an ihre Wange und streichelte sie sanft.

„Du bist so aufgebracht, als würde es schon feststehen, dass ich meine Finger und so nicht bei mir halten könnte. Aber du hast ja Recht. Die Vergangenheit hat dich gelehrt, wachsam zu sein und nicht allen meinen Versprechungen blind zu vertrauen. Meine Zuneigung wird immer intensiver. Ich beginne, dich mehr zu lieben als damals und wünsche mir, mit dir zusammen zu bleiben. Wir sind beide reifer und erwachsener geworden. Glaub mir, ich möchte wirklich nicht mehr schwach werden. Kein noch so geiles Weib soll mich jemals wieder verführen können. Ich will wirklich dir treu sein und nur dich lieben. Aber ich bin nur ein Mann. Pass also bitte auf und halte mich fest, damit ich immer vor Augen habe, was ich verlieren würde."

„Darauf kannst du Gift nehmen. Ich halte dich fest", erwiderte sie und schloss ihre Hand fest um sein bestes Stück „und wehe, ich würde dich mit einer anderen erwischen...". Sie schaute ihn provozierend an und zog ihre geschlossene Hand kräftig ein Stück in Richtung seines Bauchnabels. Er schob sein Becken nach und grinste.

„Habe verstanden, was du meinst." Er löste ihren Griff und küsste sie. In inniger Umarmung schliefen sie vor dem prasselnden Kaminfeuer ein.

Kapitel 16 >>20. Oktober<<

„Pass auf dich auf, alter Freund. Gideon ist gefährlich." Barnabas war über Nacht bei Frederic geblieben. Der Wahlbelgier hatte seinem Freund versi-
chert, am Morgen eine Truppe zu dessen Schutz
zusammen zu stellen. Er würde die besten Männer
aus seiner eigenen, kleinen Privatarmee auswählen.
Sie sollten bis zum Wochenende in Arnoldsweiler in
Stellung gehen und sein Haus Tag und Nacht unauffällig bewachen. Sie würden eingreifen, falls Gideon
auftauchen und Probleme machen würde. Barnabas
hatte Fotos besorgt, damit seine Leute seinen Halbbruder erkennen und wenn nötig unschädlich machen könnten. Vorsorglich hatten sie besprochen wie
man ihn loswerden könnte. Sie umarmten sich kurz
aber herzlich, Barnabas stieg in den Geländewagen,
winkte und fuhr davon.

„Barnabas Hall", schallte eine verzerrte Stimme
aus dem Lautsprecher im Wartezimmer. Er erhob
sich und folgte der Krankenschwester ins Sprech-
zimmer seines Onkologen. Stumm schüttelte er die
Hand seines Arztes und ließ sich auf den Stuhl sinken, den Dr. Walther im bot. Er fühlte sich nicht
wohl. Obgleich die Wände entgegen der steril weißen Krankenhausfarbe in erdigen Farbtönen gestri-
chen waren und Kübelpflanzen und ein sprudelnder
Zimmerbrunnen eine warme Atmosphäre schaffen

sollten, schien der unangenehme Geruch von Krankheit und Tod durchs Schlüsselloch ins Zimmer zu kriechen. Der Arzt hatte ihm bereits vor fünfzehn Jahren eine bösartige Geschwulst im Darm entfernt. Nun vertiefte er sich in den letzten Bericht, stand auf und heftete Röntgenaufnahmen an die Glasfläche. Er betätigte einen Kippschalter, Neonröhren flackerten auf und warfen gleißendes Licht auf die Aufnahmen. Er tippte abwechselnd auf die linke und die rechte Folie.

„Sehen Sie, der Tumor hat sich seit Juli fast um die Hälfte vergrößert. Das erklärt ihre zunehmende Kurzatmigkeit. Wenn sie sich nicht endlich an meine Anweisungen halten, gebe ich ihnen noch vier Wochen." Er hatte seinem Arzt schon damals befohlen, Klartext zu reden. Er wollte keine schönen Worte hören, sondern wissen, wo er stand. Und er wollte kein Fachchinesisch serviert bekommen, sondern sich das Geschehene nur mit verstehbaren Begriffen erklären lassen. Nun aber musste er schlucken. Die Männer sahen sich lange in die Augen. Dann sprach ihn der Arzt scharf an.

„Wann haben sie die letzte Havanna geraucht?" Er schüttelte den Kopf und erklärte, dass es an ein Wunder grenze, dass Barnabas überhaupt noch lebe.

„Danken sie ihrer Rossnatur. Andere wären mit diesem Befund schon tot. Aber wenn sie so weitermachen, dann sind sie es auch bald." Barnabas hatte seinen Arzt so noch nie erlebt. Leider musste er ihm Recht geben. Er war zu sorglos mit den Befunden umgegangen und hatte gedacht, ihm bliebe noch genügend Zeit. Er verlebte einige gemütliche Abende bei seinem Vater, bevor der zurück in die Heimat reiste. Sie tranken guten Wein, rauchten dicke Zigarren und schwelgten viele Stunden in Erinnerungen. Sie sinnierten wie ihre Leben verlaufen waren, beweinten ihre geliebten Ehefrauen, die sie beide im sechsunddreißigsten Lebensjahr verloren hatten. Der alte Mann freute sich wie ein kleines Kind auf die Heimat und rang ihm das Versprechen ab, ihn auf dem Gutshof von Joseph zu besuchen. Mit Tränen in den Augen hatte Barnabas ihm das Versprechen gegeben. Er wusste, dass er es nicht halten konnte. Zu kurz war die Zeit, die ihm blieb. Nie hätte er gedacht, dass sein Vater ihn überleben würde.

„Barnabas?" Dr. Walther packte seinen Patienten am Arm und holte ihn unsanft zurück. Er blickte ihn an.

„Gestern", entgegnete der schroff. Dann ging er zum Fenster und schaute hinaus. Düstere Wolken türmten sich am Horizont und tauchten die Domstadt in ein apokalyptisches Szenario. Ein Sturm braute sich zusammen. Schon öffnete der Himmel seine Schleusen. Sturzbäche prasselten herab. Das Wasser peitschte gegen die Scheiben. Von einem Moment zum nächsten war es dunkel wie kurz nach

Sonnenuntergang, aber es war erst elf Uhr am Vormittag. Barnabas brummte der Schädel. Er legte seinen Kopf gegen die Scheibe. Ein angenehm kühles Gefühl strömte in seinen Leib. Er schloss die Augen und atmete tief und gleichmäßig. Dann sah er sie: Bridget stand plötzlich vor ihm. Sie war blass, aber sie lächelte und streckte ihm ihre Hand entgegen. Beinahe hätte auch er seine Hand ausgestreckt. Doch im selben Moment ertönte das Horn eines Krankenwagens und er war zurück in der Gegenwart. Er hob den Kopf, blickte hinaus und sah die strahlende Oktobersonne.

„Ach Doc, was wollen sie. Sie geben mir noch vier Wochen, vielleicht bin ich aber schon Morgen tot. Was weiß ich. Es kann soviel passieren."
Er ließ den Kopf sinken, ging zurück und setzte sich. Der Arzt sprach davon, was in den nächsten Tagen geschehen könnte. Schonungslos erklärte er, dass die Luftnot stärker werde, dass es zu extremen Hustenanfällen mit heftigen Erstickungsgefühlen kommen könnte. Barnabas sah ihn an, hörte aber nicht hin. Er plante seine nächsten Tage. Jetzt müsste er härter sein als je zuvor. Es kam darauf an, einen kühlen Kopf zu bewahren und nicht in Panik zu verfallen. Der Tag der Abrechnung naht. Später würde er zum Hotel fahren, sich ausschlafen und am frühen Morgen aufbrechen, um seinem Notar in Aachen zu treffen. Abrupt stand er auf.

„Genug der Worte. Ich weiß, was passieren könnte. Wird es aber nicht." Wieder sahen sich die Männer in die Augen.

„Sie machen doch wohl keine Dummheiten?"

„Sind sie wahnsinnig. Ich habe noch einiges vor, ehe ich abtrete, aber Selbstmord gehört nicht dazu. Machen sie es gut und danke für alles." Er umschloss mit seiner riesigen Pranke die feingliedrige Chirurgenhand, dann nickte er kurz und verließ den Raum. Der Arzt blickte ihm nach. Einen Moment lang überlegte er, ob er sein Versprechen brechen und die Tochter anrufen sollte. Dann aber entschied er sich dagegen. Ganz gleich, was der störrische Ire vorhaben sollte, es würde sowieso nichts mehr ändern an seinem Schicksal. Sein Lebensende war besiegelt und kam jeden Tag näher. Er seufzte, dann drückte er den Knopf seiner Gegensprechanlage, um den nächsten Patienten anzufordern.

Barnabas spottete.
Im Juli hatte der Quacksalber ihm 'vielleicht noch ein Jahr oder neun Monate' versprochen, wenn 'sie sich an meine Vorgaben halten und gesünder leben'. Was dachte der sich. Das er von heute auf morgen alle teuren kubanischen Zigarren wegwerfen und den kostbaren, irischen Whisky in den Ausguss schütten würde. Das er sich fortan nur noch von Mineralwasser und Karottensalat ernährte, um ein paar lächerli-

che Monate zu schinden und es dann doch nicht zu schaffen und umzukippen. Sollte er an Maschinen angeschlossen werden und im Hospiz dahin siechen, um dann das Leben qualvoll auszuhauchen anstatt ehrenvoll zu sterben? Dazu bin ich nicht auf Gottes schöne Erde gekommen, um dann so schäbig abzutreten, dachte er.

Die Nacht in dem Viersternehotel gleich am Rheinufer war unruhig. Er wälzte sich, fand kaum Schlaf. Was wäre, wenn er früher abtreten musste, als ihm lieb war. Er wischte den Gedanken weg wie eine lästige Fliege. Kommt nicht in Frage. Er stand früh auf, nahm zum Frühstück nur einen starken Kaffee und checkte aus. Plötzlich glaubte er, die Zeit laufe ihm davon. Er stieg in seinen Wagen und fuhr los. Eilig brauste er über die Ringe und stadtauswärts über die Luxemburger Straße zur Autobahn. Er lenkte den Wagen mit einhundertachtzig Stundenkilometern über den Asphalt in Richtung Aachen. Wie in einer rasenden Verfolgungsjagd zogen Frechen, Kerpen, Düren und Eschweiler vorüber. Am Kreuz Aachen brauste er ohne rechts oder links zu schauen über drei Fahrspuren hinweg auf die Bahn zur A 544. Drei Minuten später endete die rasende Fahrt am Europaplatz. Er schien bis hierher vollkommen besinnungslos gewesen zu sein. Jetzt erwachte er wie aus einem furchtbaren Alptraum. Gemächlich lenkte er sein Gefährt über die Jülicher Straße und bog in die Monheimsallee. Er hatte ein Zimmer im Quellenhof reserviert. Nach dem Notartermin wollte er zur Ruhe kommen und Kraft sammeln für den finalen Akt. Er fuhr in die Tiefgarage und spazierte zu seinem Notar.

Drei Stunden hörte Barnabas andächtig zu und ließ sich alles über das deutsche Erbrecht erklären. 1972 hatte er für sich und Dana die deutsche Staatsbürgerschaft beantragt. Er wollte seine Wurzeln nicht verraten, aber als Landsmann war es damals bei öffentlichen Ausschreibungen leichter. David hatte er ausgeblendet. Sein Sohn war in Irland geblieben und aus seinen Gedanken verschwunden. Jetzt kam er ihm wieder ins Bewusstsein. Gesetzlichen Pflichtteil nannte es der Rechtsverdreher. Dann soll es eben so sein, wetterte er. Soll der Nichtsnutz sein Pflichtteil haben, aber nicht einen Penny mehr. Dana würde die Firma und die Grundstücke in Düren und Jülich bekommen, sein Haus in Arnoldsweiler und auch seine Bankkonten und Wertpapierdepots in Deutschland, der Schweiz und Irland. Sämtliche Wertsachen hatte er akribisch gelistet. Die keltischen Schwerter, die vielen Schmuckstücke aus seiner Heimat und auch das Gold aus Südafrika, das er vor dreißig Jahren erwarb, um sein Vermögen zu sichern, bekam sie. Sein Vater hatte ihr das Anwesen in der Eifel mit der gesamten, sehr wertvollen Ein-

richtung und allen Gemälden und Plastiken über-
schrieben. Sie würde sich über Geld nie mehr den
Kopf zerbrechen müssen. Aber was war mit Liebe
und Fürsorge? Das Herz wurde schwer. Mein armes
Mädchen, dachte er. Ich muss mich bei Mike versi-
chern, dass er auf dich aufpasst. Du brauchst eine
starke Schulter, auch wenn du es nicht weißt. Er
stand abrupt auf, schüttete den letzten Schluck
Whisky hinab und verließ das Hotel. Jetzt war es
Zeit, sich zu erholen, Kräfte zu sammeln für die letzte, große Schlacht. Bald schon würde sein Halbbruder auftauchen. Er musste sich wappnen gegen diesen Gegner.

Zunächst zog es ihn ins Spielcasino, wo er am Rou-
lettetisch und an den Automaten ein paar Hundert
Euro ließ. Dann spazierte er durch den Stadtgarten
und gelangte zu den Carolusthermen. Hier fand er
Ruhe, Besinnung und Entspannung, wenn er sich
ausgelaugt und kraftlos fühlte. In den kommenden
Tagen würde er immer wieder hierher kommen, um
sich im warmen Wasser, in der Sauna und bei Massagen zu entspannen. Er würde im Quellenhof gut
essen und viel spazieren. Er würde noch einmal
seine geliebte Stadt Aachen, den Dom, den Elisen-
brunnen und die vielen gemütlichen Gässchen genießen. Samstag würde er zurückkehren, um sich

mit Frederics Männern zu besprechen und dann würden sie Gideon einen feurigen Empfang bereiten.

Kapitel 17 >>22. Oktober<<

Am späten Abend kamen sie heim. Sie luden den Jeep aus und wollten nur noch ins Bett. Zwei Tage waren sie gewandert, hatten sich ein Boot gemietet und waren über den Rursee gerudert, weilten etliche Male in der Sauna, im Whirlpool und unter den Klangduschen und hatten in keiner einzigen Minute über die Grabung, die merkwürdigen Funde und das Skelett gesprochen. Dana war gerade damit beschäftigt, ein Bad einzulassen und saß nackt am Badewannenrand. Mike kam ins Bad. Als er seine Liebste dort vornüber gebeugt sitzen sah, stöhnte er:

„Oh, jetzt noch einmal mit dir eintauchen ins warme Nass und dann ab ins Bett, aber nicht zum Vögeln. Ich will zwölf Stunden durchschlafen. Danach starten wir und nageln deinen alten Herrn fest bis wir alles wissen." Sie schaute ihn an, lächelte müde und nickte. Er würde ihr den Halt geben, den sie brauchte. Sie stiegen in die Wanne und bald darauf ins Bett. Es sollte eine unruhige Nacht werden. Dana hatte schreckliche, seltsam fremde Träume. Sie war mit ihren Eltern auf einem Kreuzfahrtschiff. Das Schiff geriet in einem Sturm und in Schieflage. Es begann zu sinken. Ihre Mutter und ihr Vater konnten beide nicht schwimmen und sie musste sich entscheiden, wen sie vor dem Ertrinken rettete. Sie entschied sich für ihre Mutter, weil sie fürchtete mit ihrem schwergewichtigen Vater unterzugehen. Sie sah ihn im Traum vor ihren Augen versinken. Schweißnass schreckte sie auf. Mike tröstete sie, bis sie wieder einschlief. Nun träumte sie, dass ein Löwe sie durch die düsteren Gassen einer Großstadt jagte. Sie lief, aber ihre Flucht endete in einer Sackgasse. Als der Löwe sie ansprang, um sie zu zerfleischen, wachte sie schreiend auf. Mike sah sie besorgt an. Sie drückte sich an ihn wie ein kleines Mädchen sich in die schützende Umarmung der Mutter begibt und schlief erneut ein. Aber sie kam nicht zur Ruhe. Sie war in einer alten Scheune. Es war Sommer und es roch nach warmem Stroh. Es war ein vertrauter Geruch. Aber da war noch etwas anderes: Rauch. Noch ehe sie es begriffen hatte, war sie von Flammen umkreist. Sie drohte zu ersticken und im Flammenmehr umzukommen. Da durchbrach ein schwerer Traktor eine Wand. Ihr Vater saß darauf. Mutig hatte er das Fahrzeug hineingelenkt. Jetzt half er ihr, aus der brennenden Scheune zu fliehen. Dann rannte er wieder hinein, um die teure Maschine zu bergen. Im nächsten Moment brach die Scheune zusammen und begrub ihn. Sie schrie um Hilfe, aber keiner war dort, um ihren Vater zu retten. Bald sank sie kraftlos auf die Knie und schluchzte. Zusammengekrümmt und weinend wurde sie wach. Es war schon früh am Morgen. Mike nahm sie und wiegte sie nochmals in den Schlaf. Dann endlich kam der Tag. Sie war erschöpft, weil die schrecklichen Träume einen erholsamen Schlaf nicht zugelassen hatten. Sie verließ das warme Bett mit einem mulmigen Gefühl. Im Bad erzählte sie alles ihrem Liebsten. Er tröstete sie und sagte, es läge daran, weil ihr Unterbewusstsein die Erlebnisse der letzten Wochen verarbeiten müsse. Sie brauche sich keine Sorgen zu machen. Sie gab sich zunächst damit zufrieden. Später würde sie versuchen, im Internet etwas über Traumdeutung zu finden.

Sie saßen beim Frühstück und redeten wieder über die seltsamen Funde. Ein vertrautes Geräusch ließ Mike hochschrecken. Der Postbote hatte in gewohnt robuster Art die Briefe durch den Briefschlitz in den Flur geschleudert. Er fluchte, dass der Kerl ihm wohl eines Tages das Ding vollständig abreißen würde. Er ging zur Tür und hob verschiedene Umschläge auf, die wild verstreut auf dem Fußboden lagen. Er sah Werbung, Spendenaufrufe, wieder Werbung, dann feixte er und hielt den langersehnten Brief aus Erlangen hoch. Jetzt würde Licht ins Dunkel kommen. Er riss den Umschlag auf, überflog den Bericht und schüttelte den Kopf. Dann gab er den Brief an Dana.

„Kannst du das bitte übernehmen. Ich verstehe mal wieder nur Bahnhof. Ich werde mich nie an dieses Fachchinesisch gewöhnen. Bitte übersetze uns mit einfachen Worten, was die herausgefunden haben."

Dana las einige Worte laut, dann murmelte sie leise vor sich hin, dann las sie wieder laut. Er hörte Wortfetzen wie 'Zählrohrmethode', 'Zerfallrate', 'Massenspektrometer', ‚C14', 'C13-Abgleich'. Die genaue Datierung von Skeletten war ihm schon immer ein Buch mit sieben Siegeln. Zwar hatte er in seinem Studium einiges darüber gelernt, hatte vieles aber wieder vergessen, weil er wusste, dass er sich im Falle eines Falles ganz auf die wirklichen Fachleute verlassen konnte und nicht selbst tätig werden musste. Er fragte ungeduldig nach. Sie bat um Ruhe und murmelte weitere Worte vor sich hin, dann schlug sie sich mit der Hand auf den Oberschenkel und presste ein ‚ha' heraus.

„Hier steht, dass die meisten Knochen circa zweitausend Jahre alt sind. Aber, die der rechten Hand und der Schädel seien weitaus jünger. Das haben die mit der C14-Methode eindeutig ermittelt. Weiter schreiben sie, dass in den Knochen der rechten Mittelhand Schrauben eingearbeitet sind, was auf eine fachmännisch operierte Fraktur schließen lasse. Das Gebiss weise an mehreren Stellen Reste von Goldkronen auf, die erst gegen Mitte der fünfziger Jahre des vergangenen Jahrhunderts entwickelt wurden.

Damit steht fest, dass die Fragmente von verschiedenen Personen stammen. Der Schädel stammt offenbar von einem Mann. Sie vermuten, dass die antiken Knochen von einer circa dreißig Jahre alten Person stammten. Sie würden das Skelett gerne zu weiteren Forschungszwecken behalten und bitten um eine Genehmigung der zuständigen Behörde. Die anderen Teile sollte die zuständige Polizeibehörde für kriminaltechnische Untersuchungen bekommen, da ein Verbrechen anzunehmen sei."

„Das ist ja ein starkes Stück. Ich hatte also Recht mit meinem komischen Gefühl, dass hier was nicht stimmt. Werde gleich zu Stefan fahren und ihn anspitzen, damit der seine Quellen anzapft. Die müssen die Polizeiakten ab Mitte der fünfziger Jahre durchforsten. Irgendwann wird wohl eine Leiche ohne Kopf und ohne rechte Hand aufgetaucht sein; dann kriegen wir auch einen Namen. Wer weiß, was dabei herauskommt."

Mike erwischte Stefan in eindeutiger Position.

„Wusste gar nicht, dass du eine Sekretärin hast", polterte er. Sein alter Freund schreckte hoch. Die junge Dame stand auf, lächelte verlegen und verließ das Büro. Er räusperte sich und grinste. Beiläufig stopfte er das Hemd in die Hose und zog den Reißverschluss hoch.

„Hättest du nicht zehn Minuten später auftauchen können? Wo soll ich jetzt hin mit dem Überdruck?"

Mike grinste schelmisch. Doch dann kam er, ohne sich mit dem üblichen Smalltalk aufzuhalten, sofort zur Sache.

„Die Forensiker haben herausgefunden, dass die Knochen von verschiedenen Personen stammen. Genauer gesagt sind der Schädel und die Reste der rechten Hand offenbar einer männlichen Leiche in den fünfziger Jahren abhanden gekommen. Da der Besitzer seine Körperteile nicht freiwillig gespendet hat, geht man von Mord aus. Nun kommst du ins Spiel. Tust du mir einen Gefallen?". Er hielt ihm pro forma das Schreiben aus Erlangen unter die Nase. Die Bürotür ging auf und die junge Dame von vorhin kam hinein. Sie hatte sich frisch frisiert und geschminkt. Sie fragte, ob sie Kaffee oder etwas anderes bringen sollte. Der Detektiv winkte ab und sagte, sie solle sich bereithalten, weil er nachher die Arbeit mit ihr fortsetzen wolle. Sie lächelte, leckte sich die Lippen und ging.

„Gerne. Ich rufe gleich Birgit vom Dezernat in Bonn an und faxe ihr dein Schreiben. Sie füttert den Computer mit den Daten und du kriegst vielleicht in ein paar Stunden den Namen des Opfers."

Er nahm den Hörer, wählte eine Bonner Nummer und raspelte fleißig Süßholz. Dann stand er auf, ging zum Faxgerät und brachte das Schreiben auf den Weg. Schließlich wandte er sich um und grinste.

„Tut doch gut, alte Freundinnen zu haben, die so dankbar sind, dass sie dir jeden Wunsch erfüllen."

Stunden später fuhr Mike heim. Stefans Kollegin bat um einen Tag Aufschub, weil sie die Ergebnisse absichern wollte. Dana erwartete ihn mit fragender Miene. Er schüttelte den Kopf.

„Wir müssen uns bis Morgen gedulden. Uns wurde versprochen, dass man bis dahin ein korrektes Ergebnis zu bieten habe und einen Namen nennen könne. Die Angaben, die der Bonner Computer ausgespuckt hat, sollen noch mit den Datenbanken von LKA und BKA abgeglichen werden."
Sie lehnte an seine Schulter und sah ihn fragend an.

„Es gab keinerlei Andeutungen. Aber das es Mord war, ist doch klar. Und morgen wissen wir, wen wir gefunden haben und müssen nur noch abklären, ob die Person in irgendeinem Zusammenhang mit Barnabas steht. Wir sollten uns wünschen, das es nicht so ist."
Sie ließ sich in seine Arme sinken. Was würde geschehen? Was würden sie erfahren? Wie würden sie reagieren? Was wäre, wenn ihr Vater den Toten gekannt hat? Was wäre wenn... sie schüttelte den Kopf. Sie mussten den morgigen Tag abwarten.

Kapitel 18 >>24. Oktober<<

Barnabas atmete tief ein und genoss die Morgenluft. Er saß auf einer Bank vor dem Teich am Eurogress in Aachen. Zu seiner Rechten war der Quellenhof, im Rücken hatte er das Spielcasino und voraus die Monheimsallee. Er schaute auf die ruhige Wasseroberfläche und sah den Enten beim Paddeln zu. Eine sanfte Brise umwehte ihn. Er ließ seine Lider sinken, beugte sich vor, stützte seine Ellbogen auf die Knie und den Kopf in die Handteller. Drei Tage hatte er sich gegönnt und täglich im Saunabereich der Carolustherme entspannt. Geübte Händen vertrieben mit wohltuenden Massagen die Anspannung der letzten Wochen. Er speiste fürstlich und genoss jeden Abend irischen Whisky und eine Havanna. Nachts schlief er gut. Jetzt fühlte er sich ausgeruht und gestärkt. Er horchte in sich und spürte, wie leicht es ihm ums Herz war. Wenn er ein Adler wäre, würde er nun die Schwingen ausbreiten und in schwindelerregende Höhen steigen. Heute war ein Tag für Entscheidungen. Er spürte, dass sich alles zum Guten wenden würde. Wenn Mike und Dana das Ergebnis aus Erlangen hatten, würde er – und da war er sich sehr sicher – seinem mörderischen Halbbruder die Daten präsentieren, die ihm das Genick brechen würden. Alles klärt sich auf. Er streckte seine Glieder und lehnte sich entspannt zurück.

170

Gerade als er die Augen öffnen wollte, spürte er ihn. Ein Mann näherte sich mit bedächtigen Schritten. Beinahe behutsam nahm er Platz. Sein Atem ging ruhig. Und dennoch war da dieses unangenehme, seltsam vertraute Nebengeräusch von einer rasselnden Dampflok. Ein dumpfer Schmerz traf ihn. Seine Gedärme verkrampften, als habe er einen Schlag in den Unterleib bekommen.

„Hallo Fatman", sprach der Mann mit krächzender Stimme. Es verschlug ihm den Atem. Ungestraft nannte nur ein einziger Mensch auf der Welt ihn so. Wie konnte das passieren? Hatte John geschlafen und ihn entwischen lassen? Er riss die Augen auf, sein Kopf folgte dem Geräusch der alten Dampflok und er blickte in die wässrig grünen Schlangenaugen seines verhassten Halbbruders. Er war ausgemergelter als je zuvor. Sein Haar war schütter und aschgrau geworden. Sein dürres Gesicht wirkte wie eine Maske. Tief lagen die Augen in dem schmalen Schädel. Die Narbe aus dem Kampf mit Michel brachte die Erinnerung in sein Herz. Es tat weh.

„Was zum Teufel tust du hier?", presste er heraus und wedelte drohend mit den Armen. Er gewahrte den heißen, stinkenden Atem und sah das Glühen im Blick von Gideon.

„Aber Fatman, stell dich nicht blöder als du bist. Und spiel nicht diese unwürdige Komödie. Du weißt, warum ich hier bin. Ich werde es zu Ende bringen. Dein armseliges Bestreben, mich ans Kreuz zu schlagen, kotzt mich an. Du hast es in den vergangenen vierzig Jahren nicht geschafft und es klappt auch jetzt nicht. Ich kann deine Mittelmäßigkeit nicht länger ertragen."

Barnabas spürte wie ihm das Blut in den Kopf schoss und wie sein Gesicht zu glühen begann. Diese boshaften Beschimpfungen, diese Beleidigungen wollte er nicht hinnehmen. Er wollte aufspringen und sich auf ihn stürzen. Aber was würde das bringen? Gideon war wohl zu allem bereit. Sicher trug er eine Waffe. Er konnte nichts riskieren, was ihn um den Lohn der jahrzehntelangen Suche bringen würde. Er musste Zeit gewinnen, irgendwie Kontakt aufnehmen zum Rest seiner Welt. Nur Ellen wusste, wo er zu finden war. Er hatte ihr Instruktionen für alle Fälle hinterlassen. Er überlegte fieberhaft, was zu tun sei. Gideon legte nach.

„Schau nicht wie ein Fragezeichen. Wir haben uns vieles zu erzählen. Ich fange einfach mal an." Gideon schien sein Schauspiel zu genießen und sprach mit triefender Ironie in der Stimme weiter.

„Stell dir vor, es gelang mir, deinen zweitklassigen Schergen zu entrinnen und nach Deutschland zu kommen. Ich muss sagen, ich habe dir mehr zugetraut. Du hast doch genug Geld, um Profis zu kaufen und nicht so einen Anfänger wie John Richards. Wenn der nur eine Sekunde überlegt hätte, wäre er auf die Idee gekommen, nicht nur die deutschen Flughäfen zu überwachen. Denk nur, es gibt auch in Amsterdam einen internationalen Flughafen. Und von dort kommt man problemlos mit dem Zug nach Aachen. Aber offenbar reichte seine Hirnleistung und die seiner Handlanger nicht. Sei es drum, jetzt ich bin hier und wir können uns in Ruhe austauschen. Sicherlich werden wir übereinkommen und eine Lösung finden. Lass uns ein paar Schritte gehen. Die Herbstluft ist angenehm und ein kleiner Marsch kann nicht schaden."

In den letzten Worten schwang eine unheilvolle Drohung. Barnabas ärgerte sich über John. Aber dafür war es zu spät. Langsam erhob er sich. Auch Gideon stand auf, er machte eine Handbewegung und deutete auf die andere Straßenseite. Sie überquerten die Monheimsallee und gingen die Mariahilfstraße hinauf in Richtung Stadtzentrum. Barnabas umfasste sein Handy in der Jackentasche. Als Gideon nach dem Verkehr sah, holte er es hervor, drückte die Kurzwahltaste und das Gerät verband ihn mit Ellens Mobilfunknummer. Dann ließ er es in die Tasche gleiten. Auf seinem Headphone, das er selbst heute trug, erklang ihre vertraute Stimme. Aber es war nur die Mailbox. Er wartete ungeduldig die Ansage ab und sprach weiter, als sei nichts geschehen.

„Gideon, was willst du eigentlich. Du störst meine wohl verdiente Ruhe hier in Aachen. Kann ich nicht einmal ein paar Tage im Quellenhof Entspannung finden, ohne dass man mir auflauert? Und warum marschieren wir nun über Mariahilf Richtung City? Was soll der Quatsch?" Er versuchte, entspannt zu klingen, um seinen Halbbruder in eine lockere Plauderei zu verzetteln. Wenn er Glück hatte, würde das Gespräch auf der Mailbox hörbar aufgezeichnet und Ellen könnte daraus die richtigen Schlüsse ziehen. Aber als sie sich in die Augen sagen, verriet ihn sein Blick. Gideon riss ihm den Kopfhörer herunter und hielt ihn an sein Ohr.

„Vielen Dank für ihren Anruf", sagte eine Stimme. Seine Augen funkelten, dann schüttelte er den Kopf und warf das Headphone in den nächsten Abfallbehälter. Sie standen an der Einmündung zur Alexanderstraße.

„Du bist gar nicht so dumm, Brüderchen. Hast wohl gedacht, du ziehst den alten Mann in ein Interview, damit der locker ausplaudert, wo die Reise hingeht. Aber daraus wird nichts. Und was hast du schon preisgegeben. Wir sind unterwegs auf Mariahilf, na und. Meinst du, man kann mit deinem Gefasel etwas anfangen. Meinst du, sie spurten los und hetzen uns in Windeseile den deutschen Polizeiapparat an den Hals und evakuieren die gesamte Region, um nach dir zu suchen. So wichtig bist du nicht.

Sei nicht dumm, du bist allein." Er deutete mit der Hand in die Alexanderstraße und gab ihm einen kleinen Schubs, damit er sich in Bewegung setzte.

„Ach übrigens", sagte er, griff in seine Manteltasche und zog eine Pistole ein Stück weit heraus, „ich habe natürlich eine kleine Gehhilfe dabei."

„Deinen Schießprügel brauchst du nicht. Ich gehe auch so mit dir spazieren und höre mir deine Tiraden an. Aber freue dich nicht zu früh. Es war Ellens Mailbox, auf der ich die Nachricht hinterlassen habe. Sie ist die beste Sekretärin, die man sich wünschen kann und eine gute, alte Freundin. Spätestens Morgen wird man nach mir suchen, falls ich mich nicht melde. Meine Worte sind in ihrem Smartphone gespeichert und sobald sie die Nachricht abhört, wird sie verstehen und gleich die Suche nach mir einleiten. Sie weiß, was auf dem Spiel steht. Ich habe ihr alles erzählt", log er. Gideon schüttelte den Kopf. Er ersparte sich zunächst jeden weiteren Kommentar. Sie schritten zügig voran auf der Alexanderstraße. Die Großkölnstraße kam ins Blickfeld. Barnabas stellte fest, dass die Straßen belebter wurden und immer mehr Menschen sich auf den Weg zur Arbeit, zur Schule oder sonst wohin machten. Das beruhigte ihn ein wenig. Falls sein Halbbruder etwas plante, würde es Zeugen geben. Gideon riss ihn aus seinen Hoffnungen und reagierte nun auf seine Worte.

„Träum weiter, mein teurer Bruder. Da gibt es weder Ellen, noch Dana oder Mike und erst recht nicht John Richards, die dir Händchen halten könnten. Du bist hier und jetzt mit mir ganz allein. Nur du und ich, so wie damals als Susan starb. Und so wie all die Jahre, wo du vergeblich nach Michels Grab gesucht hast. Offenbar hast du etwas zwischen Morschenich und Ellen gefunden. Dort sollt ihr tatsächlich auf ein Skelett gestoßen sein. Das liegt da und wartet darauf, enträtselt zu werden. Oder soll ich besser sagen, es lag da und ist jetzt auf dem Weg zu dem Speziallabor. Was glaubt ihr zu finden?"

„Was glaubst du? Du weißt doch, wo du damals Michels Kopf und Hand verscharrt hast. War es nicht im Wald. Kann doch gut möglich sein, dass es dieses Waldstück war. Habt ihr nicht auch rund um Hambach gegraben. Von Hambach bis Ellen ist es nur ein Steinwurf. Was läge also näher?" Er versuchte ihn in eine Diskussion zu verwickeln, aber sein Gegner war unerbittlich und kam rasch zur Sache.

„Jetzt hör auf mit diesem blöden Gerede. Wenn es dich interessiert? Ja, es ist die richtige Stelle. Ihr habt es und wie ich hörte, werden die Ergebnisse aus Erlangen jeden Tag erwartet. Also ist schnelles Handeln angesagt. Darum bin ich hier. Du hast Himmel und Hölle in Bewegung gesetzt, um herauszufinden, ob du endlich Michels Reste gefunden hast. Ich habe eure jämmerlichen Arbeiten schon seit Wochen überwacht. Dein Sprössling David hat gute Arbeit geleistet. Natürlich ist er nicht fern und auf einen Wink seines lieben Onkels wird er mir zur Hilfe eilen."

„Täusche dich nicht, du Bastard. Ich werde dich früher oder später ans Messer liefern. Deine Zeit geht zu Ende."

„Du vergisst wohl auf deine alten Tage die Umstände, die zum Tode einer gewissen Susan Boyd geführt haben. Hast du deine süße Freundin schon vergessen? Du weißt doch was passiert, wenn Dana oder die Polizei davon erfahren. Mord verjährt nie."

„Mag sein, dass du Recht hast. Aber das macht mir keine Angst mehr, Bruderherz." Die letzten Worte sprach er mit Verachtung. „Du hast bei deinem grandiosen Schlachtplan eine Kleinigkeit übersehen. Ich werde bald sterben. Ich habe Lungenkrebs im Endstadion, inoperabel und absolut tödlich. Mein Arzt gibt mir nur noch ein paar Tage. Ich habe nichts mehr zu verlieren. Erzähle es, wem du willst. Dana wird mir verzeihen. Sie ist eine kluge Frau. Sie wird verstehen, dass es ein Unglück war. Erzähle es der Polizei. Sag Ihnen, wo du Susans Leiche verscharrt hast. Dann bist du nämlich dran wegen Beihilfe. Aber was soll das alles. Diese Kleinigkeit interessiert mich nicht mehr. Ich sterbe und nehme dich mit in die Hölle. Der Tag der Abrechnung ist da nach all den Jahren."

„Gut gebrüllt, Löwe. Aber mich beeindruckst du nicht mit deinem Schmierentheater und deinen Drohungen." Gerade liefen sie auf die Großkölnstraße zu. Nach kurzem Fußweg erreichten sie die Minoritenstraße. An der Nikolauskirche war es zu dieser Tageszeit totenstill. Auf der anderen Seite stand ein Lieferwagen. Der Fahrer ließ gerade die Ladefläche herab, um Waren auszuladen. Aus einer Einfahrt setzte ein schwarzer Transporter zurück. Der Wagen schien die Straße in Richtung Seilgraben zu verlassen. Sie folgten ihm und gingen für einen Moment schweigend nebeneinander her. Plötzlich stoppte das Fahrzeug und Sekunden später wurde die Hecktüre aufgerissen. David erschien und grinste diabolisch.

„Hallo Barnie, freut mich, dich zu sehen", bellte er. Entgeistert sah er seinem Sohn in die Augen und stand sekundenlang da wie gelähmt. Er bemerkte, dass Gideon hinter ihn trat. Im gleichen Moment wurde er ins Fahrzeuginnere bugsiert. Sie hatten ihn in einen Hinterhalt gelockt und überrumpelt. Die Hecktüre schlug zu, er bekam einen Schlag auf den Kopf und verlor das Bewusstsein. David kletterte auf den Fahrersitz. Gideon nahm Hanfstricke, drehte seinem Halbbruder die Arme auf den Rücken und fesselte ihn. Dann stopfte er ihm ein Tuch in den Mund und klebte Paketband darüber. Schließlich gab er David ein Zeichen. Sein Neffe startete und

178

lenkte den Wagen auf den Seilgraben, über die Komphausbadstraße und schließlich zur Peterstraße. Vor der Kreuzung zur Monheimsallee ließ er seinen Onkel aussteigen. Der hatte sich die Autoschlüssel vom Fahrzeug seines Bruders genommen. Er würde den Geländewagen aus der Tiefgarage holen und seinem Neffen rasch folgen. David bog in die Heinrichsallee und fuhr nach links auf die Bundesstraße 258 stadtauswärts in Richtung Kornelimünster.

Kapitel 19 >>24. Oktober<<

Mike hockte in der leergeräumten Grube. Bewaffnet mit Pinsel und Spatel bearbeitete er die Fläche. Er wollte sichern gehen, dass sie nichts übersehen hatten. Mittlerweile wusste er, dass dieser harmlos wirkende Ort der Schauplatz eines grausamen Verbrechens war. Aber wer war der Tote? Stefans Freundin hatte sich immer noch nicht gemeldet. Sie warteten schon achtundvierzig Stunden. War das ein schlechtes Zeichen? War das Ergebnis nicht so eindeutig und mussten zusätzliche Recherchen her? Gab es vielleicht gar kein Ergebnis? War es das perfekte Verbrechen und der Mord war einfach nie entdeckt worden? Oder war es ein gutes Zeichen und die Spezialisten vom LKA und BKA würden die Daten bestätigen und ein hieb- und stichfestes Ergebnis vorlegen? Die Ungewissheit machte ihn nervös. Er konnte sich nicht auf seine Arbeit konzentrieren und pinselte gedankenverloren im lehmigen Untergrund. Was hatte Barnabas ihm angetan? Er war Archäologe nicht Kriminologe. Welchen Grund hatte er, gerade ihm den Auftrag zu geben? Hätte Ian nicht weitergraben und die Wahrheit liefern können? Er hatte einen dumpfen Druck in der Magengegend, eine düstere Vorahnung, dass dieser Tag nichts Gutes bringen und in einem Desaster enden würde. Heute würde Barnabas von der Geschäftsreise zurück erwartet, hatte seine Sekretärin erklärt. Er hatte eindeutige Anweisungen gegeben, wollte auf gar keinen Fall gestört werden. Scherzhaft hatte er angemerkt, nur wenn das Haus brenne, könne sie ihn anrufen. Sie erzählte, dass er in den letzten Tagen grüblerisch, fast so lethargisch wie nach dem Unfalltod seiner Frau war. Mike stutzte. Er ertastete einen harten Gegenstand. Zunächst glaubte er eine Scherbe gefunden zu haben. Dann aber blinkte eine Münze in der Sonne. Aber es war keine keltische, das konnte er sofort erkennen, denn dafür war sie zu klein. Er zog sie aus dem lehmigen Untergrund, rieb sie an seiner Hose und hielt sie hoch. Staunend las er die Zahl und den vertrautem Schriftzug '1 Penny'. Das war eine irische Münze. Aber wie kam sie hier hinein? Er dachte an Ian O'Connor, der hier gegraben hatte. Aber er verwarf die Idee, weil das Fundstück zu tief im Lehm gesteckt hatte. Sie musste einer Person, die damals hier tätig war, aus der Tasche gefallen sein. Hatte gar der Mörder sie verloren? Mike schüttelte den Kopf, steckte sie ein und stand auf. Sein Kreuz litt arg unter der Dauerbelastung des gebückten Arbeitens, darum streckte er sich bis die Knochen knackten. Jetzt einen Whisky und einen feinen Zigarillo, dann ginge es mir besser, dachte er. Oder besser noch eine Ganzkörpermassage meiner Frau, grinste er in sich hinein. Wie aufs Stichwort hörte er das feine Röhren der einhundertzwanzig Pferdestärken von Danas Mini. Rasch näherte sich das Fahrzeug. Dana hielt an und sprang hinaus.

„Du kommst wie gerufen. Ich grübele schon wieder über den Ausgang von diesem Schauermärchen."

„Stefan hat angerufen. Er ist in einer Stunde hier und bringt das Ergebnis mit. Er sprach von einer Ungeheuerlichkeit. Aber genauere Angaben wollte er nicht machen. Lass uns ein bisschen im Wald spazieren gehen bis er auftaucht. Das bringt uns auf andere Gedanken."

„Klar. Wir streunen umher und atmen die frische Luft. Vielleicht können wir uns auch in die Büsche schlagen und einen geilen Quickie hinlegen. Dabei blenden wir die Bagger und Planierraupen, die da hinten die neue Autobahntrasse ausgraben, völlig aus." Er hielt inne. „Tut mir leid, bin ein bisschen angefressen von der Warterei. Wir brauchen dringend einen Tapetenwechsel. Ich hoffe nur, dass er mit Ungeheuerlichkeit nichts meint, was uns noch tiefer in die Sache reinzieht. Ich habe heute so ein merkwürdiges Gefühl. Ich weiß nicht, was uns erwartet. Aber ich fürchte, dass es nichts Gutes sein wird und uns schwere Zeiten ins Haus stehen."

„Meine Güte. Was hast du heute früh geraucht. Geht's noch. Dramatisiere die Geschichte nicht so. Wir wissen doch noch gar nichts." Sie schüttelte den Kopf, packte ihn, küsste ihn wild und leidenschaftlich und riss ihn mit sich. Sie wollte weg von diesem Ort. Am liebsten weit weg, aber dann würden sie Stefan verpassen. Also mussten sie Augen und Ohren offen halten. Sicher würde es sich übers Handy melden, wenn er sie nicht entdeckte.

Vierzig Minuten später rief er an und bat, sie sollten sich beeilen, weil er noch einen Termin in Euskirchen hätte. Sie standen auf der Zuwegung zur Grabungsstätte. Er stieg aus seinem Wagen, kam auf sie zu und wedelte mit einem Stapel Papieren.

„Birgit und die Jungs vom LKA waren sehr fleißig. Das BKA hat sich mittlerweile auch rein gehängt. Die Knochen stammen von einem Dr. Michel Bresson und..."

„Das darf doch wohl nicht wahr sein", stöhnte Mike und sah Dana an. Sie wusste nicht, was sie sagen sollte. Das erklärte, warum das Tagebuch so jäh endete. War er letzten Endes gar nicht mehr in Frankreich, sondern wurde vorher getötet? Wenn ja, wer kam als Mörder in Frage? Wenn man seinen angsterfüllten Worten Glauben schenken würde, konnte der Mörder nur Onkel Gideon sein. Aber das war absurd. Es musste eine andere Lösung geben.

„Was steht da noch?", fragte Dana mit zittriger Stimme.

„Der Mord wurde im Oktober 1969 begangen. Man fand eine verstümmelte Leiche in Düren auf einem Friedhof. Aufgrund der Untersuchungen konnte der Tote damals als Dr. Michel Bresson identifiziert werden. Der Schädel und die rechte Hand wurden nie gefunden. Es konnte auch kein Mörder ermittelt werden. Man schrieb die Tat zunächst einer neokeltischen Sekte zu. Die jungen Leute hätten vielleicht im Drogenrausch gehandelt, hieß es zeitweise. Aber alle verhörten Personen stritten jegliche Beteiligung ab. Und schließlich konnten alle Verdächtigen ein nachweisbares Alibi vorweisen. Die Polizei tappte im Dunkeln, der Fall verlief im Sande und schließlich wurde das Verfahren eingestellt. In dem Bericht steht auch noch etwas über den familiären Hintergrund von diesem Dr. Bresson. Aber den Packen habe ich im Büro gelassen, bringe ich dir später vorbei. Tut mir leid, aber ich muss los. Ein Auftraggeber wartet in meinem Büro. Macht keinen guten Eindruck, wenn ich zu spät komme. Ruf mich an, wenn ihr Neuigkeiten habt." Sie umarmten sich kurz aber herzlich. Dann ging er zu seinem Auto. Mike sah ihm nach und wandte sich um.

„Wir müssen schleunigst mit deinem Vater sprechen. Lass uns sofort nach Arnoldsweiler fahren. Ich lass mich nicht mehr verarschen." Gerade als sie sich auf dem Weg zu Mikes Jeep machen wollten, fuhr ein schwarzer Volvo an die Baustelle heran.

„Der hat mir gerade noch gefehlt", murrte Mike.

„Grüß Gott, mein Sohn", rief Arthur, als er ausstieg. Dana stand mit dem Rücken zu ihm und drehte sich um. Für einen kurzen Moment hielt er inne, hob die Augenbrauen und schürzte die Lippen. Dann aber kam er näher und gab beiden die Hand.

„Ich habe es leider nicht früher schaffen können und möchte heute nun mein Versprechen einlösen." Mike und Dana reagierten zunächst nicht auf ihn. Er machte ein verdutztes Gesicht. Die beiden wirkten geistesabwesend.

„Was ist passiert? Warum schweigt ihr? Habe ich etwas Falsches gesagt oder getan? Oder willst du nicht mit mir sprechen? Ich sagte doch, es tut mir leid, aber ich konnte den Besuch nicht früher einrichten. Ich habe heute früh versucht, dich fernmündlich zuhause zu erreichen. Aber du warst nicht dort. Und dein Mobiltelefon hast du offenbar nicht eingeschaltet. Darum bin ich losgefahren und habe gehofft, dich hier zu treffen. Ich denke, meine Vorgehensweise ist nachvollziehbar. Aber sag doch bitte, wie weit seid ihr mit euren Forschungen vorangeschritten?" Er sah seinen Sohn an. Michael wirkte verstört. So hatte er ihn lange nicht erlebt. Letztmalig war er in diesen Zustand als die Nachricht vom Tod von Anna-Maria kam.

„Wohl an, mein Sohn. Ich finde dich in Lethargie. Hattest du Streit mit Herrn Sturm. Was hat er dir ins Gesicht geschrieen, das es dich derart aus der Bahn wirft. Bitte erkläre mir dein Verhalten."
Zeitlupenartig hob Mike den Kopf. Er war völlig verwirrt und konnte die Tragweite der Worte von Stefan nur erahnen. Dann durchfuhr ihn ein Gedanke. Sie brauchten Barnabas überhaupt nicht. Sein Vater Arthur war bereits in den sechziger Jahren mit den Halls befreundet. Und er war einige Male im Grabungstagebuch erwähnt. Also kannte er auch diesen Dr. Bresson. Sogleich spannte er ihn ein.

„Die Grabung ist geräumt. Alle Artefakte sind katalogisiert und geborgen. Das Skelett haben wir nach Erlangen geschickt, damit man es datiert. Dabei kam ans Licht, dass der Schädel und die rechte Hand von einer Person stammten, die im vergangenen Jahrhundert gelebt hat. Der Rest ist antik. Die Spezialisten vermuteten ein Verbrechen. Darum übergab ich den Bericht an Stefan Sturm und eine Exkollegin in Bonn stellte Nachforschungen an. Das LKA und auch das BKA schalteten sich ein. Soeben brachte

Stefan das Ergebnis der Polizeibehörden. Man fand heraus, dass der Schädel und die Hand zweifelsfrei von einem Dr. Michel Bresson stammten."

Der Name hallte Arthur in den Ohren. Ihm war, als habe jemand einen lauten Knall unmittelbar vor seinem Gehörgang verursacht. Nein, das konnte nicht wahr sein. Er taumelte. Sein Sohn stützte ihn, sah ihn fragend an. Arthur blickte ihm suchend in die Augen. Was wusste er? Was hatte Barnabas ihnen im Vorfeld erzählt und was fanden sie selbst bereits heraus?

„Was wisst ihr noch, außer dass die Knochenfragmente von Dr. Bresson sein sollen? Hat Barnabas euch etwas erzählt?"

„Der ist seit einigen Tagen unterwegs. Wir konnten ihn nicht erreichen. Er hat angeblich wichtige Geschäfte in Köln und Aachen. Das ist es ja. Dana fand auf dem Gut ihres Großvaters das Tagebuch ihrer Mutter und das Grabungstagebuch von diesem Dr. Bresson. Hieraus haben wir erfahren, was damals im Großraum Düren geschah. Aber die Notizen waren nur bruchstückhaft niedergeschrieben. Wir tappen im Dunkeln, weil wir nicht wissen, wie alles zusammenhängt. Wir wissen nur, dass es verhängnisvolle Beziehungen zwischen Dr. Bresson, Bridget und Gideon Hall und einer Mary gegeben haben muss. Wir wollten Barnabas zur Rede stellen. Aber just an diesem Tag musste er zu dieser wichtigen

Geschäftsreise aufbrechen. Er ist regelrecht geflüchtet, als wir von den Tagebüchern sprachen. Also wissen wir nichts Genaues. Aber du warst damals doch schon mit Barnabas befreundet. Du tauchst auch in den Tagebüchern auf. Darum kannst du uns sicherlich einiges erzählen." Er berichtete seinem Vater was in beiden Tagebüchern an Fakten zu lesen war. Er sagte, dass sie sich kein schlüssiges Bild machen konnten. Dann blickte er seinen Vater herausfordernd an. Der dachte nach, versuchte das Gehörte zu analysieren. Das waren viele Fakten, den genauen Wortlaut würde er zu einem späteren Zeitpunkt erfahren können. Nun ging es zunächst darum, Michael die schreckliche Wahrheit zu erzählen. Von ihm, seinem Vater, müsste er nun endlich alles erfahren. Urplötzlich waren ihm die düsteren Monate Ende neunundsechzig wieder gegenwärtig. Sein Hirn brannte.

Also fußte das Gefasel von Barnabas damals auf harten Fakten. Er war nicht verrückt vor Schmerz über den Verlust seines besten Freundes. Die ganzen Theorien, die er ihm und Anna-Maria erzählt hatte, erschienen nun in einem anderen Licht. Damals hatte er erklärt, er wisse sogar, dass sein Halbbruder Gideon der Mörder sei, wolle aber die Polizei nicht einschalten, weil er nichts beweisen könne. Wir dachten, er drehe durch und erfinde irgendwelche Geschichten, um es besser ertragen zu können. Wir dachten, er würde seine ganze Wut auf Gideon, mit dem er Zeit seines Lebens im Zwist lebte, projizieren. Aber nun sah die Sache anders aus. Michel hatte mit seiner angstverhafteten Beschreibung Gideon an den Pranger gestellt. Wenn er die Aufzeichnungen sehen könnte, würde er mit Sicherheit deutlichere Hinweise erkennen können. Was stand dort genau über den Streit und was über die Beziehung zu Anna-Maria? Das Entscheidende konnte Michael nicht wissen, ansonsten wäre er mit einem anderen Anspruch an ihn heran getreten. Und was hatte Bridget notiert über ihre Recherchen?

Ein düsterer Schatten legte sich auf ihn wie ein schweres, graues Tuch und nahm ihm den Atem. Er hatte damals lange gebraucht, um mit seiner Frau die Geschichte zu verarbeiten. Anna-Maria benötigte über viele Jahre seelsorgerische Hilfe und sie beteten oft für Michel. Und auch der plötzliche Tod von Bridget ließ alles verloren und hoffnungslos erscheinen. Er schloss für einen kurzen Moment der Stille die Augen und sammelte sich. Über viele Jahre hatte Barnabas immer wieder dieses scheinbare Hirngespinst von der geheimen Grabung verfolgt. Immer, wenn seine Männer auf Knochen stießen, rief er einen irischen Archäologen herbei und immer wieder wurde er enttäuscht. Nun aber erschien diese wahnwitzige Suche vernünftig. Er hatte ihn stets belächelt, seine Geschichten abgewertet und hatte

188

ihm damit offenbar Unrecht getan. Nun hatte er Michael als ahnungslosen Helfershelfer ins Boot geholt. Hatte ihn mit dem Langschwert, den Münzen und Scherben keltischen Ursprungs gelockt. Dabei ging es ihm wohl nicht um die archäologische Sensation, die man vermuten konnte im Bezug auf die Funde. Ihm ging es nur um Michel. Dann fanden die jungen Leute die Schriftstücke. Damit hatte der Ire nicht rechnen können. Er hatte das Tagebuch seiner Frau einmal erwähnt, aber es war verschwunden. Nun waren sie damit bei ihm aufgetaucht, um ihn zur Rede zu stellen. Er muss sich gefühlt haben, als ob sie ihn in die Enge treiben wollten. Bestimmt wurde ihm die Sache zu brenzlig und er setzte sich ab, um Zeit zu gewinnen. So hatte er es früher oft gemacht, wenn er mit seinen Aktivitäten in Schwierigkeiten geriet. Dann suchte er den Schutz seines alten Protegé Frederic Leclerc. Nun versuchte er wieder, aus der Schusslinie zu kommen. Das sah ihm Iren ähnlich. Aber Michael konnte nichts Konkretes über die Verbindung zwischen Michel und Anna-Maria wissen. Also musste er es ihm erzählen. Er, der Theologe, der all die Jahre geschwiegen hatte aus Liebe zu seiner Frau. Es gab keine Ausflüchte mehr. Er musste sich der Situation stellen. Arthur öffnete die Augen und blickte seinen Sohn an. Er zweifelte. Dann aber streckte er sich und bestärkte sich in seinem Entschluss. Wir haben zu lange geschwiegen.

Nun kommt der Moment, den ich in all den Jahren so sehr gefürchtet habe. Alles wird wieder aufbrechen. Würde sein Sohn ihn verstehen und ihm verzeihen können?

„Wir sollten uns nicht hier an diesem unwürdigen Ort unterhalten. Was ich zur Klärung des Sachverhaltes beitragen kann, möchte ich in Ruhe mit dir und unter vier Augen besprechen." Er deutete auf Dana. Ihm war nicht wohl bei dem Gedanken, sie bei dem Gespräch dabei zu haben. Andererseits könnte sie als emotionale Stütze dienen. War die Fleischeslust zwischen den Beiden wieder entbrannt, würde sie, trotz aller Widerlichkeit, ihm in diesem Moment zum Vorteil gereichen und helfen, diese Bürde zu tragen.

„Was soll das, Vater? Du solltest akzeptieren, dass Dana einen festen Platz in meinem Leben hat. Ich kann verstehen, wenn es dir an diesem Drecksloch zu schäbig ist, um uns deine kostbaren Geheimnisse preis zu geben. Aber ohne sie geht das nicht. Es geht schließlich um ihre Eltern, die in die Geschichte um diesen Dr. Bresson verstrickt sind. Lass uns meinetwegen zu mir fahren. Dort können wir in Ruhe reden. Aber Dana wird dabei sein." Mit dem letzten Wort ergriff er ihre Hand und nahm sie in die seine. Sie lächelte und sah ihn mit zärtlichem Blick an. Arthur sah das Glühen in den Augen seines Sohnes.

Er war der Irin offensichtlich erneut verfallen. Ins geheim war er froh über diese Reaktion seines Sohnes. So musste er sich den Gefühlen, die Michael überschwemmen würden, nicht alleine stellen. Er würde ihm schwere Vorwürfe machen. Vielleicht konnte das Mädchen ihn zur Räson bringen und helfen, ein Zerwürfnis zu vermeiden. Er spürte wie sich sein Hals zuschnürte. Ein Kloß, so groß wie ein Hühnerei lag ihm im Schlund. Rasch stimmte er dem Vorschlag zu, damit er sich unterwegs auf das Gespräch vorbereiten konnte.

„Das ist eine gute Idee, mein Sohn. Fahrt ihr vor. Ich folge und bei dir zuhause werde ich alles erzählen, was ich weiß. Meine Reaktion tut mir leid. Aber Sie können sich denken, dass mich unsere gemeinsame Historie dazu verleitet hat."
Arthur war höflich, betonte aber dass Sie, als er Dana ansprach und drückte damit seine Distanz aus.
Nun galt es, sich zu sammeln. Michael wähnte ihn nur als Zeitzeugen, der am Rande anwesend war. Rasch würde er begreifen, dass er mehr wusste und erzählen würde, als ihm jemals lieb sein konnte.

Sie hatten es sich im Wohnzimmer gemütlich gemacht. Dana machte einen starken Kaffee und reichte Butterplätzchen. Arthur saß auf einem Holzstuhl, da er in der letzten Zeit wieder unter starken Rückenschmerzen litt. Sein Sohn und die Irin hatten es sich auf dem Sofa bequem gemacht. Nun schauten sie ihn an und warteten gespannt wie Kinder auf die Geschichte des Märchenonkels. Er räusperte sich und wischte sich den Schweiß von der Stirn.

„Ich lernte Michel Bresson zufällig während eines Studienaufenthaltes in Rom kennen. Ich besuchte eine Tagung katholischer Theologen. Dort traf ich mit einen französischen Jesuitenpater namens Francois de la Marne zusammen. Wir hatten uns bei Kriegsende an der Westfront kennen gelernt. Er diente als erfahrener Seelsorger für die französischen Soldatenverbände, ich war ein junger Soldat aus dem Rheinland. Wir retteten uns innerhalb von acht Tagen gegenseitig das Leben und waren seitdem trotz des Altersunterschieds und der Tatsache, dass er Franzose und ich Deutscher war, in enger Freundschaft verbunden. Francois war im Umgang mit Fremdsprachen sehr begabt. Neben seiner Muttersprache beherrschte er die englische, italienische und deutsche Sprache. So diente er seinen Ordensbrüdern als Übersetzer. Am Ende eines langen Arbeitstages saßen Francois und ich in einer kleinen Osteria in der Nähe des Kolosseums und tranken Kaffee."

„Vater, was soll das? Ich habe in dieser Situation ehrlich keine Lust auf deine ausschweifenden Geschichten, ich will wissen, was du weißt von der Sache." Mike war aufgesprungen und sah seinen Vater wütend an. Dana zog ihn zurück aufs Sofa.

192

„Dein Vater wird seine Gründe haben, warum er ein bisschen weiter ausholt. Bitte lass uns geduldig zuhören, ich denke wir werden bald erfahren, was wir wissen wollen. Bitte, Herr Berger, fahren Sie fort!" Mike beruhigte sich ein wenig. Arthur sah Dana anerkennend an und wusste in diesem Moment, das es die richtige Entscheidung war, sie bei seinem Bericht anwesend zu wissen. Sie würde ihm gewissermaßen zur Seite stehen und Michael helfen können, die Reichweite der Wahrheit zu verarbeiten und zu verstehen. Also sprach er weiter.

„Der Neffe von Francois, Michel Bresson, gesellte sich zu uns. Er weilte in Rom, weil er an einem Ausgrabungscamp auf dem Forum Romanum teilnahm. Wir kamen ins Gespräch über unsere Lieblingsstadt. Ich dozierte über meine Studien zur Geschichte der Christenheit, er zeichnete ein sehr genaues Bild aus der Zeit Jesu. Dabei beschrieb er nicht nur das Aussehen der historischen Bauten. Er erklärte auch, wie die Römer lebten und wie ihr Umgang mit der noch kleinen Anhängerschar des so genannten Messias war. Ich war begeistert von seiner Art, sich auszudrücken. Er hatte eine geradezu charismatische Ausstrahlung. Er sprach nicht nur, er malte jedes Wort mit Gestik und Mimik. Am Ende des lauen Sommerabends versprachen wir, uns gegenseitig zu besuchen. Er lud mich nach Paris ein, wo er mit seiner Frau Marie und seinen beiden Kindern Yvette und

Luc lebte. Ich lud ihn ein, mich im schönen Düren zu besuchen. Ich habe ihn zwei Jahre später besucht und seine wirklich reizende Familie kennen gelernt. Damals hätte ich nie gedacht, dass diese Harmonie einst zerbrechen würde. Aber es kommt ja oft anders als man denkt. Michel kam weitere zwei Jahre später nach Deutschland. Aber nicht nur, um mich zu besuchen. Er nahm an einem Ausgrabungscamp in Köln teil. Allerdings war er nicht einer der Studenten, sondern der Leiter. Er hatte sich in den wenigen Jahren durch Forschungsreisen nach Mexiko, Ägypten und Irland, Pompeji und Jerusalem einen Ruf als exzellenter Archäologe erworben. Ich war an dem Tag, als Michel mich besuchte, gerade damit beschäftigt meine Doktorarbeit „Rheinische Geschichte um die Jahrtausendwende" vorzubereiten. Meine damalige Kommilitonin Anna-Maria Müller half mir mit der Geschichte der Germanen und Römer, ich selbst hatte mich auf die Kelten spezialisiert."

„Momentmal, Mutter hieß mit Mädchennamen Müller. Ist das ein Zufall?"

„Nein", seufzte Arthur „die Anna-Maria von der ich hier spreche, war deine Mutter. Aber höre mir bitte weiter aufmerksam zu, damit du die Komplexität der Geschehnisse voll umfänglich verstehen kannst." Er sah ihm bewusst nicht in die Augen.

„Als Michel Anna-Maria sah, war es um die beiden geschehen. Nie zuvor habe ich Derartiges erlebt. Es muss Liebe auf den ersten Blick gewesen sein. Mitten im Satz stockte die Gute und sah Michel an. Die beiden starrten sich minutenlang an, bis sie gewahrten, dass sie nicht alleine im Raum waren. So begann es. Bald sprachen sie davon, zusammen leben und heiraten zu wollen. Michel hatte nur ein Problem. Er war noch mit dieser lieblichen Französin namens Marie verheiratet. Er löste es bei seiner Rückkehr nach Frankreich, ohne ein schlechtes Gewissen zu bekommen. Er war so unbekümmert und wirkte manchmal wie ein großes Kind. Er und seine Frau hatten sich durch seine Auslandsreisen auseinandergelebt und es war nur eine Frage der Zeit, bis die Ehe zerbrach. Dennoch war es ein großer Skandal, dass Michel sich von ihr trennte, um ausgerechnet eine Deutsche zu heiraten. Das hat man ihm nie verziehen. Nur wenige Wochen nachdem die Scheidung vollzogen war, heiraten Michel und Anna-Maria in St. Ursula in Köln." Wieder sprang Mike auf. Nun packte er seinen Vater am Arm.

„Soll das heißen, Mutter war vor dir mit diesem Dr. Bresson verheiratet? Warum habt ihr mir das nie erzählt? Das ist ja unglaublich! " Arthur löste sanft die Umklammerung seines Sohnes.

„Glaube mir, mein Sohn. Wir haben oft gesprochen und darüber nachgedacht, wann der richtige Zeitpunkt sei. Zunächst warst du zu jung, um das ganze Ausmaß zu verstehen. Und irgendwann hatten wir den richtigen Zeitpunkt verpasst. Und als deine Mutter 2001 starb, hatte ich nicht mehr den Mut, dir alles zu erzählen. Bitte verzeih mir meine Feigheit, aber ich brachte es nicht übers Herz. Denn die Heirat war nicht das einzige, was wir dir verschwiegen haben." Ihm stockte der Atem. Er wagte es nicht, weiter zu sprechen. Das Hühnerei in seinem Schlund wuchs sich aus zu einem Straußenei. Auf seiner Stirn bildeten sich Schweißperlen, die sanft über seine Schläfen rannen. Seine Hände waren klamm und eisig kalt. Er fror. Wie konnte er fortfahren. Mit welchen Worten konnte er seinem Sohn diese Ungeheuerlichkeit verständlich machen. Er rang nach Luft. Ihm war, als ob die Zimmerwände auf ihn zukommen und ihn zerquetschen wollten. Er atmete tief, um sich zu beruhigen. Er setzte an, aber sein aufgebrachter Sohn kam ihm zuvor.

„Was soll diese theatralische Pause. So schlimm kann die Geschichte doch nicht sein. Dieser Dr. Bresson hat Mutter vor dir gehabt und wurde irgendwann Ende der sechziger Jahre ermordet. Das muss schlimm gewesen sein für Mutter. Dann hat sie offenbar in deinen Armen Trost gefunden und dich geheiratet. Das Ergebnis eurer Liebe bin ich", herrschte er Arthur an.

Er sah seinen Vater durchdringen an. Irgendetwas stimmte nicht. So zögerlich hatte er ihn noch nie erlebt. Mike schaute zu Dana. Sie zuckte mit den

Achseln. Sie hatte sich zurück genommen und lauschte den Ausführungen von Herrn Berger. Einige Male wollte sie ihn unterbrechen, weil sie langsam begann, das Ausmaß der Geschichte zu begreifen. Sie wollte gezielt nachfragen, um einige Sachverhalte, die ihr nicht eindeutig erschienen, zu klären. Aber er ließ keinen Spielraum für Fragen. Er schien ihre bohrenden Blicke zu ignorieren und sich ganz und gar auf seinen Sohn zu konzentrieren.

Nun trat eine beklemmende Stille ein. Es wirkte wie die Ruhe vor einem herannahenden Sturm. Mike überkam eine düstere Vorahnung, er spürte ein schreckliches Ziehen in der Magengegend. Ihm wurde übel.

„Nun sag schon, was stimmt hier nicht? Warum sprichst du nicht weiter?" Arthur war kreidebleich. Er wischte sich mit einem Taschentuch abermals den Schweiß von der Stirn und wünschte sich die Ruhe und Kraft seiner geliebten Frau herbei. Aber er blieb allein mit dieser zentnerschweren Last.

„Ich bin nicht würdig...", er stockte, ihm brach die Stimme „das auszusprechen. Deine Mutter war, also ich meine, sie war, als Michel starb - ermordet wurde...", wieder brach er ab, ihm schwindelte, alles schien sich zu drehen. Er verspürte eine Unruhe, als wenn er in einen dunklen Tunnel hineingehen würde und nicht sähe, was ihn dort drinnen erwartete.

„Sie war bereits im siebten Monat schwanger", presste er heraus „er ist... Dr. Bresson war dein leiblicher Vater." Er krächzte, seine Stimme brach. Jetzt hatte er es ausgesprochen. Eine zentnerschwere Last sollte ihm von den Schultern fallen. Aber nichts geschah. Ihm war elendig zumute. Am liebsten wäre er hinaus gerannt, hätte sich übergeben und wäre dann fortgelaufen. Aber das wäre nicht fair. Er musste sich seinem Sohn stellen. Der sah ihn mit weit aufgerissenen Augen an. Er versuchte, Worte zu formulieren, brachte aber keinen Ton heraus. Sein Mund stand offen. Er blieb regungslos stehen. Dann aber sammelte er sich und stürmte mit Tränen in die Augen auf seinen Vater los.

„Was erzählst du da für eine Scheiße? Willst du mich verarschen? Ich soll der Sohn von diesem Michel Bresson sein? Dann bist du mein Stiefvater und ich habe all die Jahre geglaubt, ich sei ein Teil von dir. Was ist das für ein mieses Spiel, das du mit mir gespielt hast?"

Mike war völlig außer sich. Er hatte einen hochroten Kopf und funkelte seinen Vater wild an. Arthur wich zurück. Er hatte mit allem gerechnet, aber nicht damit, dass sein Sohn auf ihn losging. Jeden Moment drohte Michael zu explodieren. Würde er mich gar tätlich angreifen, fragte er sich. Mike packe und schüttelte ihn.

„Nun rede schon, warum hast du all die Jahre geschwiegen. Mein Vater, der feine Theologe, dem alle mit großer Ehrfurcht begegnen, ist ein feiger und verlogener Hund. Ich fasse es nicht. Und du sollst mir ein Vorbild sein. Du bist so bigott...!" Mit dieser Schimpfkanonade wendete Mike sich von Arthur ab, er schlug mit der Faust gegen die Wand. Dann rannte er hinaus. Dana sah Arthur in die Augen. Er verstand.

„Es ist wohl besser, wenn ich jetzt gehe. Danke für den Kaffee", sagte er geistesabwesend. Er stand auf, nahm ihre Hand zum Abschied. Er hoffte, sie könne Michael in den nächsten Stunden und Tagen den Halt geben, den er sicherlich brauchen würde. Und er hoffte, sie könne zwischen seinem Sohn und ihm vermitteln, damit er ihn nicht für immer verlieren, sondern sein Sohn sein zögerliche Verhalten irgendwann verstehen würde.

„Ich kümmere mich um Ihren Sohn, Herr Berger. Machen Sie sich keine Sorgen und grämen Sie sich nicht. Ich hätte vielleicht an Ihre Stelle genauso gehandelt. Sie haben in all den Jahren eine schwere Last getragen." Arthur blickte Dana ob ihres Großmutes beinahe dankbar in die Augen. Als er seinem Sohn zum Abschied die Hand auf die Schulter legen wollte, zuckte der zusammen, als habe er einen Stromschlag bekommen. Arthur drehte sich um und ging.

Er konnte seinen Sohn verstehen. Seine Welt war soeben zusammen gebrochen. Michael hatte in dem Moment, wo er die Wahrheit aussprach, sich von seinem Vater verraten und verkauft gefühlt. Er hatte diesen heftigen Gefühlsausbruch und wäre sicherlich handgreiflich geworden. Aber Dana konnte durch ihre Sanftmut Schlimmeres verhindern. Danach hatte Michael den Blickkontakt zu ihm gemieden. Nun stieg Arthur in sein Auto und fuhr heim.

Dana bemühte sich liebevoll und gab ihrem Liebsten Baldrian für die Nacht, brachte ihn wie einen kleinen Jungen zu Bett und wiegte ihn in den Schlaf. Aber er fand keine Ruhe. Schreckliche, düstere Träume verfolgten ihn. Es regnete in Strömen. Er wurde verfolgt, flüchtete in ein nahes Waldstück und beobachtete dort ein keltisches Totenfest. Es war Samhain. Männer tanzten um ein Feuer und sangen mystische Lieder. Der Anführer brachte ein Menschenopfer, einen Mann. Er schlug ihm den Kopf ab. Mike wälzte sich im Schlaf und stöhnte. Er stürmte dem Anführer entgegen, um das Ritual zu stoppen. Doch dann wurde er angegriffen. Sie schlugen nach ihm und trafen ihn schmerzlich an der Schulter und am Kopf. Er hatte Todesangst und schrie, dann holte Dana ihn aus dem Alptraum. Sie streichelte seine heiße Stirn und versuchte ihn zu beruhigen. Aber er war aufgewühlt. Offenbar sah er in diesem martialischen Traum die Ermordung seines leiblichen Vaters. Gestern früh war er noch in dem Glauben, dass dies Arthur sei. Jetzt war alles anders. Er konnte ihm nicht in die Augen sehen. Aber er musste mit ihm reden. Er war ihm immer wie ein Vater gewesen. Letztlich müsste er zu dem Ergebnis kommen, das er es immer noch war. Vielleicht würde er ihm eines Tages verzeihen. Nun aber war er unsagbar müde. Irgendwann schlief er ein und die restliche Nacht blieb traumlos.

Kapitel 20 >>25. Oktober<<

David lenkte den Transporter um das Anwesen herum und hielt an einer Stelle, die von der Strasse nicht einsehbar war. Hier lag eine Feldscheune außerhalb der alarmüberwachten Zaunanlage, der ideale Platz für Barnie. Er fuhr rückwärts auf das Tor zu. Gideon folgte mit dem Landrover. Er sprang aus dem Wagen und öffnete das Tor, damit sein Neffe hinein fahren konnte. Drinnen waren ein Dutzend Rundballen Stroh in zwei Reihen gestapelt. Dahinter stand ein alter Pflug. In der Ecke war eine Falltür, die in einen ehemaligen Vorratskeller führte. Er stoppte und öffnete die Hecktüre. Dann stieß er den sich heftig wehrenden Barnabas hinaus. Der fiel, schlug mit dem Kopf auf und verlor erneut das Bewusstsein.

„So ist fein, Barnie", spottete er und sah auf den leblosen Körper hinab. Sein Gesicht verzerrte sich zur Fratze. Beinahe hätte er ihn angespuckt.

„Das macht keinen Spaß. Ich warte, bis du wieder bei Sinnen bist, dann kriegst du meinen Segen." Die Männer schleiften ihn an den Füßen hinter die Strohballen. Dort setzten sie ihn aufrecht, drehten die Arme auf den Rücken und banden den Oberkörper mit Stricken an den Pflug. Seine Beine schnürten sie ein wie bei einer Mumie. Dann traten sie einen Schritt zurück und betrachteten ihr Werk.

„Er wirkt als könne er kein Wässerchen trüben", grinste Gideon „jetzt ist erst einmal Schluss mit dem Raub antiker Schätze." Er sah seinen Neffen verschwörerisch an. Er erklärte ihm, dass er nun mit dem Wagen zur Grabung fahren und alles in Sicherheit bringen würde. Er wies ihn an, den Transporter zu säubern. Dann sollte er zu dem Hotel nach Düren fahren und auf weiteren Anweisungen warten. Feierlich erklärte er, er sei stolz, dass er immer auf ihn zählen könne. Der Junge strahlte wie ein Fußballer, der soeben den Weltpokal überreicht bekam. Dann sprang er in das Fahrzeug und brauste davon. Der Alte schüttelte den Kopf über soviel Einfältigkeit. Aber es war gut. So hatte er freie Bahn, um seinen Plan zu vollenden.

„Hallo Fatman, ich freue mich, dich hier begrüßen zu dürfen." Er grinste böse. Barnabas versuchte, sich gegen seine Gefangenschaft zu wehren und zerrte hinter sich an den Stricken.

„Vergiss es, dein Sohn wurde hervorragend ausgebildet und ich habe seinen Hass ein bisschen geschürt. Die Stricke sind so stark, die halten sogar einen Elefanten. Es gibt kein Entrinnen." Er genoss es, dass er gefesselt und wehrlos vor ihm saß. Er sah auf ihn herab, dann nahm er ihm den Knebel ab.

„Schreien ist zwecklos. Hier hört dich keiner. Die Feldscheune hat ihre Bestimmung gefunden. All die Jahre lag sie nutzlos am Rande von Bobbies Rittergut. Jetzt wird sie Schauplatz für ein feuriges Finale." Seine Worte wirkten wie ätzende Säure auf ihn. Was hatte dieser Irre vor und was sollten diese lächerlichen Wortspiele. Warum nannte er ihren armen Vater Bobbie. Das war respektlos und gehörte sich nicht. Er musste Zeit gewinnen. Sie würden bestimmt schon nach ihm suchen.

„Was hast du vor, du verdammter Bastard? Warum hast du mich hierher verschleppt? Hier wird man als erstes suchen." Sie starrten sich an. Gideon nahm einen alten Schemel und setzte sich. Er holte ein Blechkästchen aus seinem Lederblouson, zündete sich eine Zigarette an und blies ihm den Rauch ins Gesicht. Ohne auf die Fragen einzugehen, begann er zu sprechen und schilderte wie Michel zunächst sein Partner, dann sein Freund und im Laufe ihrer Zusammenarbeit sein Gegner wurden. Sie entfernten sich immer weiter voneinander, weil ihre Pläne auseinander klafften. Er bezeichnete ihn als idealistischen Spinner, der keinen Geschäftssinn hatte. Er schilderte wie sie den Auftrag für Düren bekamen, wie sie später das Waldgrab fanden und dies geheim hielten. Er erinnerte, wie schön und fruchtbar die Gespräche und die Zusammenarbeit mit Bridget waren. Plötzlich stoppte er seinen Monolog und grinste böse.

„Ach übrigens. Weißt du eigentlich, dass dein heiliger Michel es einige Wochen lang mit deiner Bridget in Feld, Wald und Wiesen getrieben hat?" Er schaute ihn an und gierte nach einer Reaktion.

„Du Bastard, warum erfindest du solche irrwitzigen Geschichten. Bridget war mir treu und wir liebten uns, aber davon verstehst du ja nichts." Er wehrte sich gegen den Gedanken, seine Frau könnte etwas mit seinem besten Freund gehabt haben. Aber er erinnerte sich auch daran, wie sehr Bridget damals von Michel geschwärmt hatte und ihn mochte. Was wäre, wenn seine Behauptung stimmte. Wenn sie sich tatsächlich körperlich so nahe gekommen waren. Er erinnerte, dass er sehr wenig Zeit für seine Frau hatte. Ihm kamen Zweifel. Dennoch wehrte er ab und schalt ihn einen Lügner.

„Ich habe es nicht nötig, Geschichten zu erfinden. Deine Frau war ganz vernarrt in Michels pralle Männlichkeit. Ich habe sie mehrfach beobachtet wie sie sich in der Stellung neunundsechzig gegenseitig verwöhnten und dann immer wieder andere Stellungen ausprobierten. Wenn ich das hätte filmen können, wären hochwertige Pornos entstanden. Hat sie dir etwa nichts davon erzählt? Böse Bridget!"

„Hör auf, du Bastard. Selbst wenn es so war, das ändert nichts daran, dass sie mich geliebt hat. Und Michel war wie ein Bruder für mich. Versuche es gar nicht, mit irgendwelchen schmutzigen Geschichten ihrer beider Andenken zu besudeln." Er war außer sich vor Wut. Gideon machte einen Schritt nach vorn und trat Barnabas in die Seite.

„Halt die Luft an, Fatman. Die brauchst du noch. Das war ja nur das Vorspiel. Wenn du alles von uns dreien weißt, wird dir bestimmt die Puste ausgehen. Ich werde mich köstlich amüsieren über deine Unwissenheit. Nicht nur, dass du blind warst für die wachsende Geilheit deiner Frau. Nach ihrem Tod hast du dich jahrzehntelang auf diese lächerliche Suche nach den Überresten von deinem besten Freund gemacht. All die Jahre haben meine Spione mich auf dem Laufenden gehalten. Du hast viele Feinde, mein Bester." Er malte weiter an seinem opulenten Gemälde und sprach über ihre unterschiedlichen Einstellungen zur Verwertung der

Funde. Er schilderte, wie aus kleinen Streits heftige Auseinandersetzungen wurden, wie ihm Michel den Arm brach und die Freundschaft sich in Hass verwandelte. Schließlich erzählte er, wie er die Funde beiseite schaffte und es zum tödlichen Streit kam, wie er Michels Leiche verstümmelte und auf den Friedhof nach Düren schaffte, den Kopf und die Hand in dem Grab verscharrte und alles verwüstete.

„Hast ihn doch gefunden. Aber vierzig Jahre unerkannt zu bleiben ist doch wohl eine tolle Leistung von mir." Er genoss jede Silbe. Er verspottete die Polizei, die ihm auf den Leim ging und sich auf die falsche Fährte locken ließ.

„Nur Bridget konnte ich nicht täuschen. Zu dumm, dass sie damals Michels Grabungstagebuch fand. Das hatte ich ganz übersehen. Aus seinen Eintragungen und mit ihrem Wissen konnte sie sich einiges zusammen reimen. Ich wusste, ihre Recherchen würden irgendwann zu mir führen. Was sollte ich also tun? Du weißt, sie schrieb an diesem Sektenbuch und suchte fachkundige Sektierer zum Interview. Ich packte die Gelegenheit beim Schopfe. Ich wollte ihr nur eine Lektion erteilen. Aber dann kam alles anders." Er stockte, als wolle er nicht weiter reden.

„Was redest du für einen Unsinn? Was kam anders? Was hast du mit Bridget zu tun? Was hast du getan?"

206

„Eines Tages rief ich sie an, verstellte meine Stimme. Aber sie erkannte mich und lachte, weil sie glaubte, ich würde einen Scherz machen. Aber ich hatte etwas vor mit ihr. Darum verabredeten wir uns für abends in eurer Stadtwohnung. Ich tat geheimnisvoll und sagte, ich hätte interessante Informationen für sie." Er sah ihn fragend an. Gideon wog den Kopf hin und her.

„Weißt du nicht mehr. Du musstest zur Messe nach Frankfurt. Sie erzählte dir, sie würde jemanden treffen. Ach komm schon." Wieder machte er eine Pause. Barnabas' Augen weiteten sich. Er erinnerte die schrecklichen Stunden. Er war gefahren und erfuhr dort von ihrem Selbstmord. Es viel ihm wie Schuppen von den Augen. Gideon war der geheimnisvolle Besucher. Welche Lügen hatte er ihr aufgetischt oder womit hatte er sie so aus der Bahn geworfen, dass sie den Freitod wählte? Wieder zerrte er an seinen Fesseln, warf sich gegen den Pflug, stieß schmerzhaft an die scharfen Kante der Schare und stöhnte auf.

„Letztlich war es ein Unfall wie damals mit Susan." Ein flüchtiges Lächeln glitt über sein Gesicht, er erfreute sich an dem entsetzten Blick seines Gegenübers. Dann erstarrte sein Gesicht zur Maske.

„Weißt du noch? Susan stolperte und schlug mit dem Kopf auf einen Stein. Wir dachten, sie sei tot. Du dachtest, es sei deine Schuld. Aber als ich dich nach Hause schickte, lebte sie noch und war nur bewusstlos. Ich wartete bis sie verblutet war und verscharrte ihre Leiche tief im Wald. Sie wurde nie gefunden. Und deine geliebte Ehefrau Bridget..."

„Oh mein Gott, was redest du da? Susan war gar nicht tot und du hast sie sterben lassen. Du mieses Schwein, man hätte sie retten können... ich habe sie gar nicht... und du hast mich all die Jahre in dem Glauben gelassen, ich hätte sie... aber was hat das mit Bridget zu tun?" Seine Gedanken überschlugen sich. Zornesröte schoss ihm ins Gesicht. Schweiß rann von seiner Stirn. Das Herz hämmerte, als wolle es aus der Brust springen. Könnte er sich doch befreien. Er zerrte an seinen Fesseln, aber er konnte sich kaum bewegen. Erbarmungslos schnitten die Stricke in seine Handgelenke und seine Brust.

„Wenn du dich wehrst, tut es nur mehr weh. Halt den Mund und hör zu." Er taxierte ihn. Heute war der Tag der Abrechnung. Er wollte ihn im Mark erschüttern. Bald würde sein Leib den Flammentod sterben. Aber auch die Seele seines verhassten Halbbruders sollte in der Hölle brennen, wenn er die Wahrheit über Bridget erfuhr.

„Lass uns nicht mehr über Susan reden. Ihre Überreste sind längst zu Staub zerfallen. Ich will dir ein wenig erzählen von meinem letzten Abend mit Bridget." Gideon seufzte tief und atmete hörbar ein und aus. Dann sprach er weiter und ergötzte sich an Barnabas' zunehmenden Entsetzen.

„Wir saßen zusammen bei einem lieblichen Rotwein und unterhielten uns über Gott und die Welt. Bridget trug das weiße Kleidchen, das du ihr zum zehnten Hochzeitstag geschenkt hattest. Sie sah atemberaubend aus. Als sie sich bückte, um etwas aus dem Schrank zu holen, fiel der Stoff nach vorn und ich sah ihre prallen Brüste. Du weißt ja, dass sie nie einen BH trug, weil sie es so sehr mochte mit ihren Reizen zu spielen. Der Anblick ihrer prallen Weiblichkeit erregte mich. Ich hatte sie vor dir zu oft geliebt, um ihren atemberaubenden Körper einfach so zu übersehen." Er rauchte, genoss den Augenblick. Dann sprach er weiter. Er beobachtete die Anspannung im Gesicht von Barnabas und freute sich über jede Schweißperle, die ihm von der Stirn rann.

„Wie gesagt, ihr Anblick erregte mich. Aber ich blieb ruhig. Wir plauderten eine Weile über dies und das. Dann lenkte sie das Gespräch auf Michel und begann Fragen zu stellen. Ich beantwortete ihre Fragen geduldig, aber plötzlich schien sie verärgert. Ich hatte wohl etwas gesagt, was sie aufregte. Sie warf mir vor, die Schuld an Michels Tod zu haben. Ich sagte, sie rede Unsinn. Das aber regte sie noch mehr auf. Sie wurde laut, sprang auf und wollte mich sogar ohrfeigen. Ich hielt sie fest. Ihr Parfüm wehte mir um die Nase. Ich spürte ihre warme, weiche Haut unter meinen Händen. Ihre Augen funkelten. Ich sah, wie sich ihre runden Nippel auf dem zarten Stoff abmalten. Das erregte mich noch mehr. Ich flüsterte ihr ins Ohr, dass wir doch die schöne Stimmung nicht mit einem Streit zerstören sollten und schlug vor, dass wir uns der alten Freundschaft wegen vertragen sollten. Dabei küsste ich ihr zärtlich den Nacken, weil ich wusste, dass sie das scharf machte. Ich leckte ihr Ohrläppchen und sah sie herausfordernd an.

„Weißt du noch, was wir damals taten, wenn deine schönen runden Nippel so spitz wurden?", fragte ich sie. Ich hatte richtig spekuliert. Sie war ein geiles Biest. Vielleicht wollte sie aber auch nur Zeit gewinnen, um zu überlegen, wie sie aus der Situation herauskommen könnte. Sie war ja nicht dumm und hatte das Funkeln in meinen Augen gesehen. Doch dieser Weg war eindeutig nicht geeignet, um die Wogen zu glätten und mich zu besänftigen. Sie ließ sich fatalerweise auf das Spiel ein und besiegelte damit letztendlich ihr Schicksal." Gideon schloss die Augen, atmete mehrere Züge tief ein und aus. Dann sah er Barnabas an und beobachtete seinen Halbbruder. Ehe der etwas sagen konnte, fuhr er fort.

„Deine geliebte Bridget erinnerte sich an unser geiles Spielchen, öffnete meine Hose und hauchte die Zauberworte 'Oh Professor. Zeig mir wie hart er ist'. Dann grinste sie und rieb meinen Schwanz. Ich genoss ihre zärtliche Massage. Aber sie hörte abrupt auf und sagte, ich sollte besser kalt duschen gehen. Ich wollte mehr, darum packte ich ihr mit der einen Hand an die Brust und schob die andere Hand in ihren Slip. Ich versuchte, mit dem Finger in sie zu dringen, aber sie schlug nach mir und nannte mich eine alte Sau. Damit machte sie mich erst Recht richtig geil. Ich glaubte, sie würde mit mir spielen. Darum massierte ich sie mit meinem Mittelfinger. Sie stöhnte und bekam eine Gänsehaut. Ich dachte, das geschehe aus Erregung. Aber als ich ihr in die Augen sah, war keine Spur von sexuellem Verlangen in ihrem Blick. Sie wirkte gleichgültig. Ich ließ von ihr, bat um Verzeihung und sagte, ich wolle nun tatsächlich kalt duschen. Sie lächelte und erwiderte, sie habe mich ja quasi herausgefordert. Dann wurde ihr Blick ernst und sie sagte, unsere Zeit sei doch längst vorüber. Ich ging ins Bad, stellte die Dusche an und zog mich aus. Aber ich duschte nicht, sondern rief sie und bat darum, mir ein Handtuch zu bringen. Ich kauerte hinter der Tür. Als sie hineinkam, packte ich sie, riss ihr das Kleid vom Leib und zerrte den Slip herunter. Ehe sie wusste, wie ihr geschah, glitt ich in sie. Sie versuchte zu schreien, aber ich hielt ihr den Mund zu und besorgte es ihr mit tiefen Stößen."

„Du Schwein, was hast du meiner Frau angetan? Du hast ihren wundervollen Leib mit deinem dreckigen Körper entehrt?" Er erinnerte die Gespräche mit der Polizei. Sie hatten mit keinem Wort erwähnt, dass Bridget vor ihrem Tode Geschlechtsverkehr hatte oder vergewaltigt wurde. Warum erfand er diese bösartigen Lügen. Keiner sprach über blaue Flecken, die sie sicherlich hätte haben müssen. Und keiner erwähnte ein zerrissenes, weißes Kleid. Aber was wäre, wenn die Bullen damals damit zufrieden waren, dass sie splitternackt und mit einer aufgeschnittenen Pulsader in der Wanne lag? War der Fall damit eindeutig genug und weitere Untersuchungen unterblieben? Was wäre, wenn er nicht log und es tatsächlich so war. Er zerrte an seinen Fesseln. Ohne sich um den Wutausbruch seines Halbbruders zu kümmern, redete Gideon weiter.

„Ich war dermaßen geil und drang immer schneller und immer härter in sie. Beinahe wäre ich gekommen. Aber sie wand sich und ich glitt heraus. Sie warf ihren Kopf herum und ihre wilde Mähne wallte, als ob sie mitten in einem Sturm stand. Ihre Brüste wogten und ihre spitzen Nippel erfreuten mich. Dann aber sprach sie mich ganz ruhig an. Sie wirkte weder panisch noch verstört. Ich glaubte, dass ihr Widerstand Teil ihres Spielchens war. Sie atmete heftig, ihre Pussy war rosig geschwollen und versprach mir das Paradies. Ich ging auf sie zu, fasste ihre Brüste fest an und nahm dann ihre spitzen Nippel zwischen Zeigefinger und Daumen. Aber sie beschimpfte mich, schlug nach mir und wich Schritt

212

um Schritt zurück. Dann rutschte sie auf der Bademmatte aus, fiel und schlug mit dem Kopf gegen die Badewannenkante. Sie blieb regungslos liegen. Ich erschrak, kniete mich, sprach sie an und schüttelte sie. Aber sie rührte sich nicht. Ich tastete ihren Hinterkopf ab. Sie blutete nicht. Ihr Pulsschlag ging gleichmäßig. Sie lag da, als ob sie schlafen würde." Barnabas schrie auf und beschimpfte ihn. Gideon hielt inne, stand auf und schlug ihm brutal ins Gesicht bis er das Bewusstsein verlor. Dann knebelte er ihn, fixierte den Kopf mit einem Strick am oberen Ende des Pfluges, goss Wasser über ihn und wartete, bis er zu sich kam.

„Ich kann nicht zulassen, dass du dich verabschiedest, bevor du die ganze Wahrheit kennst. Damit dir dein Kopf nicht zu schwer wird, habe ich ihn angebunden. Nun halt dein Maul und lass mich bis zum Ende erzählen.

Sie lag also da. Ich überlegte, was zu tun war. Wenn ich einfach gegangen wäre, hätte sie dich später anrufen und vielleicht sogar behauptet, ich hätte sie zum Sex gezwungen. Die Gedanken schossen wild durch mein Hirn. Ich wusste, dass ich sie nicht laufen lassen konnte. Ich war ratlos, begann zu grübeln, setzte mich neben sie und betrachtete ihren nackten Körper. Ich war wie von Sinnen. Ihre Pussy lockte mich und entflammte eine wahnsinnige Gier in mir. Ich beugte mich über sie und spreizte ihre Schenkel, glitt in sie, stieß einige Male heftig zu, dann aber hielt ich inne. Ich durfte sie nicht nehmen, weil ich zu erregt war. Jeden Moment hätte es passieren können, dass ich spritzte. Aber ich wollte nicht, dass mein Sperma an oder in ihr gefunden würde. Darum ließ ich von ihr. Ich verfluchte sie, weil sie es mit Michel immer wieder getrieben hatte und mich nicht mehr wollte. Ich erinnerte unsere Zeit, lange bevor du sie mir genommen hattest. Da trieben wir es täglich miteinander. Plötzlich hasste ich sie dafür. Dann hatte ich diese irrwitzige Idee. Ich hob sie hoch und legte sie vorsichtig in die Wanne, ließ Wasser einlaufen und wartete, bis es ihre Brüste umspielte. Sie sah unglaublich erotisch aus wie sie so da lag. Ich streichelte ihren makellosen Körper, dann stand ich auf und holte ein Messer. Ich kniete mich neben die Wanne, legte ihr das Messer in die rechte Hand, führte die Hand ans linke Handgelenk und schnitt. Sofort strömte viel Blut heraus. Ich ließ ihre Hände und das Messer ins Wasser sinken. Dann kleidete ich mich an und entfernte sorgfältig sämtliche Spuren von mir im Wohnzimmer und im Bad. Schließlich nahm ich ihr Kleid und ihren Slip. Leider konnte ich ihre Aufzeichnungen nicht finden, aber das war mir in dem Moment gleichgültig. Als ich sicher war, das sie nicht mehr lebte, gab ich ihr einen Abschiedskuss und ging. Stunden später saß ich im Flieger nach

214

Dublin. Dort blieb ich und kam nie wieder. Bis gestern."

Die Männer sahen sich an. Gideon verstand. Wenn sein Halbbruder nicht gefesselt wäre, würde er ihn jetzt töten. Der senkte den Kopf. Dann schüttelte es ihn und Tränen schossen ihm auf die Brust. Dieser Bastard hatte seine Liebste vergewaltigt und kaltblütig ermordet. Und nun brachte er nach vierzig Jahren die Wahrheit ans Licht. Mit einer perversen Lust hatte er die sexuellen Handlungen geschildert und sich beim Erzählen dieser verstörenden Geschichte erregt. Sein Herz brannte, als habe er ihm ein glühendes Schwert hinein gestoßen. Sein Kopf hämmerte, als habe er ihm einen schweren Stein dagegen geschleudert. Reißende Ströme schossen ihm übers Gesicht. Er zuckte, aber es gab kein Entkommen. Er verzog sein Gesicht zur Fratze.

„Du gemeiner, dreckiger Bastard" presste er hasserfüllt durch den Knebel.

„Die Vorstellung ist zu Ende." Ohne Vorwarnung schlug Gideon erbarmungslos zu. Er traf ihn am Kopf, die Oberlippe und eine Augenbraue platzten auf, Blut strömte ihm über die Augen und den Mund. Er trat gegen seine Beine und in die Seite. Barnabas' Körper war voller Schmerzen. Er wünschte sich zu sterben, um bei ihr zu sein. Doch so plötzlich wie Gideon begonnen hatte, hörte er auf.

„So das reicht. Du darfst doch das Finale nicht verpassen. Jetzt kümmere ich mich um deine süße Tochter und ihren dauergeilen Typen. Bald werdet ihr drei im Tode vereint sein und ich bin endlich frei."

Er lachte. Zunächst leise, dann lauter, er steigerte sich in eine Hysterie bis das Lachen seinen Wahnsinn widerspiegelte. Er verließ die Scheune, setzte sich in den Landrover und brauste davon. Barnabas blutete, aber nicht so sehr, dass er hätte verbluten können. Was würde Gideon jetzt unternehmen wollen? Was sollten diese seltsamen Andeutungen? Was hatte er vor? Wollte er die beiden womöglich zur Scheune und in einen Hinterhalt locken. Er wünschte sich, er könnte seine Tochter irgendwie warnen. Die Schmerzen wurden immer unerträglicher. Er konzentrierte sich, um bei Bewusstsein zu bleiben. Aber bald schwindelte ihm und er sank in ein tiefschwarzes Nichts.

Kapitel 21 >>26. Oktober<<

„Lass uns, wenn das alles hier vorüber ist, für ein paar Wochen das Land verlassen. Ich will in die Provence oder die Toskana oder irgendwo hin, wo die Welt friedlich ist. Und vor allen Dingen will ich meinem Vater für die nächste Zeit nicht mehr über den Weg laufen. Ich muss zuerst einen klaren Kopf

216

bekommen." Gestern noch zitterte Mike, als er über Arthur sprach. Vater nannte er ihn, aber meinte er es auch so? Hatte er ihn um die Wahrheit betrogen, weil er zu feige war, sich selbst und ihm einzugestehen, was geschehen war? Oder wollte er ihm größeren Gram ersparen. Sie würden noch viele Gespräche führen müssen, bevor sie sich wieder in die Augen blicken und herzlich umarmen konnten. Dana redete pausenlos auf ihn ein, tröstete, streichelte und wiegte ihn in den Schlaf. Sie war an seiner Seite, als er aus bösen Träumen erwachte. Sie war da, als er fiebernd nach seinem leiblichen Vater rief und Arthur verdammte. Obwohl sie sich nie verstanden hatten, ergriff sie Partei für ihn und versuchte sich in ihn hinein zu versetzen und die ganze verfahrene Situation aus seiner Sicht zu sehen. Mikes Mutter hatte sie als eine gütige Frau kennen und schätzen gelernt. Anders als ihr Mann war sie ohne Vorurteile ihr gegenüber und hatte ihre Liebe gut geheißen. Dana konnte sich nicht vorstellen, dass Mikes Mutter zu feige war für die Wahrheit. Sie glaubte, dass sie das Beste für ihn gewollt hatte und schwieg, um diese Bürde nicht auf seine Schultern zu laden, sondern selbst zu tragen. Bestimmt hatte sie oft ihren geliebten Michel in ihm erkannt. Wenn sie sich der Eintragungen besann, so war er das leibhaftige Abbild seines Vaters: ein Herumtreiber, leidenschaftlicher Liebhaber und ein Besessener, der alles einhundertprozentig machen wollte und der sich aufrieb, um seine Ziele zu erreichen. Als Arthur endlich alles erzählte und Mike die ganze Wahrheit erfuhr, hatte es ihn zunächst aus der Bahn geworfen, dann aber war er zunehmend überrascht wie ähnlich er seinem leiblichen Vater war. Er fragte sich, warum er diese Parallelen nicht schon viel früher bemerkt hatte. Oder hatte er es bemerkt, konnte sich aber keinen Reim drauf machen, weil die Vorstellung viel zu utopisch und weit hergeholt erschien? Warum hätte er auch an seiner Herkunft zweifeln sollen. Seine Eltern hatten ihm schließlich nie einen Anlass dafür gegeben. Nun aber war er vor allen Dingen verunsichert. Der Mensch, den er als glaubhaft und integer gewahrte, hatte ihm sein ganzes Leben lang etwas vorgemacht. Hatte er das? Dana versuchte ihn vom Gegenteil zu überzeugen. Er war ein guter Vater, war für ihn da, auch wenn seine Ansichten bei ihm auf Widerstand stießen. Er war jemand auf den er bauen konnte. Dana war tatsächlich der Beistand, den Arthur sich erhoffte und half Mike mit seiner Wut und Traurigkeit klar zu kommen. Allerdings war ihr das nicht nur mit gutem Zureden geglückt, so wie sein Vater es sich bestimmt vorgestellt hätte. Vielmehr wusste sie ihn mit den Waffen einer Frau ins Leben zurück zu holen. Herr Berger hätte das sicherlich als pietätlos verurteilt. Sie sah das anders. Der Zweck heiligt die Mittel und sie war sich sicher, dass sie Mike mit Sex auf andere Gedanken bringen und aus der Erstarrung holen konnte. Darum begann sie irgendwann seine Brust mit zärtlichen Küssen zu bedecken, sie leckte an ihm, rieb ihren Körper an seinen, ließ ihre Hände über seinen Bauch und seine Lenden gleiten. Aber er lag da ohne jegliche Anzeichen von Lebenslust. Sämtliche Triebe schienen ihm abhanden gekommen zu sein. Sie machte weiter, massierte sein Geschlechtsteil, setzte sich auf ihn und wiegte ihr Becken sanft vor und zurück. Aber er blieb liegen wie ein toter Fisch. Sie kratzte ihm mit den Fingernägeln über die Brust, aber er regte sich nicht. Schließlich rüttelte sie ihn.

„Du hast mir selbst einmal gesagt, es gebe nichts Besseres, als sich den Trübsinn aus dem Leib zu vögeln. Also mach schon, zeig mir, dass das nicht nur leere Worte waren und besorg es mir." Sie beugte sich vor und sah ihn herausfordernd an. Dann leckte sie seine Lippen und gab ihm einen nassen Kuss. Er sah sie an, als ob er aus einem jahrelangen Koma erwacht wäre. Er blickte ihr tief in die Augen, ohne mit einer Wimper zu zucken. Es war kein bisschen Leichtigkeit in seiner Mimik. Plötzlich riss es ihn hoch. Wie von der wilden Hummel gestochen, stürzte er sich förmlich auf Dana und begann sie so heftig zu lieben, als ob es das letzte Mal wäre. Sie liebten sich, bis sie erschöpft in die Kissen sanken. Er legte seinen Kopf auf ihren schweißnassen Busen und lächelte zum ersten Mal seit zwei Tagen.

„Wie hat es dir gefallen?" Er küsste ihre feuchte Haut und streichelte ihre Brüste.

„Was soll ich sagen. Du warst wie ein Tier, hast mich gevögelt wie ein wilder Hengst. Jetzt bin ich erschöpft und wund und zufrieden. Gut, dass du wieder da bist. Aber ich habe dich nicht gereizt, weil ich scharf auf dich war und es unbedingt mit dir treiben wollte. Du weißt, warum ich es getan habe. Und ich denke, es ist mir gut gelungen!" Er nickte und nahm sie zärtlich in die Arme.

Sie saßen mit Stefan zusammen und erzählten ihm alles, was sie erfahren hatten. Er war zutiefst erschüttert. Mike hatte beschlossen, sich auf den Fall zu konzentrieren. Mit seinem Vater wollte er später reden. Jetzt mussten sie mehr denn je mit Barnabas sprechen, um aus ihm seine Version heraus zu quetschen und zu erfahren, warum er sie so rücksichtslos vor seinen Karren gespannt hatte. Sie überlegten ihr Vorgehen und fuhren los.

Barnabas' Sekretärin kam ihnen am Haus entgegen.

„Wir wollen zu meinem Vater. Er hatte gesagt, dass er heute zurückkäme. Wir müssen ihn unbedingt sprechen."

Ellen reichte Dana die Hand.

„Dein Vater ist nicht hier. Ich habe versucht, ihn auf dem Handy zu erreichen, aber er drückt mich jedes Mal weg. Er hatte gesagt, nur wenn etwas sehr Wichtiges passieren würde, sollte ich ihn anrufen. Und da er nicht zurückgekommen ist, habe ich es getan. Es ist nicht seine Art, mich wegzudrücken ohne zu hören, warum ich anrufe. Da stimmt doch etwas nicht. Aber kommt doch bitte herein."

Nachdem sie Kaffee eingeschenkt hatte, besprachen sie die Vorgänge der letzten Tage und spekulierten über Barnabas' Verhalten. Sie beschlossen, umgehend zu handeln. Ellen versuchte Frederic Leclerc in Raeren zu erreichen, Dana setzte sich mit dem Quellenhof in Verbindung, Mike telefonierte mit dem Kardiologen und Stefan sprach mit dem Notar. Nach einer halben Stunde waren sie ratloser als zuvor. Frederic war unterwegs, im Quellenhof checkte Barnabas schon vor Tagen aus, die Praxis des Kardiologen und das Notariat hatten geschlossen. Dana stand auf und ging zum Schreibtisch. Sie zog einige Schubladen auf, fand Geschäftspapiere und Zeichnungen von den Baustellen. Auch lagen Papiertaschentücher, Zigarren, Tabakkrümel, Streichhölzer, eine angefangene Flasche Whisky, Dutzende von Schreib- und Zeichengeräten, Blanko- und Tabellierpapier, Gummibärchen und Kaffeepads in den Schubladen verstreut. Sie schüttelte den Kopf ob dem Chaos, das er zurück gelassen hatte. Dann stutze sie. Eine Schublade war verschlossen. Mike kam hinzu.

„Dein Vater ist nicht da und darum kratzt es ihn nicht, wenn wir bei ihm einbrechen. Wir müssen sehen, dass wir so viele Informationen bekommen wie möglich." Er zog sein Taschenmesser. Sie blickte ihn wild an, nahm ihm das Messer aus der Hand und machte sich selbst daran, das Schloss aufzubrechen. Schließlich gab es ächzend nach. Sie zog die Lade auf, kramte weitere Bauzeichnungen und dann einige alte Zeitungen hervor. Sofort begann sie, einzelne Artikel aufmerksam zu lesen. Mit jedem Satz wurde sie bleicher und riss ihre Augen weit auf. Dann sank sie auf den Stuhl.

„Was hast du?" Sie zeigte auf die vergilbten Schnipsel einer Boulevardzeitung aus den sechziger Jahren. Er blieb wie versteinert stehen. Dann versuchte er, sie in die Arme zu nehmen. Sie aber wehrte ihn ab.

„Such weiter, lesen und trösten kannst du mich später, wenn Zeit dafür ist. Alles scheint sich um den Mord an Dr. Bresson zu drehen." Er nickte flüchtig, um nicht an ihn denken zu müssen und räumte die Schublade vollständig aus. Die Zeitungen legte er sorgsam auf einen Stapel. Den Bericht über den Tod von Bridget übersahen sie allerdings in der Hektik. Mike bemerkte einen Zettel mit Barnabas' Handschrift. Dort waren die letzten Wochen akribisch kommentiert. Er las die Bemerkungen, wurde zornig und hielt ihr den Zettel hin.

„Jetzt ist es amtlich. Er hat alles gewusst. Von Anfang an hat er uns nur benutzt, um einen Rachefeldzug gegen deinen bescheuerten Onkel zu führen. Aber was soll der Quatsch mit ‚meine Zeit läuft ab'. Hat er dir etwas erzählt?"

„Sein Kardiologe sagte nur, er solle kürzer treten. Aber das klang nicht so dramatisch!"

„Er hat die ganz wichtigen Papiere im Safe liegen. Vielleicht finden wir da eine Antwort. Er gab mir den Schlüssel für Notfälle", meldete sich Ellen und hielt ihn Dana hin. Sie nahm ihn zögerlich und ging zu dem Bild, das die irische Steilküste zeigte. Sie schwang es zur Seite und der Tresor kam zu Tage. Sie bemerkte, dass er einen Spalt offen stand und zog vorsichtig an der Tür. Einige Bündel Fünfzig-Euro-Scheine und einzelne Hundert-Euro-Scheine und ein Stapel aus Aktien, Sparurkunden und Pfandbriefen lagen auf der einen, eine schwere Pistole auf der anderen Seite. Auch stand dort ein Brief mit dem Emblem der Kölner Unikliniken. Sie wunderte sich darüber. Der Kardiologe war aus Aachen, was hatte also ein Brief... sie nahm das Papier und las, ließ es fallen und verharrte in völliger Erstarrung. Dann stieß sie einen markerschütternden Schrei aus, ihr schossen Tränen in die Augen und sie sank zu Boden.

„Er stirbt", schluchzte sie. Stefan hob den Brief auf und las laut vor. Alle schluckten, als sie das Todesurteil des Onkologen hörten. Mike legte zärtlich seine Arme um sie und versuchte erneut, sie zu trösten. Sie wand sich und lief hektisch auf und ab. Tränen rannen ihr über die Wangen.

„Wir müssen ihn finden. Weiß der Teufel, was geschehen ist. Vielleicht hat er auf dem Weg nach Hause die Kontrolle über den Wagen verloren und liegt irgendwo im Graben. Oder er ist unterwegs zusammen gebrochen und... verdammt. Wo kann er nur sein?" Ihre Stimme versagte, sie schlug sich die Hände vors Gesicht, dann weinte sie hemmungslos. Ellen schaute mitfühlend zu ihr, dann nahm sie das Telefon und wählte die Nummer der Dürener Polizeidienststelle.

„Ich melde ihn als vermisst. Es ist nicht seine Art zu verschwinden und nichts mehr von sich hören zu lassen. Es muss etwas passiert sein."
Zehn Minuten später brachen sie auf. Mike und Dana fuhren Richtung Aachen. Stefan machte sich auf den Weg zur Kölner Polizei und wollte anschließend auch noch zum LKA. Ellen blieb im Büro, um dort zu sein, falls Barnabas sich doch noch meldete. Leider konnte sie ihr Smartphone nicht benutzen, da es ihr vor ein paar Tagen unterwegs aus der Hand gefallen, auf der Straße aufgeschlagen und seitdem unbrauchbar war.

Kapitel 22 >>26. Oktober<<

Seit Stunden fuhren sie über Land, aber Barnabas konnten sie nicht entdecken. Er war wie vom Erdboden verschluckt. Sie hielten gezielt nach dem schweren Geländewagen Ausschau, der Wagen war ja nicht zu übersehen. Aber sie fanden nichts. In Aachen zeigten sie sein Foto Passanten. Eine junge Mutter, die neben dem Ärztehaus wohnte, wo der Kardiologe seine Praxis betrieb, erinnerte sich. Sie war dem kräftigen Iren vor vierzehn Tagen im Treppenhaus begegnet. Auf Nachfrage versicherte sie, dass er öfter dort gewesen sei, sie ihn aber zum letzten Mal vor zwei Wochen dort gesehen habe. Auf dem Weg nach Raeren trafen sie Frederic Leclerc an einer Tankstelle. Sie setzten sich zusammen und erzählten von den vergangenen Wochen. Je länger sie sich unterhielten, desto mehr kam der Franzose zu der Überzeugung, dass seinem alten Freund etwas zugestoßen sein musste. Hastig telefonierte er mit seinen Männern, die bis dahin unauffällig das Haus in Arnoldsweiler bewacht hatten. Aber auch seine Männer hatten Barnabas nicht gesehen. Er war erst gar nicht bei seinem Haus gewesen. Plötzlich klingelte Mikes Handy. Es war Stefan, der berichtete, dass er mit Ellen unterwegs zum Rittergut sei, weil Barnabas' Geländewagen nahe dem Anwesen gesehen wurde. Also verabschiedeten sie sich von Frederic und Mike lenkte seinen Jeep Richtung Eifel.

„Vielleicht ist er spontan zum Rittergut gefahren, um uns zu überraschen. Mein alter Herr wusste ja nicht, dass wir nicht mehr dort sind. Aber warum sollte er dann Ellens Anrufe ignorieren?" Mike fuhr schnell. Dana sank tief in ihren Sitz. Sie trat mit den Füßen gegen den Fahrzeugboden, als ob dort Vorrichtungen zum Bremsen wären. Mike hatte offenbar vergessen, dass sie neben ihm saß, denn er beschleunigte den Jeep immer mehr und fuhr wie ein Wahnsinniger. Nach ihrem Empfinden fuhr er viel zu schnell. Sie klammerte sich an den Gurt.

„Fahr bitte nicht so rasant. Du siehst doch, dass das hier nicht ganz ungefährlich ist. Da muss nur ein Teilstück ein bisschen feucht sein, dann bricht dir der Wagen aus und wir machen Bekanntschaft mit dem Abgrund. Das hätte uns gerade noch gefehlt." Er sah sie kurz an, lächelte verständnisvoll und verringerte das Tempo. Nun fuhren sie fast schon gemächlich durch Berg und Tal und die ausgedehnten Eifler Wälder in Richtung Rurstausee. Voraus lag eine Serpentinenstrecke, die einen steilen Berg hinauf führte. Er blickte zwei Spitzkehren nach oben, um möglichst vorausschauend zu fahren und ausweichen zu können, wenn ihnen ein Omnibus oder gar ein Lastkraftwagen entgegen kommen würde. Plötzlich stutzte er, denn er gewahrte einen Geländewagen oberhalb ihres Straßenabschnitts. Und tatsächlich kam ihnen ausgangs der Kurve einer entgegen.

„Da ist doch der Wagen von Barnabas. Schau mal das Kennzeichen. Aber was macht der denn da?" Der Fahrer riss den Wagen herum und fuhr geradewegs auf ihre Spur. Dana schrie, denn das Fahrzeug näherte sich mit hoher Geschwindigkeit.

„Verdammt. Ist dein alter Herr jetzt völlig durchgedreht? Will der uns rammen?" fluchte Mike und schon im nächsten Augenblick bemerkte er seinen Irrtum.

„Scheiße, das ist nicht dein Vater!" Mike hupte und gestikulierte wild. Dann bremste er scharf, der schwere Geländewagen schwenkte nach rechts, fuhr dann aber sofort wieder nach links und rammte den Jeep. Sie schlingerten quer über die Fahrbahn. Mike griff ins Lenkrad, ließ aber sofort wieder los, weil er es nicht halten konnte. Schließlich schleuderte der Wagen und durchbrach mit einem ohrenbetäubenden Krachen die Leitplanke. Das Fahrzeug kippte vornüber und mit hoher Geschwindigkeit rutschten sie den Abhang hinunter. Es war eine rasende Schussfahrt. Sie schlugen gegen Baumstümpfe und überfuhren Sträucher. Kleinere Äste schlugen gegen die Seitenspiegel und rissen sie ab. Ein großer Ast zertrümmerte die Windschutzscheibe. Tausende Glassplitter ergossen sich ins Fahrzeuginnere. Sie rissen die Unterarme und die Hände vors Gesicht, um ihre Augen zu schützen. Dann stemmten sie sich mit aller Kraft gegen das Armaturenbrett, um der Wucht der Schwerkraft entgegen zu wirken. Die Gurte strafften sich und schnitten ihnen die Luft ab. Panikartig löste Dana den Gurt, weil sie glaubte, ersticken zu müssen. Im nächsten Moment kippte der Wagen zur Seite, überschlug sich und prallte gegen einen Baum. Sie wurde hinaus geschleudert und blieb reglos liegen. Mike schrie entsetzt auf. Er rief nach ihr, aber sie hörte ihn nicht. Er zerrte an seinem Gurt, konnte ihn aber nicht lösen. Blut tropfte ihm auf die Wange, eine Augenbraue war beim Aufprall geplatzt. Auch hatte er Blut an den Armen, das aus zahllosen Schnitten tropfte. Er versuchte, seine Beine zu bewegen, aber das linke war eingeklemmt. Wieder schrie er nach ihr, aber sie regte sich nicht. Dann sah er, wie jemand die Böschung hinab eilte. Ein dürrer Mann mit einer tiefen Narbe im Gesicht näherte sich ihnen. Er trug einen Benzinkanister. Mike riss den Kopf herum, um besser sehen zu können. Ein stechender Schmerz durchfuhr seinen Nacken. Im nächsten Moment wurde er bewusstlos.

Gideon ließ den Landrover auf einem nahen Parkplatz zurück, damit vorbei fahrende Wagen das Fahrzeug nicht an der Unfallstelle und den Blechschaden von dem provozierten Unfall sehen würden. Er holte aus dem Fond des Wagens einen vollen Benzinkanister. Dann hastete er den Hang hinab. Dabei blickte er auf den zerstörten Jeep. Dana lag einen Meter abseits bäuchlings am Boden. Mike zappelte im Fahrzeug, kam aber offenbar nicht frei. Jetzt riss er den Kopf hoch. Gideon duckte sich. Hatte er ihn gesehen? Aber das war nicht wichtig. Für einen Moment hielt er inne und sah sich um. Dann ging er auf seine Nichte zu und stieß mit dem Fuß gegen ihren Oberkörper. Sie regte sich nicht. Ihre linke Hand lag in einem unnatürlichen Winkel.

„Autsch", sagte er „das würde weh tun, wenn sie wieder zu sich käme. Wird sie aber nicht." Er grinste bösartig. Dann begann er, zunächst sie, dann den Jeep und schließlich den bewusstlosen Mike mit Benzin zu übergießen. Als er den Kanister vollständig entleert hatte, stellte er ihn zufrieden beiseite. Gemächlich suchte er nach einem Streichholz. Er fluchte, weil er alles im Wagen gelassen hatte. Reifen quietschen. Instinktiv ging er in Deckung.

„Hallo, ist da unten jemand? Sind sie verletzt? Mike?" Der Andere hatte den Jeep offenbar erkannt. Jetzt hetzte er den Hang hinunter.

„Verdammt", fluchte Gideon „ich muss weg. Niemand darf mich sehen." Er schnappte sich den Kanister und verschwand im Gebüsch. Dann ging er einen großen Bogen und mühte sich hundert Meter abseits hinauf zur Straße. Oben angekommen warf er einen Blick zurück und sah, wie der Andere Mike aus dem Fahrzeug zog. Dana war zu sich gekommen und lag nun mit schmerzverzerrtem Gesicht flach auf dem Rücken. Er fluchte, dann lief er zu dem Wagen und fuhr davon.

Kapitel 23 >>26. Oktober<<

„Guten Abend, Herr Berger. Man kann dich offenbar keine drei Stunden alleine lassen, ohne dass du dich in Schwierigkeiten bringst?" Mike schlug die Augen auf und starrte an eine weiße Decke. Dann drehte er mühsam seinen Kopf in die Richtung, aus der die vertraute Stimme kam und sah Stefan. Er versuchte, sich aufzurichten, ließ es aber sofort bleiben, denn sein Körper war ein einziger stechender Schmerz.

„Wo ist Dana? Wo bin ich? Was ist passiert? Was machst du hier? Wo...", sprudelte es aus ihm heraus. Im gleichen Augenblick ging die Tür auf und Dana kam ins Zimmer. Ihre linke Hand war in Gips, ihr Gesicht war grün und blau und stark geschwollen. Sie beugte sich mühsam vor und gab ihm einen sanften Kuss.

„Hallo Schatz. Hat er dir alles erzählt?" Die Männer schüttelten den Kopf.

„Wo hört dein Film auf? Weißt du noch von dem Unfall und was passiert ist, nachdem wir unten ankamen. Mein Film endet kurz bevor wir uns überschlagen haben und setzt wieder ein, als ich mit stechenden Schmerzen wach wurde", erklärte sie und sah ihn fragend an. Er rieb sich die Stirn.

„Da war Barnabas' Geländewagen. Irgendein Drecksack saß am Steuer und hat uns von der Straße geschubst. Wir sind den Abhang runter, haben uns überschlagen, du wurdest raus geschleudert und warst sofort bewusstlos. Ich habe geblutet wie ein abgestochenes Schwein, mein Fuß war eingeklemmt und ich kam nicht aus der Karre raus. Ich habe mich tierisch aufgeregt über den Schwachkopf. Im nächsten Moment kam so ein dürrer Hänfling den Hang hinunter. Das muss der Arsch gewesen sein, der uns von der Straße gedrängt hat. Soviel ich sehen konnte, hatte er eine außergewöhnlich hässliche Visage mit einer Riesennarbe. Dann war ich weg vom Fenster. Ich könnte aus der Haut fahren, wenn ich nur daran denke. Wenn ich den Typen bei den Eiern kriege, mache ich ihn fertig." Er schrie fast und tobte vor Wut. Wenn ihm nicht jeder Knochen und jede Gliedmaße schmerzte, würde er jetzt aus dem Bett springen und gegen das Schränkchen treten auf dem seine Habe lag.

„Beruhige dich, bist du sicher, dass der Mann eine Narbe im Gesicht hatte? Und wenn ja, wo war sie und wie sah sie aus?" Er sah Stefan an, schaute dann zu Dana und beschrieb, woran er sich erinnern konnte. Dann kam ihm sein Traum ins Gedächtnis und ihm ging ein Licht auf.

„Der Typ war dein Onkel Gideon?"

„Es deutet alles darauf hin. Und nachdem, was wir gelesen haben, wäre es die logische Schlussfolgerung, dass er hier auftaucht. Du musst gleich mit der Polizei sprechen. Ich habe vorhin meine Erinnerungen zusammen gesucht und ein Interview gegeben. Wenn er es wirklich war...". Ihr versagte die Stimme. Tränen füllten ihre Augen.

„Dann hat er vielleicht auch - du meinst, dieser Irre könnte deinen Vater in seiner Gewalt haben. Aber wie..?" Er sah sich fragend um.

„Ich denke, er muss einen oder mehrere Helfershelfer haben. So wie Dana erzählte, ist Gideon ihrem Vater in keiner Weise gewachsen. Barnabas kann den Typen mit einem Prankenhieb umhauen. Ich hole den Kommissar. Du musst sofort deine Aussage machen. Dann kann die Polizei ihn zur Fahndung ausschreiben." Er ging aus dem Zimmer und kam mit dem Polizisten wieder. Mike berichtete alles, was er zu erinnern glaubte. Als der Kommissar das Zimmer verließ, trat der Oberarzt ein.

„Sie haben beide sehr viel Glück gehabt. Sie, Frau Hall, haben neben dem Bruch des Handgelenks nur eine Gehirnerschütterung. Und unzählige Hämatome am gesamten Korpus und im Gesicht. Wir kommen dennoch zu dem Schluss, dass sie das Krankenhaus verlassen dürfen. Aber sie, Herr Berger, müssen hier bleiben. Sie hatten eine böse Platzwunde über dem rechten Auge, einen tieferen Schnitt am linken Oberschenkel und weitere flachere an den Armen. Alle Wunden wurden genäht. Außerdem ist ihr Körper mit Schürfwunden übersät. Sie haben eine schwere Prellung am linken Fuß. Es ist nichts gebrochen, aber sie brauchen ein paar Tage Ruhe. Wir behalten Sie hier, damit sie nicht auf dumme Gedanken kommen. Ihre Lebensgefährtin hat mir berichtet, dass sie unvernünftig und starrköpfig sein können. In drei, vier Tagen dürfen sie nach Hause. Apropos Ruhe: Frau Hall, Herr Sturm, darf ich bitten." Der Arzt wies auf die Tür. Er selbst verabschiedete sich. Stefan erklärte, dass ein Polizist vor dem Zimmer Posten bezogen hatte und bleiben würde.

„Wir fahren zum Haus meines Vaters. Ellen ist dort. Die Polizei überwacht es und hat uns angewiesen, ein paar Tage dort zu bleiben und uns auszuruhen. Vielleicht kriegen sie Onkel Gideon rasch und wir können aufatmen. Ich habe Angst. Ich glaube, er dreht völlig durch. Und vor allen Dingen frage ich mich, wer ihm geholfen haben könnte, wo diese Unbekannten stecken und wo mein Vater ist. Schlaf dich gesund. Sobald wir etwas Neues wissen, sag ich dir Bescheid." Wieder beugte sie sich über ihn, gab ihm einen langen, zärtlichen Kuss und streichelte ihm die Wange. Er zuckte, weil jede Berührung schmerzte. Aber er war froh, dass sie da war. Dann blickten sie sich in die Augen und verstanden und waren beide glücklich, noch am Leben zu sein. Sie wusste, dass sie jetzt nicht auf eigene Faust handeln durften, weil ihr Onkel Gideon gefährlich und offenbar wahnsinnig geworden war.

Kapitel 24 >>29. Oktober<<

Es war drei Uhr in der Früh. Gideon war im Schutze der Dunkelheit ungesehen in das Haus eingedrungen. Es wurde um die Jahrhundertwende erbaut, hatte dicke Wände und hohe Decken. Mike hatte das Anwesen und auch die schwere Eichentür im Originalzustand belassen. Nur das Einfache hatte er durch ein modernes Zylinderschloss austauschen lassen. Dem Iren war das gleichgültig. Er bohrte es mit einem leisen Profigerät auf. Jetzt stand er im Flur und überlegte, wo die Fundstücke sein könnten. Er ging ins Schlafzimmer. Die Rollos waren in allen Räumen herunter gelassen, so konnte er bedenkenlos Licht machen. Er drehte einen der altmodischen Schalter. Ein leichtes Knacken war zu hören und ein kleiner Funke war zu sehen. Der Raum erhellte sich matt in den warmen Farben einer Energiesparlampe. Er grinste hämisch und überlegte, wie man sich wohlfühlen konnte in einem maroden Haus, das mit

234

Zylinderschlössern, Energiesparlampen und einem modernen Interieur ausgestattet war. Das war eine weitere Geschmacksverirrung dieses Menschen. Er ging zum Bett, warf die Decke zurück, hob die Matratze an und schaute darunter. Er riss Schranktüren auf und Wäschestücke heraus. In eine der hintersten Ecke stand das Schwert.

„Na also, nun noch die Münzen und Stichwaffen und dann habe ich mein Eigentum wieder. Wo hat der Mistkerl den Rest versteckt?" Systematisch durchsuchte er alle Räume. Aber er hatte keinen Erfolg. Frustriert zerstörte er mit einem Tritt den LCD-Fernseher. Dann riss er Bilder von den Wänden und stieß antike Plastiken aus den Regalen. Er wollte schon einen Stuhl heben, um die Vitrinen zu zertrümmern. Aber dann hielt er inne. Er fürchtete, dass das zersplitternde Glas zu viel Lärm verursachen könnte und ließ davon ab. Stattdessen drehte er in der Küche den Gasherd auf.

„Hoffentlich zündest du dir eine an, wenn du mein Werk siehst und dich schwarz ärgerst. Oder mach einfach Licht, denn offenbar sind die Schalter nicht isoliert. Dann gibt es einen schönen Knall und dein schäbiges Dasein ist Geschichte. Weiß nicht, was Barnie und Dana an dir finden. Du hast doch noch nie etwas Großes ausgegraben und taugst nur dazu, dämliche Bücher zu schreiben und ahnungslose Frauen flachzulegen. Aber falls du die Bude nicht hochjagst, brauche ich einen Plan B." Er griff zu Barnabas' Handy, das er ihm abgenommen hatte und seit Tagen jeden Anrufer systematisch wegdrückte. Barnie schien nach wie vor sehr gefragt zu sein. Im Display stand immer wieder 'Ellen'. War das nicht diese Lesbe, die er seit Ewigkeiten als Sekretärin beschäftigte. Sie suchte ihn anscheinend doch. Also würde er mit seinem Anruf in ein Wespennest stechen. Er suchte im Verzeichnis eine bestimmte Nummer. Dann wählte er. Als das Gespräch angenommen wurde, begann er mit einem eisigen Hauch in seiner Stimme zu sprechen.

„Hallo Dana. Hier ist dein Onkel Gideon." Er wartete und ließ ihre Beschimpfungen über sich ergehen. Mit einem Lächeln auf den Lippen sprach er unerbittlich und mit sadistischer Freude weiter.

„Schätzchen, halt den Mund und höre mir genau zu. Jemand hat mir erzählt, ihr wäret fleißig gewesen und hättet dieses Drecksloch hinter Ellen ausgeräumt bis auf das letzte Stäubchen. Also habt ihr ein paar Dinge, die mir gehören und die ich gerne zurück haben möchte. Natürlich würdet ihr mir die Sachen nicht einfach so überlassen. Immerhin sind sie sehr wertvoll. Aber denk nur, mir ist neulich in Aachen jemand in die Arme gelaufen, der dir vielleicht auch sehr wertvoll ist. Was hältst du also von einem Tauschgeschäft." Er machte eine Pause, ließ seine Worte nachwirken und kostete ihr Schluchzen

236

sekundenlang aus. Dann sprach er mit unverminderter Härte weiter.

„Ich stehe morgen um 16 Uhr mit Barnies Wagen an der Zufahrt zum Rittergut. Ihr kommt dorthin. Dann fahre ich voraus und ihr folgt mir. Und wagt nicht, die Bullen einzuschalten, sonst wirst du deinen alten Herrn niemals wiedersehen." Wieder ließ er ihre Flüche und Tiraden grinsend über sich ergehen. Als sie nach seinem Zustand fragte, reagierte er mit sadistischer Freude.

„Natürlich geht es ihm gut. Er ist zurzeit nur ein bisschen müde. Er kommt bestimmt wieder auf die Beine." Dana warf ihm die wüstesten Beschimpfungen an den Kopf.

„Warum sagst du so hässliche Dinge zu mir. Ich bringe dir höflichen Respekt entgegen und erwarte ihn genauso von dir." Ohne ihre weitere Reaktion abzuwarten, unterbrach er die Verbindung.

Mike schaute Dana in die Augen. Soeben hatte sie ihn aus dem Krankenhaus abgeholt. Es ging ihm schon viel besser. Der Fuß tat zwar noch weh, war aber nicht mehr geschwollen. Die Wundverbände waren gewechselt, die Heilung ging voran. Es zwickte zwar noch überall, wenn er sich bewegte, aber die Schmerzen waren auszuhalten. Für alle Fälle hatte der Doc ihm starke Pillen mitgegeben. Er wollte nur frische Sachen und das Schwert holen und dann mit ihr zum Haus ihres Vaters fahren. Sie hatte das Handy über die Freisprecheinrichtung geschaltet. Das machte sie immer, wenn sie mit dem Wagen unterwegs war. Aber als die Stimme ihres Onkels hörte, hielt sie an. Mike hörte natürlich jedes Wort mit. Nun war er erschüttert über die Brutalität von Gideon. Er war völlig aus dem Häuschen und sehr zornig.

„Was bildet der Wichser sich ein. Wir sollen die Bullen nicht einschalten. Wir sollen ihn alleine treffen. Wir sollen ihm folgen. Wir sind doch nicht in Hollywood. Der Drecksack hat wohl zu viele schmierige Krimis geschaut. Verdammt, ich poliere diesem Arschloch seine hässliche Fresse, wenn ich ihn in die Finger kriege." Mikes Jähzorn übermannte ihn, er ließ sich kaum von Dana beruhigen.

„Wir müssen das tun, was er sagt. Du hast doch gehört. Er würde meinem Vater sonst etwas antun. Das könnte ich mir nie verzeihen. Aber ich bin ja nicht doof. Lass uns mit Stefan und der Polizei sprechen." Er nickte. Dana war zu geschockt, als das sie hätte weiter fahren können. Darum tauschten sie die Plätze. Sein Fuß schmerzte arg, aber es würde gehen. Er startete den Motor. Als sie losfuhren, rief sie Stefan an und erzählte von dem Telefonat. Sie verabredeten, sich bei Mikes Haus zu treffen.

„Du kommst morgen um 16:30 Uhr in die Eifel. Ich werde bei der Scheune sein. Deinen Vater habe ich heute früh dort herausgeholt und zu einem Versteck ins Hohe Venn verfrachtet. Die Scheune wurde mir zu heiß. Dana könnte jeden Moment auftauchen und dann würde alles auffliegen." Gideon sah seinen Neffen verschwörerisch an. Dann erzählte er ihm, was er vorhatte. Natürlich verschwieg er, dass er Mike und Dana dorthin locken wollte, um sie gemeinsam mit Barnabas zu erledigen.

„Nachdem ich aus Belgien zurück war, habe ich in Barnies Büro wichtige Papiere geklaut, die mich wegen einer alten Sache belastet hätten. Dein Vater wollte sie den Bullen geben und mich ans Messer liefern. Die Unterlagen und seine blutigen Klamotten liegen in der Scheune. Du stellst dich mit dem Transporter auf der Zufahrtsstraße quer. Dann kann ich sicher sein, dass ich ungestört bin und kann in Ruhe in dem alten Kasten ein paar Brandsätze deponieren und anzünden. Falls doch jemand vorbei kommt und vielleicht sogar dumme Fragen stellen sollte, kümmere dich darum. Achte auf die Scheune, sobald Rauch aufsteigt, kommst du und wir verschwinden. Aber sei vorsichtig. Man sollte uns nicht sehen." Er rechnete damit, dass seine Nichte und ihr Freund nicht so dumm wären und tatsächlich ohne Begleitschutz auftauchen würden. David würde die anderen aufhalten und er könnte sich in Ruhe um die Beiden kümmern. Das Lügenmärchen mit den wichtigen Papieren war eine jener Geschichten, die sein Neffe glaubte, ohne die Spur eines Zweifels aufkommen zu lassen. Er war so naiv, das es schon wehtat.

„Wir fahren dann auf direkten Weg nach Belgien und machen einen neuen Plan, was wir mit Barnie anstellen." David nickte brav und lauschte seinen Ausführungen beinahe andächtig. Er glaubte die Lüge mit dem Hohen Venn tatsächlich. Gideon hätte nicht gedacht, dass es so einfach werden würde. Später würde er sich etwas ausdenken müssen, denn schlussendlich konnte er nicht abschätzen, ob sein Neffe so weit gehen würde, den Tod seines Vaters in Kauf zu nehmen. Doch zunächst blieb ihm genügend Zeit, um die beiden in die Scheune zu locken und zu überwältigen. Dann würde er seine Abschiedsvorstellung geben, die Scheune anzünden und verschwinden. In Belgien würde er erstaunt feststellen, dass Barnie getürmt sei. Er würde David auf eine zum Scheitern verurteilte Suche nach einem Phantom schicken und sich selbst in den Zwischenzeit nach Dublin absetzen.

„Ihr fahrt zu dem Treffpunkt. Wir folgen euch mit mehreren Einsatzwagen, bleiben aber in sicherer Entfernung und über Funk in Kontakt, damit man uns nicht sieht. Lasst euch nichts anmerken, folgt ihm und vertraut mir." Stefan hatte mit seinen ehemaligen Kollegen einen Einsatzplan ausgetüftelt. Nun weihte er seinen alten Freund ein und erklärte, wie die beiden sich zu verhalten hatten. Sie hatten alle Möglichkeiten durchgespielt und waren gut vorbereitet.

„Hallo Brüderchen. Ich habe dir etwas Wasser mitgebracht, damit du nicht schlapp machst. Du willst doch den Showdown nicht verpassen." Er nahm ihm den Knebel ab und goss seinem erschöpften Gegenüber Wasser in den Mund. Der schluckte mühsam. Die Schmerzen in Gesicht, Brust und Unterleib waren unerträglich. Wie lange lag er schon hier und wie lange würde er noch durchstehen. Mehrmals war Gideon gekommen, um ihm Wasser einzuflößen. Immer wieder hatte er das Bewusstsein verloren. Waren seine Besuche mehrmals an einem Tag oder waren mehrere Tage vergangen. Er verlor jegliches Zeitgefühl. Er war nicht mehr an den rostigen Pflug gefesselt, aber er konnte sich trotzdem kaum bewegen. Er lag auf kalten Steinen, der Bastard hatte ihn wie ein Päckchen verschnürt und er konnte nur den Kopf bewegen. Jetzt stand er auf, band ihm den Knebel wieder über und sah ihn an.
„Schlaf schön, Fatman. Morgen hole ich Dana und Mike zu dir. Dann könnt ihr gemeinsam sterben." Er drehte sich um und ließ ihn zurück. Er sah, dass vor

ihm einige Stufen nach oben führten. Im Halbdunkel gewahrte er den Pflug, an dem er gefesselt war. Er wollte sich weiter umsehen, aber seine Lider wurden schwer. Gideon musste ihm etwas ins Wasser gemischt haben. Ihm schwindelte und ein tiefer Schlund verschlang ihn.

Kapitel 25 >>29. Oktober<<

„Ich hole rasch frisches Zeug und das Schwert." Mike sprang aus dem Auto. An der Haustür bemerkte er, dass sie aufgebrochen war. Er bedeutete Dana, zurück zu bleiben, betrat vorsichtig den Flur und schaute sich um. Stefan folgte ihm. Die beiden Männer blieben starr stehen als sie das Chaos erblickten. Vorsichtig stiegen sie über die Spuren der Zerstörung und gingen durchs Halbdunkel.

„Gas", rief Stefan „mach bloß kein Licht an. Bei deinen alten Schaltern fliegt uns alles um die Ohren. Egal wer hier war, er hatte eine mächtige Wut im Bauch. Zieh die Rollos hoch und reiß die Fenster auf, aber pass auf, wo du hintrittst. Du könntest wichtige Spuren vernichten. Ich rufe die Polizei, damit die alles sichert." Draußen warnte er Dana und nahm sein Handy. Mike ging in die Küche, zog das Rollo auf und ein Taschentuch heraus, nahm es in die Hand und drehte den Gasherd ab. Er kam sich vor wie in einem Kriminalfilm. Jeden Moment müsste

242

der Regisseur ‚Klappe‘ oder ‚Schnitt‘ rufen und die Beleuchter würden alles neu ausrichten, damit die sorgsam hergerichtete Szenerie gut ins Bild gesetzt werden könnte. Aber nichts geschah. Er stand stumm da und lauschte in die Stille. Dann ging er vorsichtig weiter, zog alle Rollos auf und ließ die Sonne sein zertrümmertes Hab und Gut bescheinen. Plötzlich hielt er inne, machte auf dem Absatz kehrt und lief in sein Schlafzimmer. Am Boden lag die Hülle des Schwertes.

„Du verdammter Mistkerl, du bist hier eingebrochen, um zu holen, was du damals mit den Überresten meines Vaters verscharrt hast. Nur gut, dass ich die Münzen bei Arthur und die Stichwaffen bei Claude deponiert habe. War wohl frustrierend für dich, sonst hättest du dich nicht aufgeführt wie eine rasende Wildsau. Warte, wenn ich dich in die Finger kriege, mache ich dich fertig.“ Er kochte vor Wut. Nicht genug, dass der Irre sie von der Straße gedrängt und seinen Jeep zerstört hatte. Jetzt musste auch noch sein Mobiliar dran glauben und morgen wollte er sie bestimmt in eine Falle locken. Das war so klar wie das Amen in der Kirche. Aber er hatte die Rechnung ohne den Wirt gemacht. Nie zuvor hatte ein Mensch ihn so verarscht wie dieser verdammte Ire. Morgen würde er ihm zeigen, aus welchem Holz er geschnitzt war. Er würde Barnabas befreien und den verdammten Dreckskerl bei den Bullen abliefern. Er verließ sein Haus und klärte Dana über die Verwüstungen und den Diebstahl auf. Zwei Streifenwagen fuhren vor. Stefan ging mit den Beamten ins Haus.

„Wir hauen ab und fahren zu ihr", bellte Mike in Stefans Richtung „wir müssen uns erholen für den morgigen Showdown." Er zeigte auf die beiden Polizisten. „Sag den Jungs, sie könnten sich ruhig breit machen. Ich habe keinen Bock auf diese ganze Scheiße. Wenn sie Fragen haben, sollen sie alles aufschreiben. Ich kläre das später. Das Schwert ist weg. Der Dieb hat es offenbar mitgehen lassen und weil er sonst nichts finden konnte, hat er die Sau rausgelassen. Damit dürfte feststehen, wer der Einbrecher war. Nur einer hätte so gezielt nach der Waffe gesucht und alle anderen Wertsachen zurückgelassen oder zerstört." Die Männer sahen sich an. Stefan nickte und klopfte ihm ermunternd auf die Schulter.

„Holst du bitte die Post aus dem Kasten. Der quillt total über. Ich gehe rein und mach uns einen Kaffee." Dana gab Mike den Schlüssel. Dann betrat sie erschöpft ihre Wohnung. Kurz darauf kam er mit zwei Dutzend Briefen in die Küche.

„Schau bitte selbst, ob was Wichtiges dabei ist. Ich muss duschen." Er gab ihr einen Kuss und ging in Richtung Bad. Unterwegs zog er sich aus und war auf halbem Weg bereits nackt. Er blieb stehen und

244

sah aus dem Fenster. Im der Dämmerung erkannte er Brigitte, Danas Nachbarin. Sie stand am Küchenfenster und schaute zu ihm herüber. Amüsiert bemerkte er ihren Blick, der zwischen Entgeisterung und Verzückung zu schwanken schien. Er tat so, als ob er soeben erst bemerke, dass er nackt war und schlug sich eine Hand vor den Mund. Die andere legte er sich grinsend auf seinen Unterleib. Dann sah er Brigitte an, nahm die Hände hoch, winkte und lachte. Jetzt lachte auch sie und nickte ihm freundlich zu. Spaß muss sein, dachte er, auch wenn mir nicht danach zumute ist. Er ging ins Bad und stieg in die Dusche. Bevor er den Wasserhahn aufdrehte, stutzte er, als ob ihm etwas Wichtiges eingefallen wäre. Dann sah er an sich herunter und fluchte, weil die Ärzte ihm duschen mit den vielen Verbänden verboten hatten.

„Mike" schrie Dana. Er stürzte aus dem Bad.

„Was ist passiert?" Sie hielt ihm einen Brief hin und forderte ihn auf zu lesen. Er nahm das Schriftstück. Es war von Barnabas. Er hatte niedergeschrieben, was sie schon lange ahnten, aber dennoch nicht wahrhaben wollten. Er erklärte, dass er über den Mord, der damals geschah, Bescheid wusste und warum er all die Jahre geschwiegen hatte. Er schrieb, dass er nun am Ziel seiner Reise angekommen sei. Er bat Mike um Verzeihung, weil er ihn beauftragt hatte, die Fundstätte und das Skelett zu untersuchen, ohne den Grund dafür zu benennen und ihn so schamlos benutzte und betrog. Er bat Dana um Verzeihung, weil er sie getäuscht und ihr all die Jahre eine geschönte Familiengeschichte vorgegaukelt hatte. Schließlich schrieb er von der Nachricht seines Onkologen und von seiner Hoffnung, dass sie bei Mike Trost und Stärke finden würde. Der Brief endete mit den Worten ‚I love you, my little girl.' Mike zog Dana zu sich und wischte ihr die Tränen von den Wangen.

"Halt mich ganz fest und lass mich nie wieder los. Wir müssen meinen Vater finden, ich habe ihm noch so vieles zu sagen." Dann sank sie in seine Arme und weinte bitterlich. Er nahm sie und trug sie ins Schlafzimmer, setzte sie aufs Bett und zog sie aus. Sie legte sich und sah ihn an. Er streichelte ihre Stirn und die Wangen und sagte, Morgen werde alles gut und sie könne ihren Vater wieder in die Arme schließen. Er wollte gehen, damit sie Ruhe finden konnte, aber sie hielt ihn zurück und sah ihn mit großen Augen an.

„Bitte schlaf mit mir. Lass uns nochmals versuchen, die Traurigkeit wegzuvögeln. Ich will dich spüren." Sie streichelte ihm zärtlich über die Brust. Er legte sich zu ihr und sie schlang ihre Schenkel um ihn. Die genähten Wunden ließen ihn vor Schmerzen zusammenzucken. Sie lächelte verschmitzt, weil sie seine Verletzungen vergessen hatte. Dann nahm er sie in den Arm und sie liebten sie sich sanft.

Kapitel 26 >>30. Oktober<<

„Ich habe Angst. Was ist, wenn er so reagiert wie es keiner für möglich halten würde? Er ist zu allem fähig. Er hat vor vierzig Jahren gemordet und ich glaube, er würde es wieder tun!" Sie sahen sich an. Noch lagen sie nackt und nebeneinander im Bett. Er nahm ihre Hand und legte sie auf seine Brust.

„Auch mein Herz schlägt heute schneller als sonst. Ich werde gleich dem Mann begegnen, der meinen leiblichen Vater ermordet hat. Ich bin nicht sicher, was passieren wird. Aber wir werden das schon schaffen. Stefan ist da und auch die Polizei steht bereit. Mach dir keine Sorgen. Und wenn der Typ mir blöde kommt, haue ich ihm dermaßen eins aufs Maul, das er so schnell nicht wieder aufsteht." Er versuchte, seine Liebste zu beruhigen. Aber in ihm brodelte es. Sein Organismus lief auf Hochtouren, immer wieder pumpte er Schübe von Adrenalin durch seinen Körper. Er war gespannt bis in die Haarspitzen. Wie würde er reagieren, wenn er diesem boshaften Drecksack Aug in Auge gegenüber stünde. Könnte er sich beherrschen oder würde er gleich auf ihn losgehen? Aber er wollte ihn nicht verprügeln. Der Mistkerl sollte seine Strafe vor dem

Gesetz finden und für den Rest seines jämmerlichen Lebens in den Knast wandern und dort verrecken. Er schüttelte die bösen Gedanken ab. Voller Liebe sahen sie sich an und wussten, was die Stunde geschlagen hatte. Er streichelte sie zärtlich und gab ihr einen Kuss. Sie nahm seine Hand und legte sie auf ihren Busen.

„Spürst du mein Herz. Es rast."

Er nahm sie in den Arm und gab ihr all die Sicherheit, die er aufbieten konnte. Er spürte ihren nackten Körper, atmete ihren vertrauten Duft, bemerkte wie sich ihre kleinen Brustwarzen strafften. Sie waren beide erregt. Aber nicht aus Geilheit, sondern von der Gefahr, in die sie sich begaben. Nach einem kurzen Moment voller Innigkeit, standen sie auf, machten sich fertig und starteten in den Tag. Es würde ein Tag werden, der ihr Leben für immer verändern sollte.

Sie besprachen sich ein letztes Mal. Stefan wählte ihre Nummer, damit sie übers Handy Kontakt hielten. Dann fuhren sie voraus in die Eifel. Bald sahen sie seinen Wagen nicht mehr, aber sie wussten, er war da. Nach einer Weile kam das Rittergut in Sichtweite. Hinter der nächsten Biegung stand der Geländewagen von Barnabas. Sie erkannten Gideon, der am Steuer saß. Seine Miene wirkte versteinert. Er streckte einen Arm aus dem Fenster, winkte und fuhr vor ihnen her. Sie umrundeten das eingezäunte Grundstück und erreichten die alte Scheune. Das historische Gebäude aus der Zeit der Jahrhundertwende war offenbar das Ziel der Fahrt. Das Scheunentor stand offen. Gideon fuhr hinein. Mike zögerte. Das roch förmlich nach einem Hinterhalt. Er wusste nicht was im nächsten Moment geschehen könnte. Dennoch fuhr er vorsichtig hinterher und flüsterte ins Handy was geschah. Stefan sagte, er solle es beiseite legen, damit es für Gideon unsichtbar wäre.

In einer Senke stand ein großer Transporter quer zur Straße. Stefan stoppte. Der Fahrer lag unter dem Fahrzeug, hatte offenbar eine Panne. Stefan fluchte, weil er den beiden nicht folgen konnte. Dann stieg er aus, um dem Transporterfahrer rasch zu helfen.

Gideon sprang aus dem Fahrzeug und schloss das Scheunentor als der Mini hineingerollt war. Mike bekam ein mulmiges Gefühl und wollte ins Handy sprechen, aber Gideon kam grinsend auf sie zu und zog eine Pistole.

„Guten Morgen, schön, dass ihr euch an meine Anweisungen gehalten habt und alleine gekommen seid. Jetzt steht unserer Plauderstunde nichts mehr im Wege. Los raus da und dort rüber mit euch", kommandierte er und fuchtelte drohend mit der

Waffe. Sie sahen ihn entsetzt an. Mike wirbelte herum und brüllte ihn an.

„Was denken Sie eigentlich, wo wir hier sind, sie Idiot. Das ist nicht der Schauplatz von irgendeinem billigen Krimi, das ist das Leben. Nehmen sie das scheiß Ding runter." Ohne Vorwarnung schlug Gideon ihm den Kolben gegen die Schläfe. Mike taumelte und sank zu Boden. Dana schrie und stürzte zu ihm. Die Platzwunde an der Augenbraue hatte sich wieder geöffnet. Blut tropfte heraus. Dana brüllte ihren Onkel an.

„Was ist in dich gefahren? Willst du ihn umbringen?"
Er lachte hämisch und sprach mit sarkastischem Tonfall.

„Du dummes, kleines Mädchen. Glaubst du vielleicht, ich hätte euch hierher eingeladen zu einem Kaffeeklatsch mit dem lieben Onkel. Ich werde es heute zu Ende bringen. Und jetzt macht schon." Er winkte Richtung Pflug und trieb sie grob vor sich her. Dann richtete er sich an Dana. Er hatte keine Zeit zu verlieren, darum kam er zur Sache.

„Reiß ihm die Kleider vom Leib." Sie schaute ihn ungläubig an. Hatte sie richtig gehört? Was sollte das? Sie zögerte, er drohte ihr und so öffnete sie das Hemd.

„Nicht so zaghaft. Sei grob, zerreiß es." Sie sah die Glut in seinen Augen. Es schien ihm Freude zu bereiten, sie zu quälen. Ihr Onkel war offenbar ein Sadist. Ihr wurde angst und bange. Sie sah Mike flehend an. Er riss den Kopf hoch und beschimpfte ihn als perverse Sau. Dafür steckte er weitere, harte Schläge ein. Mit schmerzverzerrtem Blick flüsterte er ihr ins Ohr.

„Tu was der Drecksack sagt. Lass dir deine Angst nicht anmerken. Spiel ihm etwas vor. Lass ihn glauben, dass es dir Spaß macht. Wir sind stärker als er." Er sah ihr tief in die Augen und sie verstand. Insgeheim hoffte er, dass die Polizei jeden Moment die Scheune stürmen würde. Sie beugte sich vor, riss mit ihrer gesunden, rechten Hand grob an seinem Hemd. Die Knöpfe flogen davon. Sie spielte ihrem Onkel vor, dass es ihr größtes Vergnügen bereitete. Dann zerrte sie ihm das Hemd vom Leib und das Unterhemd über den Kopf. Nun streichelte sie seine Brust. Sie öffnete ihm die Hose und zog sie so gut es mit einer Hand ging aus. Schließlich kniete sie sich und zog ihm auch noch den Slip aus. Sie lächelte Mike an und begann, mit raschen Handbewegungen sein Geschlechtsteil zu massieren. Mike bekam eine Erektion.

Ihr Onkel schien Freude an ihrem Spielchen zu haben, denn er grinste lüstern. Genau das hatten die beiden bezwecken wollen. Nun zog sie ihre Hand zurück und stand auf. Mike konzentrierte sich, um trotz seiner Todesangst seine Erektion zu halten. Er schwitzte und sein muskulöser Körper schimmerte im Halbdunkel.

„Ist das alles, da war dein alter Herr aber besser bestückt", höhnte Gideon und trat Mike gegen das Knie, dann schlug er ihm auf die bandagierte Wunde am Oberschenkel. Mike schrie vor Schmerzen. Er beschimpfte seinen Angreifer und wünschte ihm Tod und Teufel und die Pest an den Hals.

„Halt dein Maul. Du bist genauso ein Versager wie Michel. Weiber flachlegen, das konnte er. Das hast du wohl von ihm geerbt. Aber sonst habt ihr nichts drauf. Ach, was rege ich mich auf. Los, setz dich und lehn dich gegen den Pflug. Du nimm die Stricke und fessele ihn." Rüde stieß er Mike und Dana in die befohlene Richtung. Mike ließ sich gegen den kalten, rostigen Stahl sinken. Er zuckte, als sich der Oberschenkelmuskel zusammenzog. Sie zögerte. Darum drohte Gideon, Mike abermals zu schlagen. Also kniete sie sich und band ihn. Er versuchte, sie zu beruhigen und flüsterte ihr zu, alles werde gut werde.

„Stimmt was nicht mit dem Transporter. Ich muss hier durch." Stefan hatte das quer stehende Fahrzeug erreicht und sprach den darunter Liegenden an. David robbte hervor und schaute zu ihm hinauf.

„Bin durch ein Schlagloch gefahren, konnte die schwere Karre nicht halten und habe die Kontrolle verloren. Kam ins Schleudern, die Vorderachse und die Bremsen sind verkeilt. Da tut sich nichts mehr." Er wusste, dass er Zeit schinden sollte. Gleich würde der Andere ihm anbieten, ihn vom Weg zu schleppen, damit er durchfahren konnte.

„Ich hol meine Abschleppstange. Das haben wir gleich." Er lief zum Wagen. Er hatte zwar keine Ahnung wie er mit seinem Golf den schweren Transporter wegziehen könnte, aber es musste einfach gehen. Im Wagen funkte er die beiden Streifenwagen an und sagte ihnen, sie sollten sich bereithalten. Der Kommissar war in der Leitung.

„Wir kommen, da stimmt was nicht. Halt den Fahrer hin. Der steckt bestimmt mit drin." Stefan nahm die Abschleppstange und ging zurück. David hatte den Funkspruch mitbekommen. Er erschrak. Warum lauerten die Bullen hier herum. Er musste unbedingt seinen Onkel warnen. David zeigte auf die Öse, wo der Typ das Ding einhaken sollte. Stefan zögerte, dann sah er David unmittelbar in die Augen. Sein Blick verriet ihn, aber noch bevor Stefan reagieren konnte, schlug ihm David die Faust ins Gesicht. Er taumelte und versuchte sich zu wehren, aber David schlug ihm auf die Brust und traf ihn von der Seite. Schließlich schmetterte er ihm seine Faust gegen die Schläfe. Ihm schwindelte, er ging zu Boden und verlor das Bewusstsein. David zerrte ihn von der Straße, stieg in den Transporter und fuhr Richtung Scheune.

„So Schätzchen, das hast du fein gemacht." Gideon grinste bösartig. Mike hatte Mühe bei Bewusstsein zu bleiben. Seine Wunden bluteten und taten schrecklich weh. Aber er musste bei ihr bleiben. Dana kam sich hilflos vor und hatte große Angst. Sie zitterte am ganzen Leib, weil sie wusste, dass sie ihrem Onkel nun völlig schutzlos ausgeliefert war. Besorgt sah sie ihren Freund an. Aus der Platzwunde tropfte immer noch Blut auf den Scheunenboden und auch der Verband am Oberschenkel hatte sich rot gefärbt. Stefan und die Polizei blieben aus. Sie fürchtete, dass sie von den Helfern ihres Onkels aufgehalten worden waren. Mit dem Mute der Verzweiflung blaffte sie ihn an.

„Was willst du noch? Wenn du uns demütigen wolltest, dann kann ich dir gratulieren, denn das ist dir hervorragend gelungen! Mike beschimpfen und mich mit der Waffe nötigen, das kannst du. Hast du noch nicht genug angerichtet? Hör auf mit deinen sadistischen Spielchen, verdammt noch mal. Wo ist mein Vater? Was hast du mit ihm gemacht?" Sie ging sie auf ihn los und schlug ihm gegen seine Brust. Ihre eingegipste linke Hand tat höllisch weh. Gideon wich aus. Sie stolperte, aber sie fing einen Sturz ab. Dann starrte sie ihn wütend an.

„Nicht so schnell, meine Kleine. Die Privatvorstellung ist noch nicht zu Ende. Nun ziehst du dich ganz brav aus. Aber mach es ganz langsam, so wie es deine Mutter immer für mich getan hat." Er sah ihr tief in die Augen. Sie wendete sich angewidert ab. Als er ihr die Waffe an die Schläfe setzte und den Hahn spannte, schrie sie ihn an.

„Mach schon, drück doch ab, du mieses Stück Scheiße. Du willst uns doch sowieso umbringen. Dann tu es gleich und zieh hier nicht so eine perverse Schau ab." Er lächelte, holte aus und schlug ihr mit der flachen Hand ins Gesicht. Mike schrie ihn an, aber er sah nicht hinüber. Noch einmal schlug er Dana ins Gesicht.

„Ich habe keine Eile. Also mach schon!" Er hob die Hand, als wolle er sie erneut schlagen. Sie wich zurück und zog sich mühsam das Sweatshirt über den Kopf. Ihre rechte Hand zitterte, die linke tat noch mehr weh. Aber irgendwie schaffte sie es. Dann streifte sie zögerlich die Hose herab und verharrte regungslos auf der Stelle.

„Was soll das, ausziehen habe ich gesagt, mach schon, Schätzchen", blaffte er sie an. Seine gierigen Blicke ließen sie erschaudern. Angewidert drehte sie sich um und zog sich mit einer Hand den BH vom Leib. Dann ließ sie ihn wie in Trance zu Boden sinken. Sie verschränkte die Arme vor ihre Brüste und blieb wie festgewurzelt stehen.

„Nicht so schüchtern. Dreh dich zu mir und zeig dem lieben Onkel deine Tittchen." Er ging ganz nah an sie heran und strich mit dem Lauf der Waffe von ihrem Nacken, über ihren Rücken bis hinunter zum Steiß. Sie bekam eine Gänsehaut vor lauter Furcht und Ekel. Aus Angst, er könnte ihr etwas antun, drehte sie sich herum und ließ eingeschüchtert die Arme sinken. Er trat einen Schritt zurück und musterte sie. Im nächsten Moment wölbte sich eindeutig seine Hose.

„Du miese Sau kriegst bei deiner eigenen Nichte einen Steifen. Was bist du für ein perverses Drecksschwein?", giftete Mike. Mit roher Gewalt schlug er ihm ins Gesicht. Ein entsetzliches Knacken war zu hören, als die Nase brach. Blut überströmte sein Gesicht, Mike schrie vor Schmerz, dann wurde er ohnmächtig und sein Kopf sank nach vorne. Dana starrte entsetzt auf ihren Geliebten. Ein weiterer, eisiger Schauer jagte über ihren Rücken. Ihre Angst wich entsetzlicher Panik. Sie kam sich vor, als ob sie auf einem stürmischen Meer treibe und ihre einzige Rettungsinsel war ein dürres Stückchen Holz, an das sie sich klammerte. Was würde geschehen, wenn er nun über sie herfallen und vergewaltigen würde. Sie war ihm schutz- und hilflos ausgeliefert. Ihr Onkel umrundete sie wieder und wieder, betrachtete ihren jungen, beinahe nackten Körper von allen Seiten. Er musterte gierig ihre Brüste. Sie stand unter Schock und fror und ihre Brustwarzen richteten sich auf. Er strich mit der flachen Hand über ihren Busen. Dann ließ er den Lauf der Waffe um ihren Nabel kreisen.

256

Schließlich glitt der kalte Stahl in ihren Slip und berührte ihre Vulva. Sie schüttelte sich vor Ekel. Ihre Augen waren weit aufgerissen. Sie hatte Todesängste und wagte kaum zu atmen. Dann trat er einige Schritte zurück und betrachtete sie.

„Du bist so prall und so schön wie deine Mutter. Sie hatte zwar größere Titten, aber auch deine sehen lecker aus und du hast genauso sinnliche Lippen wie Bridget. Ich möchte wissen, wie sie schmecken."
Er winkte ihr zu wie die Hexe im Märchen die Kinder lockt.

„Komm, mein Mädchen. Küss mich. Aber ich warne dich, eine falsche Bewegung und er ist tot." Er zielte auf Mike. Sie überkam eine ohnmächtige Wut, aber gleichzeitig wurde sie von einer schier irrsinnigen Angst übermannt. Sie war wie gelähmt. Sie fürchtete, er könnte ihn tatsächlich erschießen, darum gab sie ihm einen Kuss auf den Mund. Sogleich spürte sie, wie er ihr die Zunge in ihren Mund drängte. Sie ekelte sich. Bittere Tränen flossen über ihre Wangen. Er kam ihr noch näher und schob seine Hand in ihren Slip. Gleichzeitig öffnete er seine Hose und sein erigiertes Ding glitt hervor. Sie erstarrte und wagte kaum zu atmen. Sie fürchtete, er würde ihr jeden Moment den Slip herunterzerren, um in sie zu dringen. Aber er blieb nur starr stehen und rieb sich an ihr. Doch dann drehte er sie herum und zerrte ihren Slip herab. Er drückte sein Ding zwischen ihre Pobacken, glitt aber nicht in sie.

„Beug dich vor und lass mich rein", forderte er. Endlich schien sie aus ihrer Erstarrung zu erwachen, schlug nach ihm und wand sich. Ihm schien ihre Gegenwehr zu gefallen, er gierte und rieb sich an ihr. Dann verdrehte er die Augen und stöhnte. Er ergoss er sich zwischen ihren Schenkeln und über den Po. Beinahe hätte sie sich übergeben vor Abscheu und Ekel. Aber dann sah sie eine Chance, stieß ihm ihren Ellenbogen in die Seite und schlug nach der Waffe. Im weiten Bogen flog sie aus seiner Hand ins Halbdunkel. Sie hechtete hinterher und suchte sie. Doch schon im nächsten Moment war er hinter ihr und riss ihr brutal an den Haaren. Durch den heftigen Ruck stolperte sie und fiel auf die linke Hand. Ihr wurde flau, sie wand sich vor Schmerzen. Als sie sich zu ihm drehte, zielte er auf ihre Stirn.

„Du kleines Miststück. Deine Mutter war nicht so zimperlich. Sie war ganz scharf darauf, meinen Schwanz zu spüren und mochte es, wenn ich sie mit meinen Saft bespritzt habe." Sein Blick war stahlhart. Er knöpfte seine Hose zu und befahl ihr, sich vor Mike hinzusetzen und sich gegen ihn zu lehnen. Beinahe erleichtert stand sie auf. Ihr schwindelte vor Schmerzen. Das noch warme Sperma rann ihr zwischen den Pobacken herab. Sie ekelte sich und übergab sich heftig. Sie wischte sie sich zunächst den

Mund und danach das Sperma ab. Dann zog sie sich den Slip hoch. Schon wollte sie ihre Hose und ihr Sweatshirt nehmen, um sich wieder vollständig anzuziehen.

„Nein" herrschte Gideon sie an „du bleibst genau so, ich will dich noch ein bisschen betrachten, du geiles kleines Ding!" Dana setzte sich hin wie er es ihr befohlen hatte. Mike kam zu sich und wollte etwas sagen, aber sie legte zärtlich ihren Finger auf seine Lippen. Sie spürte seine warme Haut und streichelte sein blutverschmiertes Gesicht. Der Geruch seines Schweißes war ihr vertraut. Sie drückte ihre Lippen auf seine und umschlang ihn so fest, als wolle sie in ihn hineinkriechen. Wenn es ein später gäbe, würde sie ihm erzählen, welche Demütigungen sie hatte erdulden müssen. Aber jetzt war nur noch dieser Moment wichtig. Sie schmiegte ihren Rücken an seine Brust. Ihr Onkel nahm ein Seil und band sie. Das Seil schnitt ihr schmerzhaft in die Brüste, aber das war ihr gleichgültig. Sie war mit Mike vereint. Zärtlich streichelte sie seine Beine. Er war zu geschwächt, um etwas zu sagen oder auf Gideon reagieren zu können und so legte er den Kopf an ihre Schulter.

„Nun zu dem lieben Barnie. Du wolltest wissen, wo dein Vater ist und was ich mit ihm gemacht habe?" Zufrieden sah er sie an. Er hätte es genossen, sich noch länger an der Kleinen zu reiben. Er bedauerte, dass sie sich so gewehrt hatte. Gerne wäre er in ihr junges Fleisch gedrungen, um sich zu ergießen. Aber auch so hatte er seine Manneskraft bewiesen. Jetzt fühlte er sich kraftvoll für den letzten Akt. Mit ausholender Geste und einem weiten Schritt bewegte er sich zur Falltür, hob sie und gab den Blick auf den verschnürten Barnabas frei. Er hatte ihn auf den Rücken gedreht, so dass man ihn von der Stelle aus, wo die beiden saßen, gut sehen konnte. Dana schrie entsetzt auf. Er sah die Verzweiflung in ihren Augen, atmete den Geruch ihrer Todesangst und die Wogen ohnmächtiger Wut, die sie verströmte. Er genoss sein grausames Spiel.

„Schade, dass der arme Barnie schon im Reich der Träume ist. Ich hätte ihm so gerne erzählt, wie schön es mit dir war, Schätzchen." Er ging umher und sammelte Mikes und Danas Kleider auf.

„Eure Kleidung braucht ihr nicht mehr, aber sie dient hervorragend zum Anfeuern." Er grinste und sein leises Lachen glich dem eines Wahnsinnigen. Er verteilte die Wäsche auf den Strohballen.

„Gut, das Zeug wird brennen wie Zunder. Schade, dass ich euch nun verlassen muss. Die weite Welt wartet auf mich. In Südamerika braucht man Männer mit meiner Erfahrung und meinem unschätzbaren Wissen. Wohl an zum feurigen Finale. Lebt wohl, meine Kinder. Leb wohl, du treues Bruderherz." Er hob einen Benzinkanister und goss ihn vollständig aus. Dann entzündete er ein Streichholz, trat einen Schritt zurück und ließ es theatralisch fallen. Sofort bildete sich ein Flammenring um die Strohballen. Plötzlich zog er ein Messer und schnitt sich in die Hand. Er ließ es fallen und band ein Taschentuch um die frische Wunde, hob die Hand zum Gruß und ging hysterisch lachend zum Scheunentor. Er öffnete es, stieg in den Wagen, fuhr hinaus und verschloss es. David sah ihn, stoppte den Transporter und stieg aus. Er blickte seinen Onkel fragend an.

„Da kam ein Typ, der mir helfen wollte mit dem Wagen. Aber dann habe ich gehört, wie er die Bullen angefunkt hat. Ich habe ihn ausgeknockt und bin hierher gefahren. Da ist was faul. Was macht das Dreckspack hier", er stockte „und was ist mit deiner Hand?" Gideon verzog das Gesicht und forderte seinen Neffen auf, die Taschen mit den Waffen aus dem Transporter zu holen, diese in den Geländewagen zu legen und sich ans Steuer zu setzen. Dann stieg er auch in den Geländewagen.

„Deine Schwester und ihr Typ haben mir in der Scheune aufgelauert. Er hat mich mit einem Messer bedroht, dann kam es zum Kampf und er prahlte damit, dass die Bullen unterwegs seien. Er hat mich an der Hand erwischt. Aber ich war ja auch bewaffnet und habe ihn ausgeknockt. Er liegt noch in der Scheune. Soll er doch verrecken. Dana ist getürmt, meint wohl sie könnte rechtzeitig Hilfe holen. Lass

261

uns fahren." Von der Hauptstraße her hörten sie Polizeisirenen. David blickte ratlos. Wenn sie jetzt blieben, hätten die Bullen sie am Arsch wegen Brandstiftung und schwerer Körperverletzung. Wenn sie abhauen würden und Danas Freund würde in der Scheune bleiben und sterben, wäre es Mord. Er zögerte.

„Glotz doch nicht so. Mach schon oder willst du vielleicht noch nachschauen, ob es wirklich die Bullen sind, die da so einen Lärm machen?", schnarrte Gideon. Sein Neffe wagte nicht zu widersprechen. Rasch startete David den Motor von dem schweren Geländewagen und sie brausten davon.

Kapitel 27 >>30. Oktober<<

„He, Sturm, hier wird nicht geschlafen. Man kann dich keine fünf Minuten allein lassen, schon liegst du flach. Gut, dass keine Kollegin in der Nähe ist." Stefan richtete sich mühsam auf. Sein ehemaliger Chef stand über ihm und sah ihn an.

„Wusste doch, dass ich die Stimme kenne. Grüß dich, Andreas. Ja danke, mir geht's gut. Tut ein bisschen weh, aber das wird schon. Aber was machst du hier?"

„Martin musste weg. Hab den Fall übernommen. Kollege Bechstein hat mich unterrichtet."

Plötzlich rief einer der Polizisten 'da steigt Rauch auf'. Die Männer rissen die Köpfe herum. Sofort riefen sie über Funk die Feuerwehr. Dann sprangen sie in den Golf und fuhren dem Feuer entgegen, die Streifenwagen folgten. Als sie über eine Erhebung kamen, sahen sie, wie ein Geländewagen mit hoher Geschwindigkeit davon fuhr. Stefan stoppte seinen Golf vor der brennenden Scheune, sie sprangen aus dem Wagen. Die anderen fuhren den Flüchtenden hinterher. Ein Fenster barst und Flammen schlugen heraus.

„Ich muss da rein", schrie Stefan. Der Kommissar rannte ihm nach und packte seinen Arm.

„Bist du wahnsinnig. Das Ding brennt doch lichterloh. Wir müssen warten, bis die Feuerwehr kommt."

„Aber Mike und Dana sind da drin. Die haben keine Zeit, um auf die Feuerwehr zu warten. Weißt du, wie lange das hier in der Eifel dauern kann? Ich muss da rein, verdammt noch mal." Stefan sah ihn wütend an, aber er ließ nicht los. Sekunden später heulte das Martinshorn und bald fuhren zwei Feuerwehrwagen vor. Die Männer begannen sofort mit ihrer Arbeit. Stefan riss sich los, rannte zum Tor und öffnete es. Flammen schlugen ihm vom rechten, vorderen Teil des Gebäudes entgegen. Dort stand Danas Mini und brannte lichterloh. Im hinteren Teil gewahrte er im dichten Rauch einen alten Pflug. Davor kauerten zwei Menschen. Stefan zog sich die Jacke über den Kopf und rannte hinein. Als er sah, dass die beiden an den Pflug gefesselt waren, lief er hinaus und forderte Werkzeug, um dicke Taue zu durchtrennen. Er gestikulierte wild mit den Armen und schrie den Einsatzleiter an, dass zwei Personen an einen Pflug gefesselt seien. Sofort nahm der zwei Äxte. Die Feuerwehrmänner hatten mittlerweile die Schläuche in einen nahen See gelegt und pumpten auf diese Weise Wasser in das Flammenmeer.

„Gib Gas, sie sind uns dicht auf den Fersen. Fahr weg von der Landstraße. Schließlich haben wir mit dem Geländewagen Vorteile, wenn wir querfeldein fahren. Dort können uns die Bullen nicht folgen." Onkel Gideon ist ein gerissener Fuchs, dachte David. Obwohl er schon so alt ist, behält er in dieser Lage einen kühlen Kopf, das ist bewundernswert. Rasch lenkte er den Wagen in einen holprigen Feldweg. Die Streifenwagen folgten. Dann riss er das Lenkrad herum und steuerte in einen Acker, der tiefe Traktorspuren aufwies. Er schaltete den Allradantrieb ein und sie überwanden mühelos die Furchen. Die Streifenwagen hatten sich nach wenigen Metern festgefahren. Er überquerte den Acker und bald erreichten sie ein Waldstück. Hier wurde er langsamer, langte auf den Rücksitz und holte ein Transistorradio hervor.

„Willst du jetzt etwa Musik hören oder was soll der alte Blechkasten?", fragte sein Onkel und sah ihn beinahe belustigt an. Er ignorierte die Häme und schaltete das Gerät wortlos ein. Aber statt dem neuesten Popsong, gab der Empfänger ein hektisches Stimmengewirr von sich. Gideon blickte ungläubig. David grinste und gab Gas, um tiefer in den Wald einzutauchen.

„Polizeifunk. Du bist ein cleveres Kerlchen. Das hast du gut gemacht. Wir fahren tiefer in den Wald, machen es uns dort gemütlich und hören den Bullen zu wie sie verzweifeln, weil wir wie vom Erdboden verschwunden sind. Wenn es Nacht wird, fahren wir weiter."

„Kennst du dich in den Wäldern aus?"

„Nein, aber so wie du hinein gefunden hast, vermute ich, du kennst hier jeden Baum und jeden Grashalm."

„Ich habe hier tonnenweise Waffen und Rauschgift nach Deutschland geschleust. Wenn du willst, können wir hier bis nach Belgien fahren", erwiderte er stolz. Er kannte die Gegend wie seine Westentasche. Es war ein weit verzweigtes Wegenetz, das bis ins Hohe Venn führte.

„Also bis nach Belgien schaffen wir es spielend heute Nacht." Er stockte, denn er traute sich nicht zu fragen, was genau geschehen war und sein Onkel als nächstes vorhatte. Er wusste nur, dass Barnie irgendwo in Belgien auf sie wartete. Die Bullen bereiteten ihm kein Kopfzerbrechen. Er hatte schon oft heikle Aufträge erledigt und manch Störenfried war dabei hops gegangen. Aber wenn die Scheune abfackelte und Mike darin geblieben war, wäre sein Onkel wegen Brandstiftung und Mordes dran. Er war ein zäher Bursche, aber den Knast würde er nicht überleben. David musste dafür sorgen, dass sie rasch das Land verlassen würden. Dann schnappten sie sich Barnie und würden über die grünen Grenzen in den Süden fliehen und untertauchen. Er hatte da unten jede Menge Freunde, die ihnen Unterschlupf geben würden. Gideon riss seinen Neffen aus seinen Gedanken und klopfte ihm anerkennend auf die Schulter.

„Du bist mir wieder einmal eine große Hilfe. Wenn ich dich nicht hätte, wäre ich den Bullen schutzlos ausgeliefert." Er grinste harmlos. Insgeheim freute er sich über die schier endlose Einfalt seines Neffen. Er hatte nicht nachgefragt, was genau in der Scheune passiert war. Auch war kein Wort mehr über den Verbleib seines Vaters gefallen. Er war offenbar mit sich und seinem Wissen über die alten Schmugglerfade so zufrieden, dass er alles andere vergaß. Nun musste er sich noch einfallen lassen, was mit Barnie wäre. Sobald sie in Belgien ankämen, würde er mit ihm zu irgendeiner Scheune fahren und ihm dann die Lüge mit der Flucht auftischen. Danach könnten sie den Köln-Bonner Flughafen ansteuern und schon bald wären sie außer Landes. Er lächelte und lehnte sich entspannt zurück. Das hatte alles perfekt funktioniert. Die Scheune brannte lichterloh und in wenigen Stunden waren die drei nur noch ein Häufchen Asche und damit alle Zeugen vernichtet. Er schloss die Augen und schlief zufrieden ein.

„Mach schon! Vorsicht! Da kommt gleich ein Balken runter. Verdammt ist das heiß hier." Die Männer zerschlugen etliche Stricke. Der Rauch stach in ihre Lungen. Die Feuerwehrmänner sprühten Wasser auf die brennenden Strohballen, die Wände und den Pflug, damit die beiden überhaupt arbeiten konnten. Da das Wasser aus einem See und nicht aus einer Leitung kam, war es um den Druck leidlich bestellt. Endlich hatten sie Dana befreit. Stefan zog seine Jacke aus und bedeckte ihre Blöße. Dann trug er sie hinaus. Sie war ohnmächtig. Sofort kam ein Feuerwehrmann mit einer Atemschutzmaske, um ihr Sauerstoff zuzuführen. Stefan rannte zurück. Gleichzeitig barst der letzte Strick unter den Hieben des Einsatzleiters und auch Mike war frei. Gemeinsam trugen sie ihn hinaus. Er schlug die Augen auf, hustete heftig und zuckte zusammen ob der Schmerzen, die jede Bewegung verursachte. Er fragte nach Dana und verlor im nächsten Moment wieder das Bewusstsein. Ein ohrenbetäubendes Krachen war zu

267

hören. Das Dach war eingestürzt und nun stoben Flammen meterhoch in den Abendhimmel. Die Feuerwehrleute wichen zurück, waren aber sofort wieder zur Stelle, um den Brand in den Griff zu bekommen. Von der Straße kamen Sanitäter mit Koffern und einer Trage. Ein Notarzt kniete sich neben Mike und übernahm die Erstversorgung. Ein Rettungsassistent kümmerte sich um Dana. Er redete auf sie ein, aber sie war völlig geistesabwesend. Plötzlich schoss ihr ein Gedanke durch den Kopf.

„Dad", schrie sie und sprang auf. Stefans Jacke fiel herab und entblößte sie. Sie kümmerte sich nicht darum und rannte beinahe nackt auf die Scheune zu.

„Mein Vater ist da noch drin, er liegt gefesselt im Keller. Holt ihn da raus, sonst stirbt er." Die Feuerwehrleute drängten sie zurück. Keiner beachtete ihren schönen, nackten Körper. Dafür war weder Zeit noch Raum. Ohne zu zögern zogen sich zwei Männer Feuerschutzanzüge an und stülpten Atemschutzmasken über. Dann liefen sie in die Scheune. Nach schier endlos wirkenden Minuten trugen sie Barnabas aus der brennenden Scheune. Sein Gesicht war feuerrot, sein Haar versengt und die Stricke, die ihn banden, glommen. Die Feuerwehrleute erstickten die kleinen Flämmchen und der Helfer, der Dana versorgte, kümmerte sich sofort um Barnabas. Weitere Helfer kamen hinzu. Mit Scheren und Skalpellen begannen sie, die Stricke vorsichtig zu durchtrennen.

Dana mühte sich auf die Beine. Als sie ihren Vater sah, schrie sie. Stefan nahm sie beiseite und zog ihr die Jacke an. Mittlerweile war Mike erstversorgt, die Blutungen gestillt und Wundverbände angelegt. Nun wurde er stabilisiert. Zwei Helfer fixierten ihn auf einer Trage. Sie legten ihm eine Decke über und brachten ihn in den Krankenwagen, Dana folgte zögernd. Der Rettungsassistent empfahl ihr mitzufahren, damit auch sie im Krankenhaus versorgt werden konnte. Sie drehte sich zu ihm. Dann sprach sie mit zitternder Stimme.

„Was ist mit meinem Dad, wo bringen sie ihn hin?"

„Wir haben einen Hubschrauber angefordert. Er muss so schnell wie möglich ins Klinikum nach Aachen. Er ist sehr schwer verletzt. Jetzt steigen sie zu ihrem Mann in den KTW. Lassen sie sich ein Handy geben und teilen meinem Kollegen die Nummer mit, damit sie erreichbar sind für den Fall..." Er redete nicht weiter, aber sie verstand. Entsetzt blickte sie zu ihrem Vater hinüber. Dann schaute sie in die entgegengesetzte Richtung und sah ihren Liebsten bewusstlos in dem Krankenwagen liegen. Sie war hin- und hergerissen, ratlos, ängstlich. Stefan legte seinen Arm um sie und redete ihr gut zu. Er sagte, er werde bei ihren Vater bleiben. Sie solle mit Mike fahren, denn sie könnte nichts tun und müsse abwarten, was kommen würde. Im nächsten Moment gab es tosenden Lärm und die Luft vibrierte. Sie rissen die Köpfe hoch. Der Rettungshubschrauber tauchte über ihnen auf und setzte auf einer Wiese zur Landung an. Die Luftbewegung der Rotoren ließ die Flammen erneut höher schlagen. Stefan bugsierte Dana in den Krankenwagen. Mit eingeschaltetem Signalhorn fuhr er langsam an. Sie schaute durchs Fenster auf die brennende Scheune. Als sie den Feldweg erreichten, hob der Hubschrauber schon wieder ab. Sie hob die Augen gen Himmel, faltete die Hände und schickte für ihren Vater ein Stoßgebet auf den Weg.

Kapitel 28 >>31. Oktober<<

„Onkel Gideon, ich finde deine Idee nicht gut. Im Schutze der Wälder sind wir sicher. Wir fahren die ganze Nacht und sind am frühen Morgen in Belgien. Das ist kein Problem. Aber außerhalb des Waldes sind wir Freiwild. Du hast ja den Polizeifunk gehört. Sie haben alle Zufahrtsstraßen gesperrt. Klar kommen wir auch durch den Wald bis an den Flughafen heran. Aber wie willst du eine Maschine kriegen. Die haben dein Bild längst herum gereicht. Und wenn der Idiot, der mich am Transporter angesprochen hat, seinen Verstand wieder hat und sich erinnert, hängt mein Gesicht auch bald an jedem Baum zwischen hier und München. Dass ist zu gefährlich.

270

Wenn wir erst einmal im Ausland sind, haben wir bessere Chancen durchzukommen." Er war ganz in seinem Element. Jetzt ging es nur darum, ihrer beider Haut zu retten. Die Scheune und Mike waren nebensächlich. Seine Schwester, diese kleine Hure, war in der Zwischenzeit bestimmt schon von den Bullen gefunden und umsorgt worden. Und falls ihr Kerl wirklich in den Flammen verreckt war, würde sie sicher bald Ersatz finden. Nun blickte er seinen Onkel an. Gideon dachte angestrengt nach. Auf der einen Seite wollte er so schnell wie möglich weg vom Kontinent. Und das ginge nur mit einem Flugzeug. Auf der anderen Seite gab er seinem Neffen Recht. Würden sie den Wald verlassen, wären sie den Bullen schutzlos ausgeliefert. Außerdem war es wohl so, dass sie längst zur Fahndung ausgeschrieben waren und ihre Bilder über alle Ticker liefen. Bis man sie europaweit im Fokus hatte, würden ein paar Tage vergehen. Der bevorstehende Feiertag kam ihnen zugute. Er nickte. Sie mussten weiter durch den Wald fliehen. Das war ihre einzige Chance.

„Du hast Recht. Also fahren wir durch die Wälder bis Belgien. Dort machen wir Rast. Heute ist Samhain. Da wird überall im Keltenland gefeiert. Wir können uns unters Volk mischen und abtauchen. Wir besorgen uns einen anderen Wagen und dann sehen wir weiter." Mit einem Male kam ihm Michel in den Sinn. Er dachte an die Nacht zurück, die alles veränderte. Heute vor genau vierzig Jahren hatte er ihn durch die Dürener Wälder gejagt und ihn ums Leben gebracht. Jetzt war er der Gejagte, welch eine Ironie des Schicksals. Aber anders als Michel, würde er entkommen. Er war schon immer überlegen. Bald schon würde er frei sein.

Sie fuhren seit vier Stunden. David kannte sich gut aus. Nicht ein einziges Mal zögerte er. Immer steuerte er den Wagen zielstrebig in die nächste Querung. Es hatte das Gefühl, als wären sie im tiefsten Urwald. Aber auf Nachfrage bekam er zur Auskunft, dass das täusche. Sie seien nur zehn Minuten von der nächsten größeren Straße entfernt. Die Nacht trug ihr Scherflein zum Trugschluss bei und so gab er sich ihm vertrauensvoll in die Hände. Mit einem Male begann der Wagen zu ruckeln. Sie sahen sich fragend an. David prüfte die Instrumente, dann schüttelte er den Kopf und wurde wütend.

„Der Scheißkarre geht der Sprit aus. Du hättest tanken müssen, bevor du in die Eifel gefahren bist. Vielleicht schaffen wir noch zehn, zwanzig Kilometer. Aber dann sitzen wir auf dem Trockenen. Wir müssen hier raus und die nächste Tankstelle anpeilen, sonst war es das."

Gideon fluchte über seine eigene Dummheit. Treibstoff war das letzte, was ihm in den Sinn gekommen war, wo er sich doch um seine niedliche Nichte kümmern musste. Jetzt waren sie so weit gekommen und mussten es wagen, den Wald zu verlassen. Ihnen blieb keine Wahl.

„Was nützt es. Ohne Benzin kommen wir nicht weit. Also mach schon, bring uns auf die Straße und bete, dass uns die Bullen nicht über den Weg laufen."

Eine halbe Stunde später fuhren sie in einen kleinen Ort nahe der deutsch-belgischen Grenze auf eine Tankstelle zu, die vierundzwanzig Stunden geöffnet hatte. Gideon stieg gemächlich aus und begann den Tankvorgang. Versonnen beobachtete er, wie der Horizont sich aufhellte. Die Nacht war sternenklar gewesen und der Mond schien mit aller Macht. Sie hätten streckenweise ohne Licht fahren und trotzdem alles sehen können. Über dem Wald und in den Wiesen waberten Nebelschwaden. In wenigen Stunden würde die Herbstsonne alles überstrahlen. Es wird ein schöner Tag, sagte er sich. Der Tankrüssel klickte. Mechanisch verschloss er den Tank und ging in den Zahlraum. Dort lief ein kleiner Fernseher. Der Student, der sich die Nacht um die Ohren geschlagen hatte, schaute sich die Nachrichten an. Eine Laufschrift am unteren Bildrand berichtete in den ‚breaking news', dass in der Eifel bei einem schrecklichen Scheunenbrand drei Menschen schwer verletzt wurden. Der junge Mann drehte den Fernseher lauter, weil er das offenbar interessant fand.

„Bei einem Brand in einem Wirtschaftsgebäude einer Ferienanlage nahe der Eifelgemeinde Rurberg wurden heute Nacht zwei Männer und eine Frau verletzt. Ein Mann schwebt in akuter Lebensgefahr. Er wird zurzeit im Klinikum in Aachen notfallmedizinisch versorgt. Der andere Mann und die Frau sind im Dürener Krankenhaus in Behandlung. Unsere Korrespondentin Anne Busch ist vor Ort."

Eine junge Frau von Mitte dreißig erschien auf dem Bildschirm. Sie hatte ein ebenmäßig hübsches Gesicht und lächelte mit strahlend weißen Zähnen in die Kamera. Dann gab sie bekannt, dass die Polizei Brandstiftung vermute. Mittlerweile würde man nach zwei Männern fahnden, die möglicherweise mit der Tat in Verbindung stünden.

„Der irische Archäologe und Geschäftsmann Gideon Hall habe nach Angaben seiner Nichte Dana, eines der Opfer, die Scheune angezündet. Vorher hatte er sie und ihren Freund vor Ort gefesselt. Die Ermittler vermuten, dass möglicherweise David Hall, der Neffe des Täters, als Helfershelfer fungiert. Ein involvierter Detektiv hatte ihn auf einem Foto erkannt. Die Verdächtigen könnten versuchen durch die Wälder ins Ausland zu gelangen."

Nun erschien ein älteres Bild von ihm, anschließend ein aktuelles von David. Offenbar konnten die Bullen von ihm kein anderes Bild auftreiben, da er so lange in Irland war. Die Polizei warnte, weil die Flüchtigen bewaffnet und gefährlich seien. Dann war die Nachricht zu Ende. Im gleichen Moment drehte der junge Mann sich zu ihm um.

„Das macht dann neunundfünfzig Euro und dreißig Cent. Zahlen sie bar oder mit Karte." Gideon starrte ihn an, reagierte aber nicht. Sekundenlang stand er nahezu regungslos da und wusste nicht, was er tun sollte. Er wagte kaum, zu atmen. Sein Gegenüber schien ihn zu mustern. Dann legte er den Kopf schräg. Hatte er ihn vielleicht schon erkannt und überlegte den nächsten Schritt. Würde er versuchen, ihn aufzuhalten.

„Zahlen sie bar oder mit Karte", leierte der Kassierer seinen Spruch herunter und sah ihn fragend an.

„Bar", presste er heraus, legte sechzig Euro auf den Tresen und verließ den Kassenraum, ohne auf das Wechselgeld zu warten. Er stieg eilig in den Wagen. Als er anrollte, warf er einen Blick zu dem jungen Mann und sah, dass er telefonierte. Ein Anflug von Panik kroch ihm in die Glieder. David schaute irritiert, als er langsam zur Straße fuhr.

„Du bist ja leichenblass. Ist dir beim Bezahlen ein Geist erschienen oder was ist los?" Er konnte die Ironie nicht unterdrücken. Schon immer war er nachtragend gewesen. Sein Onkel hatte sich in der Nacht über sein Transistorradio lustig gemacht und einsehen müssen, das er nicht aus lauter Blödheit, sondern um den Polizeifunk abzuhören, den Empfänger mitgeschleppt hatte. Jetzt zahlte er es mit gleicher Münze zurück. Es war seine Art, den Gegner mit den eigenen Waffen zu schlagen.

„Das ist nicht witzig", giftete Gideon „ und starr mich nicht so blöde an. Wir hatten soeben einen bundesweiten Fernsehauftritt. Sie haben unsere Bilder über die Schirme gejagt. Meines war schon etwas älter. Darum hat der Schwachkopf an der Tankstelle mich wohl nicht erkannt. Aber deines ist brandneu, als ob sie dich vorhin erst fotografiert hätten. Also mach schon und sieh zu, dass du die Dreckskarre in den Wald zurückbringst." David schaute entsetzt. So zornig hatte er Onkel Gideon noch nie erlebt. Was war in ihn gefahren. Nur wegen einer abgefackelten Scheune machte er so ein Geschrei. Gut, da lag Danas Freund in den Flammen, aber bestimmt war der in der Gluthitze zu Asche verbrannt und keiner konnte später aus dem Häufchen einen Menschen erkennen. Er versuchte, nachzuhaken.

„Was ist mit der Scheune?" Gideon schrie.

„Ich habe keine Ahnung, welches Arschloch sich da reingemischt hat. Aber irgendwie ist Mike entkommen. Ich hoffe nur, das Ding fackelt ab, denn wenn sie die Papiere finden, bin ich am Arsch. Los mach schon, wir müssen zurück in die Wälder und dann schnellstens nach Belgien, Barnie einsammeln und dann weiter in den Süden." Er fuhr zusammen, denn er hörte in der Ferne Sirenengeheul. Irgendwie war David erleichtert, dass Mike nicht verbrannt war. Aber jetzt mussten sie hier weg. Denn er hatte keine Lust, sich kampflos zu ergeben. Ohne zu zögern trat er aufs Gaspedal. Der schwere Wagen kam auf Touren. Er beschleunigte und mit über einhundertzwanzig Stundenkilometern jagten sie der belgischen Grenze entgegen. Bald tauchten im Rückspiegel mehrere Polizeiwagen auf. Sie verfolgten die beiden Männer und konnten auf den asphaltierten Straßen das Tempo mühelos halten. Gideon herrschte ihn an, nach einem Feldweg Ausschau zu halten. Aber der Baumbestand wich am rechten Straßenrand einem felsigen Berghang und zur Linken ging es zehn Meter in die Tiefe. Dort floss ein Wildbach, der sehr viel Wasser führte. Sie fuhren einige Kilometer, aber nirgendwo gab es eine Möglichkeit die Straße zu verlassen und in den Wald zu flüchten. Der Wagen rumpelte durch Schlaglöcher. Der letzte Winter hatte seine Spuren hinterlassen. Durch die Kälte war der Belag an vielen Stellen aufgebrochen. Immer wieder setzte er auf und es gab ein ohrenbetäubendes Krachen. Jederzeit konnte die Aufhängung brechen. Einige Male kamen sie Felsvorsprüngen bedrohlich nahe und einmal scharrte ein Gesteinsbrocken an der Beifahrerseite vorbei. Ein anderes Mal erwischte er mit dem linken Vorderreifen den Grünstreifen und der Wagen begann zu schlingern. Aber er konnte ihn abfangen. Solche Manöver hatte er in der Armee und bei der IRA Tausende Male gemacht. Er war ein brillanter Fluchtwagenfahrer und konnte sich und seine Gefährten immer wieder aus der Schusslinie und in Sicherheit bringen. Jetzt fuhren sie auf eine scharfe Linkskurve zu. Er bremste und beschleunigte aus der Kurve heraus, bremste aber sofort wieder und deutete nach vorne. Dort war eine breite, steinerne Brücke über den Wildbach. Mehrere Polizeiwagen standen quer zur Fahrbahn und versperrten die Durchfahrt. Nun kam sein wahres Ich zu Tage. Er wurde zur Kampfmaschine. Ohne lange zu überlegen griff er nach seiner Tasche, riss sie auf und holte einige Maschinenpistolen, Handgranaten und mehrere automatische Handfeuerwaffen heraus. Er würde sich nicht von ein paar Bullen aufhalten lassen. Notfalls mussten sie sich den Weg freischießen. Er gab seinem Onkel eine Automatik und dazu ein halbes Dutzend Handgranaten.

„Du weißt bestimmt noch, wie das alles funktioniert". Er grinste, denn er war in seinem Element und nichts schien ihn aufhalten zu können. Dann beschleunigte er wieder. Gideon legte seine Hand fest um den kalten Stahl. Er steckte die Handgranaten in seine Jacken- und Westentaschen. Jetzt fühlte er sich unbesiegbar. Rasch näherten sie sich der

Straßensperre. Durch ihren kurzen Stopp hatten die Verfolger Boden gut gemacht. Die Sperre war nur noch rund hundert Meter entfernt. Sie würden die überraschten Bullen über den Haufen fahren. Sie waren nur noch zehn Meter entfernt. Plötzlich und ohne Vorwarnung eröffnete man das Feuer. Sie wurden heftig beschossen. David riss das Lenkrad herum, sprang hinaus und duckte sich hinter dem Wagen. Gideon folgte ihm. Sofort nahm er einige Handgranaten, entsicherte sie und schleuderte sie über die quer stehenden Fahrzeuge. Nach wenigen Sekunden explodierten die Geschosse. Zwei Männer taumelten blutüberströmt zur Seite. Jetzt schlossen die Polizeiwagen von hinten auf und stellten sich quer. Sie waren eingekesselt. David hatte in beiden Händen Maschinenpistolen und feuerte in alle Richtungen.

„Lauf", schrie sein Onkel und gab ihm einen Schubs. Er sah ihm in die Augen und verstand. Dann richtete Gideon die Waffen in beide Richtungen und schoss, um seinem Neffen Deckung zu geben.

David sprang auf und lief auf den Rand der Brücke zu. Ich schaffe es, dachte er und rannte. Noch drei Meter, ich bin fast da. Währenddessen schoss er auf die Barrikade, dann zog er eine Handgranate, entsicherte sie und schleuderte sie seinen Feinden entgegen. Ein Mann brach auf der Stelle zusammen, ein anderer griff sich ins Kreuz. Das ist wie in Nordirland. Die Bullen müssen sterben, ich werde alle über den Haufen schießen und frei sein. Mehrere Geschosse flogen links und rechts an ihm vorbei. Endlich erreichte er die Brücke. Er warf die Waffen beiseite und hechtete auf die steinerne Mauer. Dann riss es ihn von den Beinen. Eine Kugel hatte seinen linken Unterschenkel durchschlagen. Ein stechender Schmerz durchzuckte seinen Leib, eine zweite traf seinen rechten Arm. Er fiel vornüber in die tosenden Fluten und wurde mitgerissen. Im nächsten Augenblick war er verschwunden.

Gideon schoss noch immer bis die Magazine leer waren. Die Polizisten stellten das Feuer ein.

„Geben sie auf, Herr Hall. Es gibt kein Entkommen für sie. Ihr Neffe wurde mehrfach getroffen. Er ist in den Wildbach gestürzt und ertrunken. Machen sie es nicht schlimmer als es ist. Wir haben mehrere Schwerverletzte und werden jetzt einen Hubschrauber anfordern. Bleiben sie wo sie sind. Wir kommen und holen sie."

Gideon blickte unwirsch umher. Von hinten näherten sich zwei Typen in kugelsicheren Westen. Verzweifelt sprang er in den Landrover und fuhr los. Mit einer Hand hielt er das Lenkrad, mit der anderen nahm er die verbliebene Maschinenpistole und feuerte wild drauflos. Dann durchbrach er die Sperre. Durch den Aufprall schoss ihm der Airbag entgegen. Er schlitzte ihn mit einem Messer auf und trat aufs Gaspedal. Nun wurde er von allen Seiten beschossen. Kugeln zerschmetterten die Scheiben. Immer wieder waren dumpfe Geräusche zu hören, wenn die Geschosse in das Chassis eindrangen. Er beschleunigte weiter und war schon zwanzig Meter jenseits der Sperre. Bald hatte er es geschafft. Doch dann zerfetzten mehrere Kugeln seine Reifen. Der Wagen geriet ins Schlingern und kippte auf die Seite. Mit letzter Kraft riss er den Gurt fort und mühte sich hinaus. Dann ging er hinter dem Wagen in Deckung. Ein Kugelhagel brach über ihn herein. Er wollte zurückschießen, konnte sich aber nicht zeigen. Ununterbrochen schossen sie auf das Fahrzeug. Er hatte nur noch wenig Munition und ihm waren zwei Handgranaten geblieben. Genauso plötzlich wie er begann, endete nun der Beschuss. Vorsichtig lugte er hervor. Es war niemand zu sehen. Was geht da vor, dachte er und riss den Kopf herum. Etwas raschelte neben ihm im Gebüsch. Er schoss, aber es war nur ein Vogel. Nichts rührte sich. Es trat eine gespenstische Ruhe ein. Er hörte seinen eigenen, hämmernden Herzschlag. Mit hochrotem Kopf hockte er regungslos da. In der Ferne hörte er das flatternde Geräusch eines Hubschraubers. Vorsichtig stand er auf. Sie kommen, um ihre Verletzten zu bergen, dachte er und drehte sich dabei einmal um die eigene Achse.

Dann passierte es. Zwei Beamte waren aus dem Nichts hinter ihm aufgetaucht.

„Waffen fallen lassen", herrschte ihn der Ältere an. Dabei zielte er auf ihn. Der jüngere näherte sich langsam. Niemals würde er aufgeben, dachte er und schoss. Die Kugel traf den jungen Mann im Oberschenkel und riss ihn von den Beinen. Im Fallen feuerte er zwei Schüsse auf den Iren ab. Die erste Kugel durchschlug Gideons Brust und drang ihm ins Herz. Ein schier unerträglicher Schmerz durchzuckte ihn. Sein gesamter Oberkörper schien zu brennen, dann wurde es eisig kalt in ihm und er fiel. Das letzte, was er sah, war die strahlende Herbstsonne, die gerade eben die Nebelfelder durchbrach. Als ihn die zweite Kugel traf, war er bereits tot.

Kapitel 29 >> 2. November <<

Dana saß an Mikes Krankenbett und betrachtete in. Seine gebrochene Nase war gerichtet und verbunden und die Platzwunde an der Schläfe genäht. Sein gesamter Körper war mit Blutergüssen übersät, am Knie hatte er eine Knochenabsplitterung durch Gideons Tritt erlitten. An seinen Hand- und Fußgelenken und auf dem Rücken waren Schürfwunden, die von den Fesseln herrührten. Seine Mähne war vom Feuer versengt worden. Er würde die Haare wohl abschneiden müssen.

282

„Von David fehlt noch jede Spur, aber sie fahnden europaweit nach ihm." Mike schüttelte den Kopf. Warum bekam die Polizei es nicht hin, einen schwerverwundeten Gewaltverbrecher dingfest zu machen. Wofür zahlten sie eigentlich ihre Steuern, wenn die Herren jedes Mal, wenn sie wirklich gefordert waren, tagelang im Dunkeln tappten. Aber Knöllchen verteilen in der Dürener Innenstadt, das konnten sie. Er war müde. Dann sah er Dana in die Augen. Voller Mitgefühl nahm er ihre Hand. Sie hatte ihm von ihrem Martyrium erzählt, als sie ihn nach der OP besuchen kam. Er war schockiert, was diese Drecksau ihr angetan hatte. Die Ärzte empfahlen, dass sie sich bald einen Psychologen suchen sollte, um mit professioneller Hilfe die schrecklichen Erlebnisse zu verarbeiten. Sie war so tapfer. Als man ihnen von Davids Flucht und Gideons Tod Nachricht gab, war sie nicht einmal erschüttert. ‚Gott sei dank, er ist endlich tot', hatte sie erleichtert geseufzt. Aber ihr Bruder war flüchtig und das ließ ihnen keine Ruhe. Nun mussten sie sich um Barnabas kümmern. Mike mühte sich und wollte aus dem Bett steigen.

„Was wird das?" Sie schaute ihn ungläubig an.

„Ich kann dich doch nicht alleine lassen, wenn du zu ihm gehst." Soeben hatte sie ihm erzählt, dass die Ärzte heute früh das künstliche Koma beendet hatten, weil sein Zustand sich stabilisierte. Nun wollte er dabei sein, wenn Barnabas die Augen öffnete. Seine Liebste sollte das nicht alleine durchstehen müssen. Also stand er auf und begann sich anzuziehen. Ihren strengen Blick ignorierte er. Sie würde ihn brauchen.

„Er darf sich nicht anstrengen. Er ist sehr schwach." Der Chefarzt stand neben dem Krankenbett und sprach mit Dana. Barnabas' Zustand war zwar vorübergehend stabil, aber dennoch sehr kritisch. Zu schwer wogen die Verbrennungen und die inneren Blutungen, die er hatte, als er ins Klinikum kam. Gideon hatte ihn schrecklich zugerichtet. Sie nickte fahrig und betrachtete ihren Vater mit sorgenvoller Miene. Er war leichenblass. Die Maschinen signalisierten, dass sein Pulsschlag gleichmäßig war, aber immer langsamer wurde. Er wird sterben, dachte sie. Tränen rannen über ihr Gesicht. Mike legte seinen Arm um sie und hielt sie fest. Barnabas öffnete die Augen. Sie gingen nah an ihn heran.

„Hallo mein Kind", er bemühte sich um ein Lächeln, aber es misslang. Sie streichelte zärtlich seine Hände. Sie waren seltsam kalt und klamm. Dann küsste sie seine Stirn. Er drehte kaum merklich den Kopf und erblickte Mike. Weil er zu schwach war, um etwas zu sagen, sah er ihn durchdringend an. Sie hatten sich immer schon ohne Worte verstanden. Er sah traurig aus. Er mochte den alten Mann, der noch vor wenigen Wochen wie der berühmte Fels in der Brandung vor ihm gestanden war. Wie sehr hatte er sich über das Wiedersehen und den spannenden Grabungsauftrag gefreut. Was hatten sie in den letzten Wochen erleben dürfen an einzigartigen, lebenswerten Momenten. Aber wie viel hatten sie in den letzten Tagen erdulden müssen an Schmerzen und Leid. War es das alles wert? Dieser bösartige, sadistische und mörderische Drecksack Gideon war tot. Der gemeingefährliche Bruder seiner geliebten Dana war nach dem Schusswechsel in den Fluss gestürzt und von den Fluten fortgerissen, aber nirgendwo aufgefunden worden. Er war wie vom Erdboden verschluckt. Sicher hatte er in seinen Kreisen Freunde, die ihn verstecken und ihm neue Papiere besorgen würden. Vielleicht bräuchte er auch ein neues Gesicht, denn auf seinem Feldzug durch die Eifel hatte er etliche Polizisten zum Teil sehr schwer verletzt. Sie würden ihn durch ganz Europa jagen. Aber das war jetzt nebensächlich. Seine Liebste und er waren an Leib und Seele tief verletzt worden. Sie hatte viel ertragen müssen, aber die schwersten Stunden würden ihnen noch bevor stehen. Ein stechender Schmerz durchzuckte seinen Leib, er konnte kaum gerade stehen. Es schnürte ihm die Luft ab, aber auch das war jetzt unwichtig. Barnabas' Atem wurde schwächer. Er schloss die Augen. Für wenige Momente war er ganz ruhig und wirkte, als ob er schlafen würde. Seine Lider zuckten, er öffnete die Augen wieder.

„Was ist mit meinem...", seine Stimme versagte, aber sie verstanden. Dana drückte seine Hände fester. Mike legte ihm die Hand auf die Schulter.

„Onkel Gideon wurde auf der Flucht erschossen. David wurde schwer verwundet, er ist verschwunden. Man vermutet, dass er noch lebt und untergetaucht ist. Sie fahnden nach ihm."

Barnabas nickte mühsam und versuchte ein Lächeln.

„Es ist gut", krächzte er mit letzter Kraft „der Bastard hat seine gerechte Strafe. Die Morde sind gesühnt. Nun kann ich in Frieden sterben." Er schloss die Augen, atmete ganz flach, sein Mundwinkel zuckte. Dann schaute er Mike an.

„Pass auf meine Kleine auf, sie braucht dich. Und", er schluckte mit trockener Kehle „du brauchst sie auch. Sie ist so schön und so klug wie ihre Mutter Bri...". Seine Augen wurden starr. Sein Atem blieb aus. Ein schriller Pfeifton erfüllte den Raum.

Dana schrie auf, dann fiel sie ihrem toten Vater um den Hals, vergrub ihren Kopf und weinte.

Kapitel 30 >> 6. November <<

„Es war eine schöne, eine feierliche Beerdigung. Das hat dein Vater verdient. Er war ein so guter Mensch." Ellen wirkte um Jahre gealtert. Ihr Gesicht

286

war verweint, noch immer hatte sie Tränen in den Augen. Ihr treuer Freund war nach über vierzig Jahren von ihr gegangen. Sie umarmte Dana und dachte nach, welch schreckliches Leid das arme Mädchen hatte ertragen müssen. Sie wurde von ihrem eigenen Onkel missbraucht. Er hatte versucht, sie zu töten und war nach einer mörderischen Verfolgung von einem Sondereinsatzkommando getötet worden. Und ihr geliebter Vater wurde so schwer von seinem Halbbruder verwundet, dass er seinen Verletzungen erlag.

„Michael!" Arthur drückte die Hand seines Sohnes. Ihm fehlten die Worte. Sie sahen sich fest in die Augen. Jeder hielt dem Blick des Anderen stand. Mike bemerkte wie sehr sein Vater litt und das er es bereute, so lange geschwiegen zu haben. Die Zeit würde die Wunden verschließen. Mit einem Male wurde ihm klar, dass auch sein Vater einen langjährigen Freund verloren hatte. Also waren sie in der Trauer um ihn vereint. Dann geschah etwas Unglaubliches. Arthur ließ die Hand seines Sohnes los, ging zu Dana und nahm sie in seine Arme.

„Mein aufrichtiges Beileid. Sei getröstet und willkommen in unserer Familie, liebe Dana. Ich habe einiges wieder gut zu machen, sowohl bei Michael als auch bei dir. Lass mich dir ein guter Schwiegervater sein und bitte verzeiht mir." Ihre Augen füllten sich mit Tränen. Es waren Tränen der Trauer, aber auch Tränen der Rührung. Sie sah ihn an und schmiegte sich dankbar an seine Brust. Lange standen sie so da, dann ließ er sie los und gab sie in Mikes Arme.

Auch Frederic Leclerc stand am offenen Grab. Er mied es, Dana anzusprechen. Zu groß war seine Traurigkeit über den Verlust seines besten Freundes. Er haderte mit sich, verzweifelte bei dem Gedanken, versagt zu haben. Er konnte trotz all seiner Macht und mit seinen Möglichkeiten ihn nicht davor schützen, so unwürdig zu sterben. Er versprach seinem Freund, der dort unten in der kalten Erde lag, David bis ans Ende der Welt zu jagen und zur Strecke zu bringen. Nun schaute er zu Dana hinüber, er nickte ihr zu, aber er konnte sie einfach nicht ansprechen. Eines Tages würde er es nachholen.

Die wenigen Menschen, die Barnabas Hall die letzte Ehre erwiesen hatten, zerstreuten sich allmählich. Mike führte Dana weg und brachte sie heim. Seine Wohnung war mittlerweile von der Polizei frei gegeben worden. Mit Gideons Tod wurden die Ermittlungen eingestellt. Aber er wollte nicht mehr dahin zurück. Er würde sie räumen und mit ihr zusammen ziehen. Vielleicht würde auch sie ihre Wohnung aufgeben und sie würden irgendwo gemeinsam ein neues Nest bauen. Er schloss die Haustür auf. Sie sah ihn an, dann sank sie in seine Arme. Die vergangenen Tage hatten sichtbare und unsichtbare Spuren hinterlassen. Die Trauer, Anteilnahme und Betroffenheit aller Gäste war sehr groß. Barnabas wurde offenbar sehr geliebt. Alle sagten das und sprachen ihr Mitgefühl und Trost aus. Er nahm sie und trug sie ins Schlafzimmer. Er zog sie aus, deckte sie zu und im nächsten Moment schlief sie ein.

„Hier ist ein Brief von einem Dr. Neustadt aus Aachen. Das ist doch der Notar von deinem Vater. Was der wohl will?" Sie hatte zwölf Stunden geschlafen, nun blinzelte sie ins helle Sonnenlicht.

„Mach ihn auf und lies vor", forderte sie. Er öffnete das Kuvert und holte mehrere Blätter heraus. Das Anschreiben des Notars überflog er und legte es beiseite. Nun hielt er eine Abschrift des Testaments in Händen. Sie saß aufrecht und hörte aufmerksam zu. Sie war faktisch Alleinerbin. David bekam nur sein Pflichtteil, aber das würde ihm später im Gefängnis auch nichts nützen. Sie sahen sich an. Es war gut so. Sie griff zum Telefon und wählte die Nummer des Notars. Sie dankte ihm für seine Arbeit und hatte einen weiteren Auftrag.

„Bitte rufen Sie Herrn Frederic Leclerc in Raeren an und bieten ihm die Firma meines Vaters zum Kauf an. Sagen sie ihm einen schönen Gruß. Er wird es verstehen."

Mike nickte anerkennend. Sie war in der Tat ein kluges Mädchen. Kein anderer als der Franzose würde sich besser eignen, Barnabas' Firma in fähige Hände zu geben.

„Ich will hier weg. Ich verkaufe Vaters Haus und meines in Düren." Sie sahen sich eindringlich an. Es war zuviel geschehen, als dass sie einfach zur Tagesordnung zurückkehren konnten. Auch er fühlte sich nicht mehr wohl. Vielleicht würden sie in ein paar Jahren zurückkommen. Aber jetzt müssten sie die Heimat hinter sich lassen und irgendwo neu anfangen. Sie stand auf und wollte ins Bad, um zu duschen. Er schlang seine Arme um ihre Hüfte. Sie legte ihre um seinen Hals und schaute ihm in die Augen.

„Alles wird gut, oder?" Er nickte. Dann küsste er sie.

Epilog >>23. Dezember <<

Mike saß im Whirlpool und genoss das Blubbern des Wassers. Es umschmeichelte lustvoll seinen Unterleib und regte wilde Fantasien in ihm. Wenn sich seine Frau doch jetzt zu ihm gesellen würde, könnten sie den Tag sinnvoll ausklingen lassen.
Plötzlich betrat eine Frau von Anfang vierzig die große Halle. Sie war mit einem Saunatuch bekleidet. Mike glaubte, sie zu kennen. Als sie näher kam, erkannte er sie. Es war lange her und schien in einem anderen Leben gewesen zu sein. Er betrachtete ihr kurzes schwarzes Haar, das sie akkurat mit einem Rechtsscheitel frisiert hatte. Sie kam bis auf drei Meter an das Becken heran.

„Hallo Micha", sprach sie ihn in alter Vertrautheit an, öffnete das Saunatuch, ließ es zu Boden fallen und verharrte, damit Mike sie in Ruhe betrachten konnte.

„Babsi! Du bist es wirklich." Mike beugte sich vor. Barbara Meurer – genannt Babsi – stand wahrhaftig vor ihm. Er sah sie freudestrahlend an. Sie war noch schöner als damals. Wie hat sie das nur geschafft, ihre sensationelle Figur zu behalten. Sie war schlank, ihre kleinen Brüste und runden Nippel schienen ihn zu locken. Ihr flacher Bauch zierte ein silbriges Piercing mit einem funkelnden Stein in der Mitte. Ihr Schamhaar war zu einem schmalen Strich getrimmt. Er spürte wie ihr Anblick ihn erregte. Er hätte sie

291

damals gerne geliebt, aber es kam ihm so viel Leben dazwischen. Aber jetzt war er scharf auf sie.

„Es ist ganz schön kalt hier." Sie blickte ihn herausfordernd an und kam bis zum Beckenrand. Ohne nachzudenken, stand Mike auf und reichte ihr die Hand. Sie lächelte und süße Grübchen bildeten sich in ihren Wangen. Sie sah ihn mit ihren meerblauen Augen an und wies mit ihrer Hand auf seine sichtbare Erregung.

„Das ist die Begrüßung, die ich mir gewünscht habe". Sie stieg zu ihm in den Whirlpool und schmiegte sich an ihn. Dann ließen sie sich ins Wasser gleiten. Er setzte sich und sie hockte sich zwischen seine Schenkel. Ohne ein Wort senkte sie ihren Leib und er glitt in sie. Sie bewegte sich lustvoll. Er genoss die wohlige, innige Wärme und den Duft ihrer Haut. Er streichelte und küsste sie. Aber dann riss sie ruckartig an seinen Haaren.

Ihr Genital schwoll an und quetschte ihn ein. Ihr Unterleib wurde kochend heiß. Sie sah ihn mit glühenden Augen an. Heiße Tränen tropften ihm ins Gesicht. Sie schlug scharfe Krallen in seine Brust. Mike schrie und hörte sich wimmern wie ein kleines Kind. Schon im nächsten Augenblick riss sie den Mund auf und schlug riesige Fangzähne in seinen Hals. Ein bestialischer Schmerz durchfuhr seinen Leib.

„Du sollst keine anderen Frauen begehren", krächzte sie mit verzerrter, düsterer Stimme und biss erneut zu. Mike schrie und schreckte hoch. Dana saß neben ihn und wischte ihm den kalten Schweiß von der Stirn. Benebelt blickte er um sich. Es war Nacht. Sie waren im ersten Stock ihres Hauses am Rande der Xantener Innenstadt. Von hier aus hatten sie einen herrlichen Blick auf den altehrwürdigen Dom und sahen die Bauten des nahen archäologischen Parks. Vor einigen Wochen hatten sie das Anwesen gekauft und anschließend nach ihren Vorstellungen renoviert. Dann hatte eine Armada von Umzugswagen ihr Hab und Gut vom Rheinland hierher zum unteren, linken Niederrhein gebracht und sie hatten sich häuslich eingerichtet. Gestern endlich waren sie eingezogen. Dana hatte das Haus ihres Vaters und ihr Haus und Mike hatte ebenfalls sein Haus renovieren lassen. Mittlerweile waren alle Häuser vermietet. Die Rendite, die die Mieten garantierten, hätten sie durch den Verkauf der Häuser und eine Anlage der Gelder niemals erzielen können. Und sie hatten durch die laufenden Einnahmen eine sprudelnde Quelle. Dana hatte mittlerweile verstanden, wie reich sie durch die Schenkung ihres Onkels und die Erbschaft ihres Vaters geworden war. Aber das viele Geld konnte ihren Schmerz und ihren Verlust nicht ausgleichen. Es würde lange dauern und viele

Gespräche würden notwendig sein, bis sie die vergangenen Wochen würde verkraften können.

„Schatz, du hast wieder schlecht geträumt. Alles ist gut, ich bin bei dir. Beruhige dich." Dana schmiegte sich an ihn. Er vergrub seinen Kopf zwischen ihren Brüsten. Er atmete tief und gleichmäßig und kam langsam zur Ruhe. Dann erzählte er ihr von seinem schrecklichen Alptraum.

„Ich liebe dich und will nie mehr ohne dich sein. Warum nur träume ich stets solche kruden und blutigen Dinge. Ich weiß, dass ich früher unstet und nie treu war und ohne Moral vögelnd durchs Land gezogen bin. Aber nun habe ich dich. Mein Leben hat plötzlich einen Sinn und alles ist so voll mit deiner Liebe. Die Träume erschrecken mich, weil sie immer so real sind. Du weißt, auch in den vergangenen Nächten habe ich ähnliches geträumt. Ich war immer mittendrin, habe die Lust, aber auch den Schmerz wahrhaft gespürt und hatte Angst, zu sterben."

„Zum Glück war es wieder nur ein Traum. Lass uns aufhören zu grübeln. Die letzten Wochen und waren unerträglich für unsere Seelen. Wir werden zu einem Psychologen gehen und die schrecklichen Erlebnisse aufarbeiten. Vielleicht erfahren wir auch, was deine Träume zu bedeuten haben. Wenn wir uns bemühen und beide an uns arbeiten, werden wir Frieden finden." Sie umarmte und küsste sie ihn so sanft und so zärtlich, als wenn es das letzte Mal wäre.

„Wenn du mich wirklich liebst, können wir alles schaffen", flüsterte sie ihm ins Ohr. Er sank in ihre Arme. Doch das letzte, was er wahrnahm, bevor der Schlaf ihn übermannte, war der nackte Körper von Barbara Meurer. Er schlief mit einem Seufzer ein.